마지막 순간에 일어난 엄청난 변화들

마지막 순간에 일어난 엄청난 변화들

ENORMOUS CHANGES AT THE LAST MINUTE

그레이스 페일리 _ 하윤숙 옮김

비채

그레이스 페일리의 중독적인 '씹는 맛'

무라카미 하루키

분게이슌주에서 발간하는 〈책 이야기〉라는 간행물에 실은 글입니다.
1999년 6월호. 내가 그레이스 페일리의 《마지막 순간에 일어난 엄청
난 변화들》이라는 소설집을 번역했는데 그 책이 출간될 때 썼습니다.
그의 작품은 약간 손대기 힘든 면이 있습니다만, 그래도 찬찬히 읽다
보면 정말로 생기 넘치고 재미있는 소설의 세계가 펼쳐집니다. 페일
리만이 만들어낼 수 있는 특별한 세계. 꼭 한번 읽어보시기 바랍니다.

미국의 베테랑 여성 작가 그레이스 페일리의 소설이 지
금껏 일본에서 정리된 형태로 출판된 적이 한 번도 없다
는 사실은 조금 의외이기도 하지만, 그와 동시에 '뭐 하
긴, 그럴 만도 하지'라는 생각도 들어서 꽤나 미묘하다.
'의외'라는 이유는 그레이스 페일리가 미국 문학계에서
지극히 높게 평가받는 작가이며, 그런 수준의 작가가 일

본에 소개되지 않은 것은 아무리 생각해도 부자연스럽다는 뜻이다. 그런데 한편으로 '뭐 하긴, 그럴 만도 하지'라는 까닭은 페일리 씨의 문체나 내용이 상당히 독특하기 때문이다. 번역하는 사람도 그것을 읽는 독자도 페일리 씨의 작품과 마주할 때는 약간의 각오가 필요하다. 그 정도로 독특함과 '씹는 맛'이 있는 소설인 셈이다. 일본 작가로 비유하자면…… 하고 생각해봤지만, 일단 떠오르는 사람이 한 명도 없다.

그레이스 페일리는 1922년에 러시아에서 건너온 유대계 이민자의 딸로 뉴욕 시의 서민동네에서 태어났다. 부모의 영향으로 유대인이라는 민족적 정체성을 지극히 의식하고 있으며, 오랜 세월에 걸쳐 우익 편에서 적극적으로 정치활동에 가담해왔다. 또한 두 아들을 혼자 힘으로 길러낸 강인한 어머니이면서 동시에 최근에는 페미니즘 운동에도 깊이 관여했다. 게다가(라고 표현하면 좀 그렇지만, 죄송합니다) 시인이기도 하다.

됐어, 그런 작가의 소설은 읽고 싶지 않아, 라고 당신은 말할지도 모른다. "그야말로 순수문학이잖아"라며. 그 마음을 나도 모르지는 않는다. 하지만 읽어보면, 작품이 말도 안 되게 재미있다.

그레이스 페일리의 이야기와 문체에는 한번 빠져들면

이제 그것 없이는 못 견딜 것 같은 신비로운 중독성이 있다. 거칠면서도 유려하고, 무뚝뚝하면서도 친절하고, 전투적이면서도 인정이 넘치고, 즉물적이면서도 탐미적이고, 서민적이면서도 고답적이며, 영문을 모르겠으면서도 알 것 같고, 남자 따윈 알 바 아니라면서도 매우 밝히는, 그래서 어디를 들춰봐도 이율배반적이고 까다로운 그 문체가 오히려 사랑스러워서 견딜 수 없게 되어버린다. 그 문체는 그녀의 명백한 특징이자 서명이며 흉내내려 해도 (그런 생각을 하는 사람이 실제로 있을 것 같진 않지만) 누구도 흉내낼 수 없다.

그런 까닭으로 그녀의 소설에 열광하는 팬이 많다. 나는 몇 년 전쯤에 뉴욕에서 열린 그녀의 낭독회에 참석했다가 회장의 뜨거운 열기에 압도당한 경험이 있다. 당시 그곳을 가득 메운 청중은 대부분 여성이었다.

나는 낭독회가 끝난 뒤에 페일리 씨와 만나 잠깐 얘기를 나눴는데, 아주 시원시원하고 소탈한 아주머니 같았고, 고상한 동부의 '마님 작가'라는 이미지와는 거리가 멀었다. 몸집이 작고 머리는 눈처럼 새하얗고 눈빛은 날카로웠는데, '노익장'이라는 말이 딱 어울렸다. "아하, 그래요, 당신이 번역하는구나. 으음, 힘내세요"라며 들고 간 책에 사인을 해주었다. 전설적인 작가라거나 아우라가 어떻다거나 하는 면모는 전혀 없는 사람이었다. 나는 매우 호감을 느꼈다.

페일리의 어조에서 가장 뛰어난 부분은 유머 감각이다. 아무리 어둡고 심각한 내용에서도 왠지 무심코 웃음이 흘러나오는 부분이 있다(실제로 낭독회장은 자주 웃음바다가 되었다). 그녀의 유머는 이른바 뉴요커의 해학으로, 진지하기 이를 데 없는 표정으로 살짝 비튼 이상한 말을 재빨리 던지고는, '아니, 딱히 상관은 없어. 알든 모르든' 하는 식으로 수줍은 듯 얼른 다음 화제로 넘어간다. 이런 부분은 유대계 뉴요커인 우디 앨런의 어조와도 다소 공통점이 있을지 모르겠다. 웃기면서도 그 뿌리는 매우 고지식하고 진지하다. 하지만 도회인은 그 진지함을 훤히 드러내는 것을 부끄러워한다. 그 지점에서 어떤 방식으로 표리의 리듬을 취하는가 하는 것이 말하자면 페일리의 진면목인 동시에 번역에서 그 맛을 살리기가 매우 어려운 부분이기도 하다. 내가 지금까지 했던 번역 중에서는 '난이도 넘버 원'이라 해도 무리가 아닐 것 같다. 완성까지 시간이 아주 많이 걸렸다. 그러나 보람되고 굉장히 즐거웠다.

페일리 씨는 어쨌거나 전설적이라 할 만큼 작품을 적게 발표하는 작가로 1959년에 첫 단편집을 낸 후 사십 년 동안 단 세 권의 단편집밖에 발표하지 않았다. 열성적인 독자는 그것을 소중하게 숙독하고 맛을 완전히 이해하고자 노력하는데, 질 좋은 오징어를 씹듯이 몇 번이고 몇 번이고 곰곰이 맛을 음미하는 것과 같다.《마지막 순간에 일어난 엄청난 변화들》은 그녀의 두 번째 소설집으로 1974년에 발표되었다. 그렇지만 지금 읽어도 전혀 오래된 느낌이 없다.

나는 특히 소설을 좋아하는 여성들에게 이 단편집을 추천하며, 물론 남성 독자들에게도 마찬가지다. 틀림없이 즐길 수 있을 것이다(나도 남성이지만 즐겁게 읽었다). 나는 앞으로도 그녀의 단편집을 계속 번역할 생각이지만, 다음 책의 완성까지는 아직 시간이 한참 더 걸릴 듯하니 한동안은 이 책을 찬찬히 음미해주었으면 한다. 원서가 가진 '질 좋은 오징어' 같은 맛이 번역 속에서도 여전하다면 기쁘겠지만.

(무라카미 주 : 내가 이 원고를 쓰고, 2007년 그레이스 페일리가 세상을 떠났다.)

《무라카미 하루키 잡문집》무라카미 하루키 지음, 이영미 옮김, 2011년, 비채

ENORMOUS CHANGES
AT THE LAST MINUTE

인생은 어렵다.
이해하기 힘들고 무용하며 미스터리투성이이다.
예술가에게는 다행스러운 일이다.

_그레이스 페일리

소망

길거리에서 우연히 전남편을 만났다. 나는 새로 지은 도서관 계단에 앉아 있었다.

잘 지냈어? 내 인생. 내가 말했다. 27년을 부부로 살았으니 그렇게 말해도 무방하다고 느꼈다.

그가 말했다. 뭐라고? 뭔 인생? 내 인생은 전혀 없었다고.

알았어. 내가 말했다. 서로 생각이 정말 다를 때는 내 주장을 내세우지 않는다. 나는 자리에서 일어나 연체료가 얼마나 되는지 알아보러 도서관으로 들어갔다.

사서가 말하길, 32달러나 되는 연체료가 지난 18년 동안 밀려 있었다고 했다. 나는 부인하지 않았다. 시간이 어떻게 지나갔는지 아무 생각도 나지 않았기 때문이다. 책은 줄곧 집에 있었다. 종종 책 생각이 나기도 했다. 도서관은 고작 집에서 두 블록 떨어져 있었다.

전남편이 도서반납 창구까지 따라 들어왔다. 사서의 말이 아직 끝나지 않았는데 전남편이 말을 끊고 끼어들었다. 내가 뒤돌아보자 그가 말했다. 여러 모로 우리 결혼생활이 끝장난 건 당신이 버트럼네 가족을 저녁 식사에 한 번도 초대하지 않은 탓이라고 봐.

그런 이유도 있겠지. 내가 말했다. 그런데 말이야, 기억하는지 모르겠지만 밝혀둘 게 있어. 우선 그 금요일에는 우리 아버지가 아팠어. 그다음에는 아이들이 태어났고, 나는 화요일 밤마다 모임이 있었고, 전쟁이 시작되었지. 그러다 보니 그들 가족이 더는 우리와 알고 지내는 사이라고 여겨지지 않았어. 하지만 당신이 옳아. 그들 가족을 저녁 식사에 불렀어야 했어.

사서에게 수표로 32달러를 건넸다. 그녀는 그 자리에서 바로 나를 믿고, 지난 연체 기록을 더는 따지지 않고 깨끗이 지워주었다. 대다수 지방공무원이나 국가 관료, 아니 두 집단을 통틀어 찾아보아도 그렇게 해주는 경우는 좀처럼 없을 것이다.

방금 전 반납한 이디스 워튼*의 책 두 권을 다시 대출했

---

* 미국의 소설가. 《순수의 시대(The Age of Innocence)》로 여성으로서는 최초로 퓰리처 상을 수상했다.

다. 너무 오래전에 읽은 데다 지금이야말로 그 책들이 내게 딱 맞았기 때문이다. 제목이 《환희의 집》과 《아이들》이었는데, 50년 전 뉴욕에 살던 미국인의 생활이 27년 동안 어떻게 변했는지 보여주는 책이었다.

내게 좋았던 기억은 아침 식사였어. 전남편이 말했다. 나는 놀랐다. 우리가 먹은 것이라고는 커피가 다였는데. 이윽고 나는 주방 찬장 뒤에 아파트 옆집으로 이어진 구멍 하나가 있었던 게 기억났다. 옆집은 늘 설탕에 절인 훈제 베이컨을 먹었다. 덕분에 우리 아침 식사가 아주 근사하다는 느낌이 들긴 했지만 한 번도 늘어지게 배불리 먹어본 적은 없다.

우리가 가난하던 때였어. 내가 말했다.

언제는 부자인 적이 있었나? 그가 반문했다.

아, 시간이 흘러 우리의 책임이 커지면서부터 살림이 쪼들리지 않았어. 당신도 자금 관리를 꽤나 잘했고, 하고 내가 일깨워주었다. 아이들은 1년에 4주씩 캠프를 보냈잖아. 다른 애들처럼 제대로 된 판초를 입히고 부츠에 침낭까지 갖춰서 보냈지. 아주 멋져 보였는데. 겨울에는 집도 따뜻했고 멋진 빨간색 베개와 침구도 있었지.

난 요트를 갖고 싶었어. 전남편이 말했다. 당신은 원하는 게 없었지만 말이야.

억울해할 것 없어. 내가 말했다. 아직 늦은 건 아니니까.

그래. 그가 몹시 씁쓸하게 말했다. 앞으로 요트를 가질 수도 있으니까. 사실 길이가 5미터 반쯤 되는 돛대 두 개 짜리 요트를 사려고 계약금을 걸어두었어. 올해는 제법 괜찮았고 앞으로 더 나아질 거라는 기대도 있거든. 하지만 당신은 영영 아무것도 원하는 게 없을 거야.

27년을 함께 사는 내내 전남편은 속 좁은 말을 하는 버릇이 있었다. 그 말들은 막힌 관을 뚫는 배관공의 긴 와이어처럼 정말 좁다랗게 생겨서, 내 귓속으로 파고들어 목을 타고 거의 심장 부근까지 와 닿곤 했다. 그러고 나면 전남편은 배관공의 좁다란 장비가 목에 걸린 채 숨도 제대로 쉬지 못하는 나를 내버려두고 어딘가로 사라지곤 했다. 그러니까 내 말은, 이번에도 나는 도서관 계단에 주저앉았고, 그는 어딘가로 가버렸다는 얘기다.

《환희의 집》을 펼쳐 훑어보았지만 흥미가 생기지 않았다. 터무니없는 비난을 들었다고 느꼈다. 그렇다. 사실 나는 뭘 해달라거나 이건 꼭 해야 한다고 요청한 적이 별로 없었다. 그러나 나도 **뭔가** 소망하는 건 있다.

이를테면 다른 사람이 되고 싶다. 두 주 만에 책 두 권을 반납하는 여자가 되고 싶다. 학교 제도를 바꾸고 사랑하는 이 도심의 여러 문제와 관련하여 예산위원회에서 연설하는 유력한 시민이 되고 싶다.

내 아이들이 성년이 되기 전까지는 전쟁이 끝나게 해주겠다고 **오래전** 아이들에게 약속했었다.

전남편이든 아니면 지금 사는 남편이든 죽을 때까지 한 남자와 부부로 살고 싶었다. 두 사람 모두 평생을 함께할 만한 됨됨이를 지녔으며, 지나고 보니 사실 한평생이 그리 긴 시간도 아니었다. 짧은 한평생 동안 한 남자의 됨됨이를 바닥까지 알 수도 없고, 바위 속에 감춰진 그 사람의 여러 가지 이유를 속속들이 알 수도 없다.

바로 오늘 아침 나는 창밖으로 한동안 길거리를 바라보다가 우리 아이들이 태어나기 2년 전, 시 당국에서 심어놓은 작고 멋진 플라타너스들이 그날 생애 최고의 전성기를 맞았다는 걸 깨달았다.

그래! 나는 저 두 권의 책을 도서관에 반납하기로 했다. 다들 나에 대해 상대를 잘 받아주는 친절한 사람이라 생각하지만, 이 결정이 입증해주듯 나 역시 누가 불쑥 나타나거나 어떤 일이 생겼을 때 혹은 그로 인해 내가 평가받게 될 때 뭔가 적절한 행동을 취할 **수 있는** 사람이다.

빛

오늘 어떤 부인에게서 전화가 왔다. 그녀는 자신이 가족
기록물을 보관 중이라고 했다. 내가 작가라는 이야기를
들은 모양이었다. 이디시 극장을 발전시킨 유명한 혁신가
이자 몽상가인 자기 할아버지 이야기를 쓰고 싶은데 내가
도와줄 수 있는지 궁금해했다. 나는 이미 이디시 극장에
대해 알고 있던 모든 내용을 쏟아부어 단편소설 한 편을
썼고, 이디시 극장에 대해 더 이해하여 글을 쓸 시간도 없
다고 그녀에게 말했다. 내 경우에는 뭔가를 이해한 뒤 그
것에 관해 이야기하기까지 긴 시간이 걸린다. 그녀는 수
익금의 일부를 주겠다고 제안했지만 그건 본질적인 것이
아니었다. 수익금을 나눠준다고 해서 그녀 조부의 삶을
내가 지어낼 만한 이야기 속에 설익은 채 담을 수는 없는
일이다.

이튿날 친구 루시아와 커피를 마시면서 이 부인 이야기를 했다. 예순이나 일흔의 나이로, 가족 중 작가가 없고 자식들은 한창 사느라 바쁜 사람이라면 유명한 조부모나 삼촌에 대해 가족 기록물을 만들거나 심지어 짧은 단편소설 한 편 쓰는 것도 힘든 일일 거라고 루시아가 내게 설명해주었다. 죽음을 피하지 못하는 운명 때문에 이 모든 유산을 잃어버리는 것은 안타까운 일이라고 그녀는 말했다. 나도 이해한다고 말했다. 우리는 커피를 조금 더 마셨다. 그 후 나는 집으로 돌아왔다.

나는 우리가 나눈 대화에 대해 생각했다. 사실 전화를 걸어온 부인에게는 빚진 게 없다. 우리 가족이나 친구들 가족에게는 뭔가 빚이 있을 수도 있다. 시쳇말로 몇몇 삶을 후대에 남기기 위해 가능한 한 간단하게 내 가족이나 친구 가족의 이야기를 쓰는 일이 내게 주어진 빚일 것이다.

애초에 루시아의 아이디어였기 때문에 루시아네 가족 이야기부터 시작했다. 장차 누군가 루시아의 할머니와 어머니를 기억해주길 바라면서 이야기를 썼는데, 이야기 속에서 루시아의 어머니는 여덟 살이나 아홉 살쯤 되는 아이로 등장한다.

할머니의 이름은 마리아였다. 어머니의 이름은 애나였

다. 그들은 1900년대 초 맨해튼 못Mott 스트리트에 살았다. 마리아의 남편은 마이클이라는 이름의 남자였다. 그는 열심히 일했지만 불운했던 데다 형편없는 기억력 때문에 결국 웰페어 아일랜드에 위치한 정신병원에 입원했다.

매일 아침 애나는 전차를 타고 다시 기차로 갈아탄 다음 다시 전차를 타고 먼 거리를 이동해 아버지에게 따뜻한 식사를 가져다주었다. 애나의 아버지는 병원에서 제공하는 음식을 도통 먹지 못했다. 애나는 맨해튼의 석조 거리를 벗어나 다리를 건너 웰페어 아일랜드의 시골 풍경 속으로 들어설 때마다 늘 감탄했다. 애나는 강가의 초록빛 둑에서 오랫동안 놀았다. 들판의 야생화를 꺾기도 했다. 그런 다음에야 남자 병동으로 올라갔다.

어느 오후 애나는 여느 때와 다름없이 병원에 도착했다. 마이클은 몹시 기운이 없었다. 침상 식탁 앞에 앉아 식사하는 동안 뒤에서 등을 좀 받쳐달라고 애나에게 부탁했다. 애나는 시키는 대로 했고, 그러다 보니 아버지가 쓰러져 죽었을 때 그녀의 작고 가녀린 두 팔에 안기게 되었다. 아버지는 몹시 무거웠다. 애나는 그렇게 일 이 분 정도 아버지를 안고 있다가 이윽고 그의 몸을 침대에 눕혔다. 애나는 병원 잡역부에게 이 일을 말하고 집으로 왔다. 아버지를 좋아하지 않았기 때문에 눈물은 나지 않았다. 이웃 사람에게 먼저 이야기했고 그런 다음 두 사람이 함께 애나의 어머니에게 말했다.

이제 이 이야기의 주요 부분을 이야기하겠다.

애나의 생부는 그녀가 어릴 때 죽었다. 다른 어린 자식들까지 딸린 마리아는 힘든 시기를 최선의 방법으로 살아내려고 애썼다. 동네에 있는 가까운 친척집 몇 곳을 옮겨 다니면서 매번 열심히 일해 그 집 살림을 도왔다. 마리아는 일도 잘했지만 빵을 맛있게 굽는 것으로 유명했다. 마리아는 한동안 좋은 친구의 집에 들어가 살면서 아주 훌륭한 빵을 구웠다. 하지만 얼마 지나지 않아 이 집 남편의 입에서 이런 말이 나왔다. "마리아가 구운 빵은 아주 근사해. 당신은 왜 저런 빵을 못 굽는 거지?" 그러고는 아마도 마리아의 다른 면에 대해서도 칭찬한 것 같다. 현명하게도 아내는 마리아에게 다른 집을 알아보라고 했다.

어느 날 봄, 거리 축제에서 마리아는 마이클이라는 이름의 남자를 만났다. 친구의 친척이었다. 마이클은 이탈리아에 아내를 두고 있어서 결혼할 처지가 아니었다. 마리아는 그와 동거하기 위해 다음과 같은 진실로 자신의 이성적인 머리를 설득했다.

1. 이 남자 마이클은 키가 크고 어깨에 특이한 흉터가

있다. 남편도 유난히 키가 컸고 어깨에 흉터가 있었다.

2. 이 남자는 빨간 머리이다. 죽은 남편도 빨간 머리였다.

3. 이 남자는 재단사이다. 남편도 재단사였다.

4. 이 남자의 이름은 마이클이다. 남편도 마이클이라고 불렸다.

이러한 논리에 스스로 설득된 마리아는 인생의 중요한 시기에 혼자 살지 않아도 되었다. 자식들에게는 성격 형성에 도움이 되는 아버지가 생겼고 그녀에게는 침대에서 위안이 되어줄 남자가 생겼으며, 알뜰하게 살펴야 할 남편이 생겼다. 그럼에도 자식인 애나는 아버지가 자기 품에서 죽었는데도 아버지를 좋아하는 마음이 조금도 없었다. 아버지는 애나를 언제나 '우리 아기'라고 불렀으니 안타까운 일이었다. 애나가 매일 아버지를 찾아갈 때면 아버지는 복도에서 서성이거나, 흰 침대 모서리에 앉아 그녀를 기다리곤 했다. 그러면 애나는 이렇게 소리쳤다. "안녕, 지오, 저녁 가져왔어요. 엄마가 보낸 거예요. 난 곧장 가봐야 해요."

뭐가 달라질까

나를 만나면 분명 반가울 겁니다. 나는 젊음이 뭔지 제대로 알던 여자였습니다. 그래요, 행복했던 시절 나는 여느 사람과 달랐습니다. 내게 그 시간은 한순간의 꿈 같은 게 아니었어요. 화요일과 수요일도 토요일 밤 못지않게 흥겨웠습니다.

그 후로는 힘들었느냐고요? 아닙니다. 이 나라가 베풀어준 좋은 시절을 누렸지요. 차도 있고 저지의 여름철을 보낼 임대 집도 있고, 텔레비전이 맨 처음 나오자마자 구입했으며, 주방에는 온갖 멋진 것들이 갖춰져 있었어요. 관리인을 닦달할 불만 거리도 없었습니다.

그럼에도 그 젊은 나날을 잃어버리고 나니, 오랜 시간 희망 없이 향수병을 앓는 기분입니다. 그 시절은 내게 영영 떠나온 고향과 같으며, 그 후로 커다란 기쁨 속에 살긴 해도 낯선 도시에 있는 느낌이었지요. 그래요, 알겠어요. 안녕, 젊은 날들.

하지만 그런 이유로 나는 지니라는 아래층 여자와 그녀의 아이들을 이해하게 되었어요. 아이들은 왜소하고 발육이 더뎠지요. 햇빛을 보지 못하고 소고기도 먹지 못했으니까요. 국수와 콩과 양배추가 전부예요. 어휴, 배에서 막 내렸을 당시의 우리 엄마도 그보다는 아는 게 많았을 거예요.

사람들도 말하지만 한때 그녀의 집은 우리 집을 그대로 빼닮았습니다. 환기구를 타고 그녀 집 주방의 노랫소리며, 거실에서 밴조를 연주하는 소리가 들려왔고, 그녀도 인정하겠지만 침실에는 탬버린도 있었습니다. 그녀의 남편은 미국인이 아니었어요. 머리 색이 검었지요. 집시처럼요.

그리고 그 당시에는 티끌 하나 찾아볼 수 없었습니다. 주방은 부서진 욕실 타일 같은 것으로 상감 장식이 되어 있고 옅은 라벤더색을 띠었지요. 반짝이는 냄비와 팬이 손님들 쪽을 향하고 있어서 광택이 손님들 눈을 찌르기도 했고요……. 짐작했겠지만 이 집 사람들의 짓궂은 장난인 거지요.

물론 지금 그녀는 불행 탓에 늘 지저분한 모습입니다. 울고, 울고, 또 울고 있지요. 몸에 물을 묻히는 일조차 없을 거예요.

우리 블록에 오래전부터 친구로 지내던 다섯 여자가 있는데, 나 빼고는 다들 남의 일에 참견하기 좋아하는 성격이라서, 대책을 세우자며 모임을 갖고 아동복지부에 청원서를 쓰더라고요. 난 소용없는 일이라는 걸 진즉부터 알고 있었습니다. 지저분하고 술에 취해 있으며 어쩌다 한번 바람을 피우는 정도로는 요건을 충족하지 않거든요. 그래서 우리 도시의 아이들이 이런 상태로 방치되는 거겠지요. 내 일은 아니라도 오래전부터 이런 상황을 알아차리고 있었습니다. 엄마들도 아빠들도 자기들 일어나고 싶을 때 일어나요. 절반은 상대가 자기 옆에 붙어 있으니 안심하지요. 그러다 오후가 되면 쿵짝쿵짝 하는 애인과 침대에 들어가서는 3시 전에 한바탕 그 짓을 하지요. (정말입니다.) 아동복지부에서 관심조차 보이지 않습니다. 누가 청원서를 쓰든 달라지는 게 없어요. 지역에서 알려진, 영향력 있는 사람들, 심지어는 시장 당선에 모든 걸 쏟아부었던 내 사촌 레오니 같은 지역 지도자가 쪽지를 써서 보내도 답변을 듣지 못했습니다. 사정이 그러한데 예비선거일에 투표 참관인을 해본 것 말고 아무것도 내세울 거 없는 내가 뭐 하러 그런 일에 끼어들겠어요?

아무튼 이 동네에는 온갖 종류의 사람들이 들어왔는

데, 꼭 유색인을 말하는 건 아닙니다. 당신이나 나처럼 신앙심이 깊고 깨끗한 사람들을 말하는 거지만 이들 중에도 타락한 이가 많긴 했지요. 나야 내 방식대로 살아가지만 아이들은 어떻게 될까요?

지니의 남편이 가랑이 사이의 털을 모두 밀어버린 어느 푸에르토리코 여자와 달아났습니다. 이 신체 비밀은 다들 아는 공공연한 이야기였지요. 그렇지 않다면 나도 절대 발설하지 않았을 겁니다. 남편이 이 여자와 어울려 다닌다는 이야기를 들은 지니는 남편을 다시 돌아오게 할 거라는 기대로 그 여자와 똑같이 면도했지만 남편은 이런 그녀를 역겨워했고, 이 일로 상황은 완전히 기울었습니다.

남자들은 나이를 먹을수록 점점 더 어리석게도 형편없는 별난 여자에게 빠지는 법입니다. 늙은 내 남편도, 비록 변함없이 나를 좋아하기는 해도 종종 그런 일을 벌였어요. 나는 예의상으로라도 결코 관심을 보인 적이 없었습니다. 엄마들과 아내들에게 이런 충고를 보냅니다. 멍청이가 만나는 애인을 따라하지 마세요. 당신 나이도 그렇고 다른 모든 것도 그렇고 당신만 바보처럼 보일 겁니다. 이런 속담 들어보았나요? "오래된 반죽은 오븐에 넣어도 부풀어 오르지 않는다."

그래요, 당신도 알고, 나도 알고, 심지어는 꼬물꼬물 이

건물에 들어와 하나둘씩 자리 잡은 펑크족이나 동성애자들도 속사정을 잘 알고 있답니다. 내 아들 존이 그 형편없고 지저분한 지니의 아파트에 지금 고정적으로 들락거리고 있지요. 누가 그 애를 탓할 수 있겠어요. 저지의 스모그에 온통 찌들고 얽은 아내 마거릿의 빤질빤질한 얼굴이 지겨워진 거지요. 여섯 명이나 되는 내 손자들은 저지의 기름 때문에 햇빛을 볼 기회가 없어 얼굴빛이 창백하답니다. 심지어 그곳에서는 나뭇잎도 푸른빛을 띠지 못할 거예요.

존! 가끔은 내 눈을 봐주겠니? 너는 언제나 정말 멋진 어린 새싹이었지. 우리는 네가 남자아이들과 밖에서 어울려 놀게 하려고 애썼고, 우리가 나가 놀라고 하면 넌 그대로 따랐어. 존이 여덟 살쯤 되었을 때예요. 우리는 존을 보이스카우트 어린이 단원으로 넣었습니다. 아무것도 알지 못하면서 입에 욕설을 달고 다니는 아이들이 모여 있었지요. 모두 사납고 거친 아이들이었지만 선생님이 오면 조용히 주목했어요. 우향우! 당신은 미 해군이 아이들을 맡았을 거라고 생각했을 겁니다. 아이들이 딱딱 줄 맞춰 행진했으니까요. 내 남편이 화요일 밤마다 나가서 예전 병장 시절에 알던 것을 떠올려 아이들을 가르쳤답니다. 하낫! 둘, 셋, 넷! 내 짐작에 남편이 알던 것은 그게 고작이었을 거예요. 하지만 존은 자세가 아주 반듯했고, 아이가 집에 오면 나는 가볍게 안고 입을 맞추면서 말했지요. "오늘은 스카우트에서 뭘 했니, 아들? 행진했니, 애야?"

"아, 아니요, 엄마." 존이 말합니다. "줄곧 맥클레넌 부인이 지역 야유회 비용을 모금했어요. 그래서 난 그냥 크레용을 들고 이 축복받은 성모 마리아 그림을 그렸지요." 존이 말해요.

내 아들은 그런 아이입니다. 당신이 폴라로이드 카메라를 가지고 온다 해도 그보다 더 정확하게 우리 아들 모습을 포착하지는 못할 거예요.

사람들이 우리에게 묻곤 했어요. 당신네 두 사람은(나와 남편 잭을 말하는 거예요. 둘 다 일하러 다녔지요) 남은 한 아이를 왜 대학에 안 보냈느냐고요. 사실 그들이 관심 둘 일은 아니지요.

그게 말이에요, 이제 와서 털어놓는 말이지만 존이 대학에 갔다면 슬프기만 했을 겁니다. 사실 존은 똑똑하지 못했어요. 그 애 아빠가 똑똑하지 못했고 존은 아빠의 머리를 물려받았지요. 우리 마이클이 영리했답니다. 하지만 마이클은 죽었어요. 존의 아빠와 나는 모든 걸 이야기하고 마침내 결론을 내렸답니다. 장사를 시키기로 했지요. 남편 잭은 초창기 시절 조합이 힘겨울 때부터 확실한 조합원으로 인정받았습니다. 강인하고 충성스러운 사람이었으니까요. 존은 인맥과 추천으로 수월하게 그곳에 들어가 자리 잡았어요. 우리는 현명했습니다. 결과가 증명해 주었어요.

지금 (바로 이 순간) 존은 건물 매매업에서 대단한 명성을 얻은 성공한 사람이 되었고 시멘트 명판을 만드는 소규모 부업을 하고 있으며, 멋진 집도 있고, 아이들에게는 사제의 조카처럼 옷을 입힙니다.

그런데 존과 지니가 이 지저분하고 끈적거리는 동네에서 보석 같은 존재였던 시절을 오직 나만 알고 있을 거라고는 생각하지 마세요. 아, 많은 사람이 알고 있었답니다. 그리고 그들은 지금도 두개골 속 잡동사니에 그 장면을 간직하고 있어요, 게처럼요. 그들이 그 이야기를 할 때, 그리고 대단했던 것처럼 좋았던 시절 운운하면서 마치 그 시절이 지나가버린 게 내 탓인 양 이야기해도 나는 전혀 놀라지 않아요.

"하아." 그해 잭은 스무 번인가 말했습니다. "그 여자는 작은 새 같지만 아주 열정적이야. 우리 조니는 몸이 달아 있고……. 그 여자를 잘 지켜봐요."

맞아. 꽤나 열정적일 거야, 나는 속으로 짐작했어요. 하지만, 남편에게는 말한 적 없지만, 오래전 내 나이 열일곱 살이던 그해 내내 앤서니 알도와 함께 센트럴파크의 풀밭을 다 뭉개놓던 그 시절의 나보다 더 뜨겁지는 않았을 겁니다. 잭이 아는 걸 원하지도 않으면서 왜 열정적인 요즘 여자들과 그 시절의 나를 비교하려는 걸까요. 잭은 단순한 사람이기 때문이에요……. 이탈리아 잡놈은 몇 시간이면 알지만, 정말 다행스럽게도 점잖은 미국인은 남들보다 시간이 훨씬 많이 걸려요. 나는 잭에게 걱정을 끼치고 싶지 않았어요. 사람들도 말하지만 잭은 그야말로 친절 그 자체거든요.

잭은 저녁 6시면 집에 와요. 나는 오후에 계산원으로 일하는 직장에서 돌아오면 6시 15분이고요. 저녁 식탁을 차립니다. 7시면 저녁 식사를 마치고 설거지를 해요. 정확히 7시 45분, 집에 손님이 없고 아이도 집 밖에 나가 있다면 잭은 섹스하는 걸 좋아했습니다. 순식간에 해치우고 아주 깔끔했어요. 8시 15분쯤 그는 온몸 구석구석을 닦습니다. 나는 잭에게 위스키 작은 잔을 가져다주지요. 잭은 세상 소식을 알기 위해 수다쟁이처럼 말 많은 〈저널 아메리칸〉을 읽으려고 합니다. 정말 대단히 말이 많았어요. 잘 자요, 내 남편, 래프터리 씨.

고맙게도 자정까지 텔레비전의 황금 프로그램과 달달한 와인 한 잔이 내 몫으로 남겨집니다. 남편이 남자로서 내게 매일 관심을 보여주는 게 좋긴 했습니다만 남편이 그 일을 끝낸 뒤 진이 빠지는 것에 비하면 나는 그다지 피로를 느끼는 것 같지 않았어요. 마지막 광고가 끝날 때까지 눈꺼풀 한 번 깜박거리지 않은 채 〈레이트 쇼〉를 보며 밤늦은 시간까지 깨어 있을 수 있었습니다. 열정적이었던 나의 젊은 시절은 내 삶의 일일 뿐, 다른 누구와도 상관없지요.

다시 하려던 이야기로 돌아갈게요. 존은 어엿한 직장인이 되었으면서도 지니에게 고등학교 배지를 하느님의 사랑 다음으로 커다란 우정의 표시로 주었습니다. 조합 카드를 지니에게 줄 수는 없잖아요(그런 일은 관례에 많이 어긋나지요). 하지만 클라우스 슈나우어를 축하하기 위한 유명한 저녁 만찬에 지니를 데려가기도 했어요. 카밀로에서 35년을 지낸 클라우스는 독일인으로는 유일하게 그 미국인 지역에 자리 잡았습니다. 맹세컨대, 정말이지 역겨울 만큼 엉덩이가 뚱뚱했어요. 그를 보고 나면 어쩌면 당신도 약간은 불그스름한 공산주의 동조자로 바뀔지 모릅니다. 노골적이라서 죄송하지만 클라우스의 엉덩이는 정말 뒤룩뒤룩 살쪘어요. 마음이 젊은 사람들이라면 늘 그러듯이 토요일 밤이 계속 이어졌고 이 때문에 일요일 아침까지 끔찍한 여파가 남은 채로 존은 비틀비틀 아침 식사 자리에 와 앉았습니다. 면도도 하지 않고 아무것도 하지 않은 채로 말입니다. (모름지기 남자는 남편이든 아들이든, 아니면 하숙생이라도 아침 식사 자리에 반드시 면도를 하고 와야지요.)

"엄마." 존이 말했습니다. "버지니아에게 청혼할 거예요."

"내가 전에 그랬잖아요." 내 남편이 이렇게 말하더니 베이컨 위에 신문 만평란을 내려놓더군요.

"청혼한다고?" 내가 말했습니다.

"네. 하느님이 착하다면 그녀가 나를 받아줄 거예요."

"하느님을 모독할 의도는 전혀 없지만" 내가 말했습니다. "만일 지니가 청혼을 받아들인다면 하느님은 일을 쉬고 오래된 나라에 가서 낚시나 하셔야 할 거다."

"엄마!" 존이 말했습니다. 그는 친구에게 의리를 지키는 착한 아이입니다.

"그 여자는 아무 남자하고나 어울려 다닐 거야." 내가 말했습니다.

"아, 엄마!" 존이 말했습니다. 두 사람은 약혼한 사이가 아니니 지니는 자기가 원하는 대로 할 수 있다는 의미이지요.

"어울려 다니는 정도는 아무것도 아니야." 내가 말했습니다. "불과 지난 금요일 밤에도 그 여자가 피트와 함께 있는 걸 봤다고. 피트가 지니를 팔로 감싸 안고는 펠란네 집으로 들어가더구나."

"피트는 원래 그래요, 엄마." 지니의 잘못이 아니라는 뜻이었습니다.

"그렇다면 지난 토요일 밤은 또 어떻고. 그날 넌 이 맨해튼에 함께 영화 보러 갈 사람 하나 없다는 듯 혼자 쇼를 보러 가야 했어. 네가 가고 난 뒤 나는 지니가 칼로네 가게에서 콜라 두 개를 사서 곧장 3층 존 캐머런의 집으로 들어가는 걸 봤다고."

"그러고요? 그러고요?"

"……그러고는 밤 11시에 나왔는데 **그의** 팔이 지니의 몸을 감싸 안고 있었어."

"그러고요?"

"……그의 손이 지니의 스웨터 깊이 들어가 있었고."

"아니에요, 엄마."

"**맞아,** 그랬어. 아들, 말해봐. 무슨 카블 우유 코너라도 되는 듯 온 동네 거친 남자가 지니의 젖을 건드리고 있는데 그런 여자와 결혼하려는 기분이 어떤지, 어디 나한테 말해봐."

"돌리!" 잭이 말합니다. "당신 너무 나갔어요."

존은 얼굴이 갓난아기 무릎처럼 빨개져서 아무 말도 못

한 채 그저 나를 바라보았습니다.

"너무 많이 나갔다고 하지만 실제로는 사실 근처에도 못 갔어요. 다 밝힐 마음의 준비도 아직은 안 됐고요. 내 말 잘 들어, 조니 래프터리, 넌 멍청이야. 저 앞 유리창 바깥을 내다봐. 아빠의 작은 망원경을 가져오면 네가 좋아하는 젊은 여자가 어딜 다니는지 보게 될 거야. 그 여자가 저쪽에 주차된 트레일러 뒤쪽에서 나오지 않는 날들도 있지. 피트나 캐머런의 멍청한 자식이 그 여자를 만나러 가는 건 하나도 어려운 일이 아니야. 잘 들어 조니. 바람이 미친 듯이 불던 지난 일요일 현관 입구 계단에 앉아 있던 성인 여자 중에 지니가 속옷을 입지 않은 걸 알아채지 못한 사람은 없었어."

"아, 돌리." 내 남편이 이렇게 말하고는 고개를 툭 떨구고 두 손으로 감쌉니다.

"난 할 거예요, 엄마. 이건 명예훼손이에요. 지니더러 엄마를 명예훼손으로 고소하라고 할 겁니다." 바보 같은 존은 토마토처럼 빨간 얼굴로 소리치기 시작합니다. "난 할 겁니다. 그녀에게 청혼할 거예요. 나는 그녀를 사랑하고, 엄마가 무슨 말을 하든 상관 하지 않아요. 거짓말이든 진짜든 상관 안 해요."

"네가 정 밀고 나가겠다면, 조니" 내가 말했습니다. 나는 죽은 물고기처럼 평온했으며, 기도드리기 위해, 그리고 내 기도에 주의를 기울이도록 하기 위해 두 눈을 위로 치떴습니다. "나는 이렇게 할 수밖에 없어." 그러고는 별로 날카롭지 않은 부엌칼을 들어 내 심장의 지방을 적어도 3밀리미터 정도 찔렀습니다. 중년 부인의 심장은 3밀리미터보다 더 깊은 곳에 들어 있는 모양입니다. 왜냐하면 지금 내가 여기서 이런 이야기를 들려주고 있으니까요. 하지만 내 아들이 지켜보는 가운데 곧 피가 흘렀습니다. 붉은 피가 내 잠옷을 적시고 목욕 가운에도 번졌지요. 어느 이탈리아 교회에 걸려 있던 그림처럼 빨갛게 가운 앞자락을 적셨습니다. 존이 바닥에 무릎을 꿇더니 내 무릎에 고개를 묻었어요. 그가 소리쳤습니다. "엄마, 엄마, 다쳤어요." 남편은 내게 한마디도 하지 않았습니다. 그는 잇새에 분노를 꽉 깨물고 있었지만 얼마 후 내게 말했습니다. 똑똑히 봐, 라고요. 남편의 심장 속 감정이 부서져버린 겁니다.

다음 날 아침 나는 칼로네 가게에서 지니와 마주쳤습니다. 그녀는 나를 바라보지 않았어요. 이윽고 지니가 나를 보았습니다. 그러더니 이렇게 말하더군요. "멋진 날이에요, 래프터리 부인."

"으음." 내가 말했습니다. (멋진 날이긴 했어요.) "어떻게 나한테 오늘이 멋진 날이라는 말을 할 수 있지?"(무슨 뜻으로 그런 말을 했는지는 나도 모릅니다.)

"뭐가 잘못되었나요, 래프터리 부인?" 그녀가 말했습니다.

"하! 뭐가 잘못되었냐고?" 내가 물었습니다.

"저기, 있잖아요, 내 말은요, 당신이 나한테 화를 내고 있고 오늘 아침에는 나를 좋아하지 않는 것 같거든요." 그녀가 살짝 웃었습니다.

"아니, 난 너를 아주 많이 좋아해." 나는 이렇게 말하면서 선수를 쳤습니다. "사실은 네가 문제야. 그러니까, 네가 조니를 좋아하지 않는 거야. 좋아하지 않는다고."

"네?" 그녀가 말했습니다. 그 말의 대답을 잡아채려는 듯 고개를 쑥 들더군요.

"좋아하지 않아, 좋아하지 않아, 좋아하지 않아," 내가 말했습니다. "좋아하지 않아, 좋아하지 않는다고!" 내가 고함치면서 지니의 팔을 잡아당겼습니다. "여기서 나가자. 지니, 넌 존을 좋아하지 않아. 존이 너의 환심을 사려고 애쓰고 너한테 매달리게 내버려두려는 거야. 그 애는 정말 착해. 앞으로는 너한테 들이대지 않을 거야."

"당신 일에 신경 쓰세요." 내가 손윗사람이니 지니는 아주 부드럽게 말합니다. (하지만 눈물을 보이더군요.)

"아들 일이 내 일이야."

"아니요!" 그녀가 말합니다. "그건 그의 일이지요."

"아들 일이 내 일이야. 이제 나한테 아들은 하나 남았고, 내 아들은 내가 챙길 거야."

"아니요." 그녀가 말합니다. "그가 스스로 챙길 거예요."

내 아들은 내가 챙깁니다. 사랑과 의무로 챙길 거예요.

"아, 아니요." 그녀가 말합니다. 내가 손윗사람이니 부드럽게 말하지만 무척 단호하더라고요. (나는 알아챘습니다. 문득 사람들의 시선이 당신에게로 향하다가 그들은, 그러니까 젊은 사람들은 응당 당신보다 오래 살 사람들이니 얼음장 같은 비정함을 누그러뜨리고 당신에게서 몇 센티미터 떨어진 지점을 응시하죠. 이런 걸 알아챈 적 있나요?)

나는 집에 와서 말했습니다. "잭, 남자아이에게는 누군가 이끌어줄 사람이 필요해요. 당신은 존이 남은 인생을 고아와 한 침대에서 보내면서 복지수당이나 받으면 좋겠어요?"

"아아." 잭이 말했습니다. "그 여자가 고아라고요? 죽은 건 그 여자의 엄마잖아요. 어떻게 그렇게 연관 지어요? 당신 정말 억지를 부려도 이만저만이 아니군요, 돌리. 그런다고 무슨 소용이 있는지 모르겠어요……."

그다음에 일어난 일은 여느 가정에나 종종 일어나는 일

인데 당시에는 무척 슬펐답니다. 돌아보니, 인생에서 작은 얼룩에 지나지 않네요.

그날의 대화 이후로 잭은 나를 전혀 상대하지 않았습니다. 오랫동안 이어져온 저녁 식사 후의 습관을 그만두었고 대신 긴 시간 산책했어요. 그래서 잭이 죽은 겁니다. 내 생각에는 그래요. 잭은 습관대로 살던 사람이었거든요.

그렇게 산책을 다니던 잭의 곁에 한 여자가 보이더군요. 도시를 가로질러 다니는 비쩍 마른 여자였어요. 저편 톰킨스 광장 옆에 사는 많은 사람들이 그 여자를 알더군요. 욕조 안에서나 밖에서나 커다란 우크라이나 십자가를 걸고 있는 여자인데, 내 짐작에는 배수구에 빠지지 않게 하려는 것 같아요.

"그렇고 그런 사이라도 당신한테 신경 끌 거예요." 나는 이렇게 말했습니다. "상관 안 해요. D 애비뉴에 찬물이 나오는 아파트에나 가버리든가요."

"못 갈 이유도 없지요. 갈게요, 알았어요." 잭이 말했습니다. 그는 작은 계집이랑 2주 정도 휴가를 보내는 거라고 여겼을 거예요. 그로서도 아쉬운 게 있었겠지만 그녀의 컬러 텔레비전 덕분에 그럭저럭 지냈을 겁니다.

"이 근처에도 오지 마요." 내가 말했습니다. "당신은 미끄덩거리는 유물이에요. 셔츠는 기저귀 대여점 남자를 통해 보내줄게요.”

“엄마,”존이 아빠가 집에 없는 걸 알아채고는 말했습니다. “엄마한테 무슨 일이 있는 거예요? 엄마 말투요. 아빠한테 말하는 말투 말이에요. 와인이네요, 엄마. 난 알아요.”

“넌 맥주를 퍼마셔서 배가 불룩 나왔어!” 내가 조용히 말했습니다. (맥주를 마시는 사람은 와인을 즐기는 사람을 부러워하지요. 비록 우리 아버지가 면 양말을 신는 아일랜드인이긴 했어도 아버지 집에 살 때 우리에게는 선택의 여지가 있었습니다.)

“아니요, 엄마, 내 말은 엄마가 가끔은 냉철하지 못하다는 이야기를 하는 거예요.”

“제정신이 아니라는 말이구나, 네 말은, 아들. 응? 내가 이중인격자라는 거니?”

“뭔가 잘못되었어요!”존이 말했습니다. “아빠가 집에 돌아오기를 바라지 않아요?”존은 손톱을 물어뜯으며 불안한 기색을 보였습니다.

“네 일이나 신경 써. 아빠는 돌아올 거야. 전에도 그런 적 있어, ‘미스터 2주일’이라니까.”

“뭐라고요?”존이 큰 충격을 받은 듯 말했습니다.

“넌 박쥐처럼 장님이나 다름없어. 갓난이 씨. 3년 전 크리스마스에 어디에 있었니?”

“세상에! 하지만 엄마! 끔찍하지 않았어요? 정말 끔찍한 일이라고요! 어떻게 엄마는 저런 행동을 두둔하려고 해요? 저런 행동을 하는 사람이 아빠인데도요!"

"이제 그만하자, 존. 넌 아무것도 모르는 어린애야. 분명히 말하지만 난 네 아빠의 멍청한 얼굴이 기분 좋아진 꼴을 보고 싶지 않아. 죽을 맛일 거야."

"엄마, 그렇지 않아요."

"휴, 넌 일하러 가. 네 일이나 신경 써, 애야, 아들."

"이게 내 일이에요." 그가 말했습니다. "그리고 나한테 '애'라고 부르지 마요."

그로부터 약 두 달 뒤 존이 마거릿을 데리고 집에 왔습니다. 둘 다 34도의 날씨에 호팟콩 호수에 갔다 오느라 물집이 생겼더군요. 공정하게 평가해야지요. 마거릿은 아직 저지의 환경에 망가지기 전 모습이었고 적어도 깨끗한 마음을 지닌 남자의 눈에 그렇게 형편없어 보이지는 않았습니다.

"이쪽은 마거릿이에요." 존이 말했습니다. "저지 몬머스 출신이고요."

"퀸 메리 호를 타고 막 건너온 거니?" 내가 농담으로 물었습니다.

"저녁 식사 전까지 마거릿을 집에 데려다줘야 해요. 아버지가 엄하시거든요."

"당연히 그래야지." 내가 말했습니다. "우선 콜라부터 마셔라."

"아, 정말 감사합니다." 마거릿이 말했습니다. "고맙습니다, 고맙습니다, 고맙습니다, 래프터리 부인."

"그 여자에게도 피가 흐를까요?" 샤워를 마친 남편 잭이 고함치며 말했습니다. 그 무렵엔 남편도 집에 돌아와 있었는데 비쩍 말랐고 불만이 가득했어요. 하긴 늙어가는데 어디 한 군데 만족스러운 구석이 있겠어요?

존은 아빠나 내가 잘 지내는지 안부를 묻지 않았고 누구에게도 '예'나 '아니요'라는 대답을 하지 않았습니다. 그 아이는 아내 없이 살 수 없을 만큼 나이가 찼어요. 마거릿을 이용해야 했습니다.

예전 우리가 그랬던 것처럼 이제는 존이 나아가야 할 때였습니다. 그리고 존은 그렇게 했어요. 첫째, 마거릿이 아이를 여럿 낳아 꼼짝 못 하는 처지가 되었습니다. 둘째, 요즘 사람들에게 집이 필요한 것처럼 존 역시 주변에 온통 남유럽계통의 덤불이 뒤얽힌 집을 한 채 구입했어요. 덤불 잔가지에 매달린 작은 꼬리표에 뭐라고 적혀 있는지 홀리 리디머 고등학교 교장 말고는 아무도 알지 못했습니다. 힘든 일과를 마친 매일 저녁, 존이 호스로 잔디에 물을 주는 모습을 볼 수 있을 거예요. 존의 큰아이 나이가 이제 열네 살인데, 별 도움은 안 되는 애예요. 가장 작은 애는 네 살이고, 그 아이를 보고 있으면 내 모습이 떠오릅니다. 아주 반짝반짝 빛나던 눈을 지니고 작은 혀로 공격적인 말을 날카롭게 쏘아대던 모습 말이에요.

"어째서 내 이름을 붙여준 애는 하나도 없는 거니, 마거릿?" 내가 마거릿의 면전에서 대놓고 물었습니다.

"아." 그녀가 말했습니다. "여자아이가 둘밖에 없어서요. 한 명은 우리 엄마 이름을 따서 테레사로, 다른 한 명은 내가 가장 좋아하는 언니 이름을 따서 캐서린으로 했어요. 다음에 낳는 아이에게는 어머니 이름을 붙일게요."

"뭐라고? 아이를 또 낳는다고! 내 아들을 죽일 셈이니?" 내가 마거릿에게 물었습니다. "내 아들이 왜 지금처럼 밤늦게까지 일해야 하니. 너도 건강이 별로 좋아 보이지 않아. 실력 있는 유대인 의사를 찾아가서 관을 묶어야 해."

"아!" 그녀가 말했습니다. "절대로 안 돼요!"

마거릿에게서 뭔가 억지로라도 대답을 받아내려면 그녀를 조금 못살게 괴롭혀야 합니다. 하지만 대개는 별 효과를 못 봐요. 마치 시멘트 반죽이랑 대화하는 미친 건설 노동자가 된 기분입니다. 이 세상에 마거릿 같은 사람이 또 있을까요? 대답은 필요 없어요. 마거릿이 아무리 눈치가 없어도 시간은 흐를 겁니다.

사실 시간이 흐르긴 했어요. 왜냐하면 우리는 현재의 시간을 맞이했으며, 그게 지금의 상황이니까요. 나는 이름난 과부 베이비시터이며 다들 내가 균형 감각은 좀 부족하지만 합리적인 선을 지키는 사람이라고 여겨요. 나는 어린아이들에게 멋진 이야기책을 읽어주는 일을 합니다. 배우 조앤 크로퍼드나 모린 오설리번처럼 책을 읽는데, 목소리가 과거보다 훨씬 깊어졌어요. 그래서 약간의 부수입으로 생필품을 사고 있지만, 꼭 사야 하는 사치품은 내 아들 존이 챙겨줍니다. 나는 결코 낯선 사람들이 사는 곳으로 이사가지 않을 거예요. 이곳은 내 가족이 사는 동네이고 내가 이사갈 필요는 없으니까요.

물론 둘 사이의 우정은 끝나지 않아서 조니가 일주일에 두 번 지니를 찾아와 즐거운 시간을 보냅니다. 지니와 내가 종종 스쳐 지날 때도 있지만 서로에게 한마디 말도 하지 않아요. 지니는 내가 옳을 뿐만 아니라 이겼다고 믿어요. 지니에게 특별히 멋진 일도 있었습니다(대다수 사람들에게는 일어나지 않는 일이에요). 블래키 같은 젊은 남자와 몇 년 동안 함께 사는 기회를 얻었으며, 그 남자는 덜커덕덜커덕 소리가 날 만큼 온몸 구석구석까지 대단한 전율을 선물했지요. 하지만 이 기회가 지나가자 젊음도 끝났습니다. 그리고 이제 내 아들 조니는 애초 계획하고 꿈꾸던 대로 완벽하게 지니를 손에 넣었으며, 그녀는 모든 면에서 조니에게 의존하고 있어요. 지니는 조니가 없으면 안 되지요. 그녀의 아이들도 조니에게 기대고 있습니다. 아이들이 조니의 무릎이며 어깨에 올라탑니다. 조니의 멍청한 아내 마거릿이 그를 집에 붙잡아두면 아이들이 창문 밖에서 존, 존, 하고 외치며 그를 찾지요.

유감스럽게도 모든 것은 제자리로 돌아왔고 잭은 순진한 천사들을 쫓아다니는 중입니다.

여름밤이면 나는 존의 얼굴을 보기 위해 현관 입구 계단에서 기다립니다. 존은 지니와 나를 모두 만나고 갈 만큼 시간이 넉넉하지 않거든요. 이유는 모르겠지만 나는 꼭 아들의 얼굴을 보고 싶어요. 아무튼 나는 이 거리가 좋아요. 사냥감을 찾아 사방으로 눈을 두리번거리는 매력적인 큰 남자들과 지저분한 아이들이 아이스크림 트럭 주위로 몰려드는 더운 밤도 좋고요. 나는 딸기 아이스크림콘 위에 버건디도 살짝 뿌린답니다. 예전에 우리 아버지가 일요일에는 그래도 된다고 말한 적이 있어요. 그렇게 하면 술에 취한 여자들이 갈색 벽돌 벽 위로 올라간단다, 정말이야, 라고요.

그런데요, 몇 가지 진지한 물음이 남아 있습니다. 지금까지 아무도 묻지 않았던 물음이에요.

시끌벅적하게 소란을 피우고 한시라도 빨리 하려고 서둘렀던 그 모든 게 대체 무엇 때문이었을까요? 그런다고 달라지는 것도 없는데 말이에요. 존은 평생 동안 지니를 찾아가는 길에 어째서 마거릿에게 예의를 지키는 전화를 걸어야 했던 걸까요? 그리고 잭 말인데요, 그는 진짜 어떤 사람이었을까요? 내 편이었을까요, 아니면 반대편이었을까요? 그리고 그 앤서니. 내가 몇 번이고 그에게 굴복하고 또 굴복했을 때(내가 먼저 시작한 일이었다는 거 알아요) 대체 앤서니는 마음속으로 무슨 생각을 했을까요? 책에서는 한 번 만에 곧잘 이루어지기도 하던데, 그와의 일로 내가 임신하는 일은 일어나지 않았어요. 어째서 프랑스인 신부는 눈물을 흘리면서 교단의 뜻을 어기고 내게 그런 말을 했던 걸까요? "아, 그렇지 않아요, 돌리, 만일 당신이 잉태한다면(임신한다는 의미) 그 사람은 반드시 당신과 결혼할 겁니다, 가엾은 아기, 이제 웃어요, 가엾은 아기. 새로 태어나는 갓난아기에게 교회는 그렇게 해주기로 약속했기 때문이에요." 이 말을 들은 나는 당시에 그렇게 거칠고 활달한 아이였으면서도 평생을 살아가기 위해 그 자리를 떠나면서 어째서 겨우 이 말밖에 하지 못했던 걸까요? "아니에요, 신부님, 그 사람은 저를 사랑하지 않아요."

페이스의 오후 한나절

당신으로 말하자면 서구권의 동시대 독립적 사상가이므로 뭔가 분별 있는 말이 있다면 그게 무엇이든 때를 기다리지 마라. 바로 이 순간 크게 외쳐라. 훌쩍 건너가든, 풀쩍 건너가든, 20년 후면 당신 손자가 전 세계 모래 놀이터에서 바닥에 귀를 대고 엎드려 과거에서 들려오는 신호를 포착하기 위해 귀를 쫑긋하고 들을 것이다. 실제로 지금 콧속 가득 회색 흙먼지가 밀려드는 거대한 평원 위에 무릎 꿇고 엎드리면 당신 귀에 무슨 소리가 들리는가? 돼지가 꿀꿀대는 소리, 감자 껍질 까는 소리, 인디언들이 달리는 소리, 겨울이 오는 소리가 들리는가?

평일 한밤중이면 페이스는 거의 언제나 꿈을 꾸느라 땀이 흥건해진 채 베개 밑에 머리를 묻고 있다. 그녀는 높은 파도에 뒤꼬리를 붙잡힌 바람의 비명이며 갖가지 바닷소리에 뱃멀미를 한다.

일이 이렇게 된 것은 페이스의 할아버지가 주머니 속에 얼린 청어를 넣고 소금기 있는 바다에 스케이트 칼날 자국을 내며 몇 킬로미터를 내려왔기 때문이다. 그리고 모두가 귀를 쫑긋하고 주목하는 가운데 페이스가 코니아일랜드에서 태어났다.

페이스의 조상은 누구일까? 당연히 어머니와 아버지이다. 가정환경은 어땠을까? 자매 한 명과 형제 한 명이 있었으며 그들 각자 인생에서 겪는 저마다의 슬픔에 휘청대고 있었다. 둘을 합치면 빌어먹을 이중언어를 쓰는 네 발 달린 자웅동체가 될 것이다. 그나마 이들은 훌륭한 사람임을 입증하듯 페이스에게 악의를 보이는 일이 없으며, 언제나 그녀를 만나고 싶어하고 그녀의 아들들도 보고 싶어하며 아빠 없는 불쌍한 이 아들들을 자기네 아들들과 함께 피크닉에 데려가고, 산책이나 바다에도 데려가려 한다. 뿐만 아니라 늘 기쁜 마음으로 페이스에게 소식을 전한다. 칠드런 오브 쥬디어*에서 엄마를 만났어, 엄마가 사랑을 보내더라, 하고 이야기해준다……. 다른 집안의 형제자매도 그러겠지만 이들도 결코 비난할 마음 없이 이렇

---

* 고대 유대의 아이들이라는 뜻으로, 이 책에서는 늙은 유대인이 모여 사는 양로원의 명칭으로 쓰인다.

게 말한다. 잠시 들른다고 나쁠 건 없잖아, 페이스, 지하철 한 번만 타면 돼.

호프와 페이스, 심지어는 찰스―그는 1년에 한 번 페이스의 집에 들러 혹시라도 그녀가 약물에 손대서 생활 능력이 엉망으로 망가진 건 아닌지 매서운 눈초리로 여기저기 둘러본다―조차도 부모에게 결정을 재고해달라고 청했다. 부모는 돈을 내고 칠드런 오브 쥬디어에 들어가기로 결정한 상태였다. "엄마." 호프가 안경을 벗고 말했다. 작은 안경알일지언정 어머니와의 사이에 뭔가 가로놓이는 게 싫었기 때문이다. "그게 말이에요, 엄마, 거긴 다들 참견하기 좋아하는 수다쟁이들이 모여 있는데 그 사람들하고 어떻게 지내려고요? 심지어는 영어를 못하는 사람들도 있다면서요."

"내 생애에 영어는 그 정도 말했으면 아주 많이 한 거야." 다윈 부인이 말했다. "영어가 정말 좋다면 영국으로 가야지."

"이스라엘에 가는 건 어때요?" 찰스가 물었다. "그러면 적어도 사람들이 납득은 할 수 있을 거예요."

"그러면 너희와 헤어져 지내라고?" 어머니가 물었다. 자식들이 외롭게 지낼 생각을 하니 어머니의 눈에 눈물이 차올랐다. 눈물 어린 눈으로 지켜봐주는 어머니도 없이 자식들의 삶이 일상의 숨은 위험들 때문에 망가질 것 같았다.

페이스는 어머니와 아버지가 젊었던 때든, 사람 같지 않을 만큼 늙었을 때든 언제나 부모 생각을 할 때면 그들이 바닷가에 쪼그리고 앉아 부드러운 눈으로 하얀 파도를 응시하는 모습에 주목한다. 그러면 그녀는 여러 해협을 헤엄쳐서 건너고 다시 헬레스폰트 해협*까지 건너가는 건 어떨까, 그리하여 그곳에서 교육학 석사를 받은 뒤 마침내 직업을 얻어 의기양양한 모습으로 이 고결한 땅의 허접한 일들로부터 벗어나는 건 어떨까, 하는 생각에 골똘히 빠져 온몸이 축축하게 젖어오는 느낌마저 든다.

몇 가지 사실이 힘이 되기도 한다. 다윈 부부는 숨 쉴 공기를 찾아 코니아일랜드로 옮겨왔다. 요크빌에서는 숨이 막혔다. 그곳은 페이스의 할머니가 할아버지를 따라 건너와 독일 나치 당원과 아일랜드 부랑자들 속에 섞여 살아야 했던 곳이며 그나마 할머니가 옮겨온 지 얼마 지나지 않아 할아버지는 파란 파자마 차림으로 죽음을 맞이한 채 홀로 떠나버렸다.

할머니는 현재 페이스가 미국인인 척하며 살아가듯 독

---

* 다르다넬스 해협의 고대 그리스 이름.

일인인 척하며 살았다. 페이스의 어머니는 그 모든 역경이 기다리는데도 코니아일랜드로 왔고, 그곳에 있는 비슷한 부류에 섞여 안전하게 정착한 뒤 진짜 이디시어를 배워서 외국어에 소질이 없던 페이스의 아버지에게 도움을 주었다. 모든 동사와 필요한 명사를 입에 익히자 어머니는 이디시어로 훈계하고 오로지 이디시어로만 슬퍼하겠다고 맹세했으며 오늘날까지 그 맹세를 지켰다.

페이스는 리카르도 때문에 한동안 불행하게 살 수밖에 없다는 것을 깨닫기 시작한 뒤로 딱 한 번 부모 집을 찾았다. 페이스는 사실 미국인이며 부모는 다른 모든 사람이 그렇듯 페이스도 행복하게 살 거라는 진심 어린 믿음 속에 그녀를 길렀다.

찬찬히 어느 방향으로 살펴보든 의심의 여지 없이 확실히 페이스는 불행하다. 그녀는 부모 앞에 서면 이 사실이 수치스럽다. "도움을 받아야 해." 호프가 말한다. "정신과 의사는 너 같은 사람을 돕기 위해 생겨난 거야. 충실한 사람*들이지." 찰스가 말한다. "우리 예쁜 금발 딸, 인생은 짧아. 장차 얼마간 현금을 내어줄 생각이야." 페이스의 아버지가 말한다. "네가 어엿한 사람이 되었을 때 말이야."

---

* 페이스의 이름과 연관 지어 faithful이라는 형용사를 쓰고 있다.

페이스의 어머니가 말한다.

부모의 머릿속에는 온갖 문제가 가득하다. 분단된 예루살렘 문제도 있고, 제2차 세계대전도 여전히 그들의 논쟁 주제로 자리 잡고 있으며, 원자력의 평화적 이용 문제도 있다(원자력이 꼭 필요한가?). 게다가 그들이 이루어놓은 조용한 바닷가에 반유대주의의 작은 새 물결이 찰랑거리며 밀려들고 있다.

그들은 페이스에 대해, 그리고 그야말로 번영의 시기 한복판에 페이스가 어처구니없는 상황에 놓여 있는 것에 대해 당연히 욕지기를 느낀다. 그들은 페이스가 자초하여 불행한 삶을 살고 있는 게 남부끄럽다.

좋아! 그렇다면 부끄러워해! 그들 모두 부끄러운 줄 알아야 해!

페이스의 첫 번째 남편인 리카르도는 닳고 닳은 남자였다. 그를 좋아하는 남자들이 많다는 것에 자부심을 가졌고 행복했다. 정말 남자 중의 남자라고 자기 입으로 말했다. 진정한 남자 중의 남자들이 그렇듯 그 역시 여자를 쫓아다녔다. 실제로 웨스트 8번가에서 몇몇 젊은 여자의 뒤를 쫓거나 사랑스런 아가씨를 따라잡기 위해 베드퍼드 뮤즈의 작은 울타리를 뛰어넘는 모습이 종종 목격되곤

했다.

리카르도는 여자들을 애칭으로 불렀으며 대개는 외모에서 보이는 몇 가지 결점을 따서 애칭을 붙였다. 페이스의 경우에는 대머리도 아니고 결코 그럴 기미도 없건만 '볼디'*로 불렸다. 페이스의 머리는 가는 금발이며, 머리를 하나로 묶어 틀어 올리면 얼굴 윤곽선에 머리칼이 가려져서 몇 가닥 없는 것처럼 보이고, 얼굴이 쉽게 붉어지는 탓에 전체적으로 빛나는 것처럼 보인다. 리카르도는 현재 희고 동그스름한 팔을 지닌 늘씬한 여자와 함께 살고 있으며, 그녀의 애칭은 '패티'**다.

뉴욕에 있을 때 페이스의 첫 번째 남편은 술집 그린 코크를 중심으로 조금 가깝거나 먼 곳에서 산다. 장사가 잘되는 이 술집에서 그는 유명인사이며, 그가 현재 만나는 여자를 앞세우고 당당하게 들어가면 다들 큰 소리로 그에게 인사를 건넨다. 그는 그곳 사람들에게 두루두루 여자를 소개한다. 헤이, 이 여자가 패티야, 볼디야, 하는 식이다. 예전에 벅시라는 여자가 있었는데 러셀이라는 바텐더와 색유리구슬 굴리기를 즐기면서 밑바닥 삶을 살던 그녀를 리카르도가 그곳에서 끌어냈다. 이후 리카르도는 오래

* baldy 대머리.
** fatty 뚱뚱보.

된 티백처럼 변할 뻔한(그는 농담으로 이렇게 말했다) 그녀를 구해내어, 리카르도의 페이퍼백 문화에 등장하는 저질 잡지의 봉 위에, 그녀의 계급보다 훨씬 높이 그녀를 올려놓았다. 지금도 그녀는 그 봉 위의 허공에서 무릎을 건들거리면서 자신의 고충을 해결하고 있다. 가엾은 여자.

벅시는 페이스의 마음속 커튼 뒤에 영원히 살고 있다. 결말이 끔찍하게 좋지 않았다. 왜냐하면 예전의 벅시가 대체로 손가락질받을 만한 부랑자였다고 해도, 두 차례 낙태와 엉망진창이었던 겨울 한 철을 리카르도의 도움으로 해결하게 되었을 무렵엔 결국 알코올의존증인 데다 돈 받고 몸을 파는 창녀가 되었기 때문이다. 그 후 얼마 지나지 않아 벅시는 일상의 보상을 얻기 위해 다리를 벌리는 일을 그만두었다. 보상이라고 해봐야 저녁을 누군가와 함께 보내고 주말이면 늦은 아침 식사를 즐기는 정도였다.

벅시는 리카르도가 페이스를 만나기 전의 여자였다. 아무튼 리카르도는 2년 동안 페이스의 남편이 되어주기로 했다. 제멋대로 행복을 즐기며 살던 페이스가 임신했기 때문이었다. 그러다 돌연 페이스가 자연유산을 하게 되었지만 이미 늦었다. 이때는 두 사람이 6주간 공식적으로 결혼생활을 했고, 리카르도 역시 충분히 신사가 될 가능성을 지닌 사람답게 모든 걸 운명이라 체념하며 페이스의 사랑을 받아들였다. 리카르도는 보통 체격에 우람한 어깨를 지녔으며 인디언의 거친 검은색 머리카락은 곧게 뻗었고 눈은 라벤더 빛깔이었다. 페이스는 상대가 이야기를 잘 들어주기만 한다면 얼마든지 기꺼이 자기 입으로 리카르도를 사랑한다고 말한다. 페이스는 정말로 자기 자신을 사랑하기 시작했다. 그리고 자신이 가진 특성도 사랑하기 시작했다. 어쨌든 2년 동안 리카르도에게서 마음 따뜻한 행동을 끌어낼 수 있었던 게 이런 특성 덕분이기 때문이다.

"아, 정말 페이스, 무슨 뜻으로 사랑한다는 말을 하는 거야?" 누군가 이런 말을 할 때마다 페이스는 강변한다. 분명 리카르도를 사랑했던 모양이다. 페이스는 리카르도와 살면서 두 아들을 두었다. 이렇게 두 아들을 둔 것은 그녀가 멀쩡한 정신으로 리카르도와 그가 보여준 사랑의 방식을 존중했다는 의미다. 리카르도는 석탄 때문에 앞이 잘 보이지 않는 상태로 매일 밤 비틀대며 뉴캐슬에 들어갔다고, 그리고 페이스가 그를 빌어먹을 월급쟁이로 만들기 위해 두 아들을 낳았다고 믿었으며 종종 그린 코크에서 큰 소리로 그렇게 외치기도 했다.

아무 생각도 안 나. 단조로웠던 그 시절 페이스는 이렇게 말했다. 그녀가 공개적으로 한 말을 들어보면, 하층의

56

생활방식으로 살아가겠다고 합의한 사람에게 잡역부 일
이야말로 생활을 꾸려가는 훌륭한 방법이라는 게 그녀의
입장이었다. 또한 그녀는 이런 조리 정연한 입장을 놀이터
에서, 그리고 길게 줄 서 있던 A&P 슈퍼마켓 계산대 앞에
서 밝히곤 했다. 페이스는 속내를 털어놓고 지내는 여자
들에게 이렇게 설명했다. 남자는 늘 밖에서 일하는데 어떻
게 자기 아이들을 알 수 있을까? 이 말에 여자들은 페이스
와 친구가 되려는 마음에서 이렇게 대답했다. 맞아, 그게
요즘 아이들이 겪는 문제야. 아빠를 좀처럼 볼 수 없거든.

"엄마," 페이스가 말했다. 마지막으로 칠드런 오브 쥬디
어를 찾아갔을 때였다. "리카르도와 나는 이제 함께하지
못할 것 같아요."

"페이시!" 페이스의 어머니가 말했다. "성미 하고는. 안
된다, 안 돼. 내 얘기 잘 들어. 그런 건 살다 보면 많은 사
람이 겪는 일이야. 이틀이면 리카르도도 돌아올 거고, 결
국은 그렇게 돼. 아이들도 있고…… 그냥 네가 미안하다
고 말해. 별것도 아니잖니. 말도 안 되는 소리 그만하고.
두 달 전 여기 찾아왔을 때 리카르도가 많이 좋아졌다고
생각했어. 깊이 생각할 것 없다. 집 안 청소 깨끗이 하고,
스테이크용 고기를 사다줘. 아이들에게는 좀 조용히 하라

고 하고. 애들을 옆집에 보내. 거기 가서 텔레비전을 보라고 해. 네가 미처 깨닫기도 전에 리카르도가 돌아올 거다. 신경 *끄고* 있어. 머리 모양도 좀 특별한 스타일로 바꾸고. 아빠도 흔쾌히 네게 돈을 조금 주실 게다. 너도 알겠지만, 우리가 가난에 찌든 정도는 아니잖니. 널 좀 도와주면 좋겠다고 우리한테 말만 해. 걱정 마. 내일이면 리카르도가 현관문을 열고 집에 올 거다. 네가 집에 도착할 때쯤이면 *그가* 하이파이 음악을 틀어놓고 있을 거야."

"아, 엄마, 엄마, 리카르도는 음치예요."

"아, 페이시, 지금보다는 좀 잘 살아야지."

두 사람은 수치심에 시선을 내리깔고 아무 말 없이 앉아 있었다. 문손잡이가 덜컥거렸다. "어쩌나, 헤겔슈타인 부인이야." 다윈 부인이 소곤소곤 말했다. "쉿, 페이스, 헤겔슈타인 부인에게 아무 말 하지 마. 그 여자는 온갖 일에 참견하려 들어. 어떤 낌새도 내비치면 안 돼."

'할머니들의 모 양말 협회' 회장인 헤겔슈타인 부인이 기름칠한 휠체어를 타고 들어왔다. 무릎 위에 각양각색의 모 털실 타래가 가득 담겨 있었다. 그녀는 늙은 부인이었다. 그러나 다윈 부인은 진짜 늙은 부인은 아니었다. 헤겔슈타인 부인은 요즘 아이들이 겨울 내내 면 양말만 신는다면서 이 활발한 협회를 조직했다. 어머니 세대 여자들은 이제 모 양말에 별 관심이 없지만 할머니들은 손발의 온기가 금세 사라지기 때문에 아이들이 겨울철에 모 양말을 신지 않는 것에 당연히 훨씬 더 민감하게 반응한다.

"샬롬*, 부인." 다윈 부인이 헤겔슈타인 부인에게 말했다. "어떻게 된 거예요?"

"아." 헤겔슈타인 부인이 말했다. "에시 시퍼 부인이 손목 때문에 그만두었어."

"정말요? 그럼. 여기 와서 옆에 앉아 있으라고 해요. 같이 어울려야 건강에 좋아요."

"정말, 앉아 있기만 하는데 무슨 치료 효과가 있다고? 쳇!" 헤겔슈타인 부인이 말했다. "잠깐만, 저기 있는 게 페이스라는 말은 하지 마. 페이스? 그런 것 같군. 호프는 내가 아는데, 여기 있는 건 정말 페이스로군. 그러니까 사실은 엄마를 보러 올 시간이 조금은 있다는 거네……. 영원히 바쁜 건 아니라니 네 엄마한테는 다행이구나."

"아, 지텔. 제발 아무 말 하지 말아줘요." 몹시 당황한 페이스의 어머니가 말했다. "부탁할게요. 페이스는 올 수 있는 여건이 되면 와요. 쟤는 엄마잖아요. 어린 아들이 둘이에요. 일도 해야 하고요. 잊었어요, 지텔? 아이들이 꼬마

*　평화를 뜻하는 히브리어로, 유대인이 만날 때나 헤어질 때 하는 인사.

이던 시절 우리가 어떻게 살았는지요. 누가 첫 번째겠어
요? 아이들이에요……. 어린아이들이 첫 번째예요."

"물론, 첫 번째지. 첫 번째에 관한 거라면 아주 잘 알아.
내 경우는 아치가 첫 번째야. 나에게 아주 영광스러운 일
이 있었어. 퍼스트 부부가 플로리다에서 내게 크리스마스
카드를 보냈지*. 잘 들어봐, 등신들. 내가 강가 숲속에 있
는 여름 별장에 머물려고 가던 길에 퍼스트 부부의 집에
잠깐 들렀어. 그 집은 단 한 가지, 환기를 전혀 하지 않더
라고. 집 안 전체에 흰개미와 개 냄새 천지였어. 내가 부
탁했어. 퍼스트 씨, 꼭 좀 부탁해요. 나는 늙은 여자잖아요,
가엾다고 여겨줘요. 내겐 공기가 더 많이 필요해요. 문을
열어줘요. 나는 그렇게 부탁하고 또 부탁했지. 안 된다
는 말 한마디 없더라고. 탕, 매일 밤 11시만 되면 바위처
럼 단단하게 문이 닫히는 거야. 고작 10분 남짓 일을 치르
자고 밤새도록 문을 꼭꼭 닫아놓고 있지.

늙은 부인네 집에 가면 한결 몸이 편해. 내가 퍼스트 부
부에게 말했지. 그곳에서는 맞바람이 불게 문을 열어놓아
도 부끄러워할 사람이 아무도 없다고."

다윈 부인의 얼굴이 붉어졌다. 페이스가 말했다. "시간

---

* 수다쟁이답게 '첫 번째'라는 주제와 관련하여 꼬리를 물듯 퍼스트(First) 부부 이야
기로 넘어간다.

까지 재실 건 없잖아요, 헤겔슈타인 부인."

페이스가 헤겔슈타인 부인에 대해 아는 것보다는 언제나 페이스에 대해 아는 게 훨씬 더 많은 것처럼 보이는 헤겔슈타인 부인이 말했다. "알았어, 알았어. 너도 있으니, 페이시. 게으름 피우지 말고 좀 도와줘. 여기, 이걸 잡아. 이 모 털실을 양손에 걸고 있으면 네 엄마가 실을 감아서 공처럼 만들 거야." 페이스는 아무래도 좋았다. 그녀는 양팔에 털실을 걸었다. 다윈 부인이 몸을 이리저리 움직이면서 털실을 빙빙 감았다. 헤겔슈타인 부인은 휠체어를 타고 왔다갔다 움직이면서 큰 소리로 지시하고 심각한 실수가 보이면 지적했다. "셸리아, 셸리아!" 헤겔슈타인 부인이 외쳤다. "동그랗게 만들어야 해, 당신은 지금 네모나게 만들고 있잖아. 페이시, 두 팔을 더 고정시켜. 조금씩만 움직이고. 전에 소아마비 앓은 적 있어?"

"털실 더 줘요." 다윈 부인이 다 감은 털실 뭉치를 쇼핑백에 넣으며 말했다. 인생과 살아가는 일에 대해 두런두런 이야기를 주고받으며 부인들이 벌처럼 분주하게 움직였다. 그들은 일을 했다. 서로에게서 중요한 사실들을 알아냈고 키부츠*처럼 일에 헌신하는 것처럼 보였다.

---

* 이스라엘의 공동체.

* * *

다윈 부부가 쓰는 방 출입문은 늘 열린 채로 있었다. 수염을 기른 나이든 남자들이 죄다 등 뒤로 엄지손가락을 마주 걸어 잡은 채 방문 앞을 지나갔다. 주님의 군대였다가 남겨진 이들이었다. 이들은 매트리스 밑에 조간신문을 깔아놓았으며 현재 벌어지는 슬픈 사건들 때문에 서둘러 6층에 있는 유대 사원으로 올라갔다. 그곳에 올라가면 좀 더 쉽게 신과 소통할 수 있었다. 부인들은 관절이 칼슘으로 막혀 뻣뻣하게 굳은 채 지팡이를 짚고 다녔다. 이들은 열린 문에 노크하고는 "아, 바쁘구먼……"이라거나 "헤겔슈타인 부인, 그만두시지 않았어요?" 등등의 말을 했다. '할머니들의 모 양말 협회' 부회장인 페이스의 어머니에게는 사람들이 그다지 많은 이야기를 하지 않았다.

호프가 어머니에게 강하게 충고한 적이 있었다. "엄마, 이제 겨우 예순다섯이에요. 겉으로는 쉰다섯 살로 보여요."

"젊음은 마음 상태에 달린 거야, 호피. 난 할머니보다 더 늙은 것 같아. 원래 그런 기질이지. 아무튼 아빠는 실제로 일흔이고 이제 쉴 때가 되었지. 우리에게 약간 이점이 있다면 아직 젊어서 잘 적응할 수 있다는 거야. 늙고 불행해질 때쯤이면 이곳이 집처럼 편해지겠지."

"엄마, 분명 의심의 대상이 될 거예요. 주제넘은 외부 간섭자로 여겨질 테고 곳곳에 적이 생길 거예요." 어린 시절 캠프 활동을 많이 다녔던 호프는 집단생활에 관한 몇 가지 사항을 알고 있었다.

페이스 맞은편에 앉은 어머니는 청록색 모 털실을 점점 더 많이 감아 제법 큰 청록색 뭉치로 만들었다. 페이스는 털실을 걸어 앞으로 쭉 뻗은 두 팔의 움직임에 따라 몸을 앞뒤로 살살 흔들고 있다. 이런 까탈스러운 사회에서는 헤겔슈타인 부인을 따르고, 존중하고, 그녀의 요구를 들어줘야 한다는 사실에 페이스는 자식으로서 마음이 아프다.

"근데, 엄마, 이곳에 무슨 소식 없어요?" 페이스가 물었다. 주변에 어른거리며 맴도는 리카르도의 그림자가 커다란 문젯거리로 부상하기 전까지 얼마간 즐거운 시간을 보낼 수 있을 거라고 여겼다.

"아, 별일 없어." 다윈 부인이 말했다.

"별일 없다고?" 헤겔슈타인 부인이 물었다. "정확히 당신 입으로 별일 없다고 말한 걸로 들었는데 맞나? 오늘 슬로빈스키 가족에게서 편지 한 통 받았잖아. 그래서 심장이 벌렁거렸고, 셸리아, 이 일을 순진한 딸 페이스에게 숨기려는군. 쉿, 아이들에게 말하지 말아요? 하?"

"지텔, 부탁드려요. 그럴 이유가 있어요. 제발 부탁드리니 이 일은 모른 척해주세요. 아, 부탁드려요, 지텔, 더 강요하지 말아주세요. 이 문제에 대해서는 별로 말하고 싶지 않아요."

"바보 같으니라고!" 헤겔슈타인 부인이 거친 소리로 나지막이 속삭였다.

"정말로 슬로빈스키 가족에게서 소식이 왔어요? 엄마, 진짜예요? 아, 내가 테시 일이라면 늘 관심 있는 거 엄마도 알잖아요. 아, 어렸을 때 테스와 내가 얼마나 재미있게 놀았는지 엄마도 기억할 거예요. 나는 테시를 좋아했어요. 결코 그녀를 좋아하지 않았던 게 아니에요." 어떤 이유에선지 페이스가 헤겔슈타인 부인에게 직접 말을 걸었다. "테스는 정말 예뻤어요."

"아, 그럼, 예쁘지. 젊고, 예쁘고, 아주 오래된 이야기야. 당연하지. 셀리아, 털실 안 감고 있는 거야? 왜? 모임이 오늘 밤인데. 페이시에게 친구 슬로빈스키 이야기를 다 해줘. 페이시는 너무 온실 속 화초처럼 자랐어."

"지텔, 아무 말 하지 말라고 했잖아요!" 다윈 부인이 말했다. "아무 말 하지 마세요!"

(그러자 짧고 소중한 기억 한 가지가 이 자리에 있는 모두에게 떠올랐다. 어느 토요일 오후, 경찰관 한 명이 판자로 된 길을 따라

쿵쿵 소리를 울리며 다윈 씨를 체포하러 왔다. 다윈 씨는 숄렘 알레이헴* 학교 앞에서 전단지를 나눠주던 중이었고 과거와 미래에 대한 입장 차이로 육촌형제와 의견 다툼을 벌였다. 전단지에는 이디시어로 구호가 적혀 있었다. "부모들이여! 어린아이의 목소리가 당신에게 외치고 있어요. '아빠, 엄마, 지금 세계에서 유대인으로 살아간다는 건 무슨 의미인가요?'" 다윈 부인은 전단지가 가득 든 쇼핑백을 옆에 끼고 판자로 된 벤치에 앉아 햇볕을 쬐며 이들을 지켜보았다. 경찰관이 화를 내며 다윈 씨와 다윈 부인, 그리고 늙은 육촌에게 고함을 질렀다. 이들이 법으로 금지된 곳에 있었기 때문이다. 이윽고 페이스의 어머니는 보이지 않는 삶의 모습을 말하는 메이플라워 호의 목소리로 이야기했다. "아무 말도 하지 마, 당신, 경찰 기동대원!"

"당신도 알다시피……" 다윈 씨가 말했다. "유대인에게 '아무 말하지 마'는 끔찍한 말이에요. 죄처럼 더러운 단어이지요. 왜냐하면, 내 기억이 맞는다면, 태초에 말씀이 있었기 때문이에요. 아주 심한 비난입니다. 알아들었어요?")

"셀리아, 지금 이야기해주지 않으면 나는 당장 휠체어를 밀고 이 방을 나가 조만간에는 들어오지 않을 거야. 인생은 살아가는 거라고. 요즘은 다들 너무 온실 속 화초처럼

---

* 숄렘 알레이헴은 러시아 출신의 미국 극작가 겸 소설가로, 일찍이 이디시 문단에서 이름을 날렸다.

키우려 든다니까."

"엄마, 테스 소식이 있다면 뭐든 듣고 싶어요, 어찌 되든
요. 말해줘요." 페이스가 청했다. "엄마가 말해주지 않으
면 호프에게 전화를 걸어 알아볼 거예요. 분명 엄마가 호
프에게는 이야기했겠죠."

"다들 고집스럽네." 다윈 부인이 말했다. "좋아. 테스 슬
로빈스키 이야기를 해줄게. 너도 맨 처음 비극에 대해서
는 알고 있지, 페이스? 테스가 괴물 같은 첫 아이를 낳았
잖아. 진짜 괴물 같았지. 아무도 본 사람은 없어. 아이를
집 안에만 두었거든. 그건 그렇고. 이어서 두 번째 아이를
낳았어. 곧바로 임신을 시도해서 두 번째 아이를 낳은 거
지. 이 아이는 온갖 알레르기를 앓았어. 오렌지주스를 마
시면 발진이 돋았고 우유를 마시면 질식해서 숨을 쉴 수
없었지. 시골에 가면 눈이 부어올랐고. 아무튼. 그다음은
남편 아널드 레버였지. 무척 유쾌한 남자였는데 암에 걸
렸어. 손가락 하나를 잘랐지. 그러고도 악화되었고 한쪽
손을 모두 잘랐어. 그것도 도움이 되지 않았지. 페이시, 사
랑스러운 남자가 그렇게 최후를 맞이했어. 이게 네가 오
기 전 오늘 아침 받은 편지 내용이야."

다윈 부인이 말을 마쳤다. 그러고는 고개를 들어 헤젤
슈타인 부인과 페이스를 바라보았다. "남편은 외아들이

었어요." 다윈 부인이 말했다. 헤겔슈타인 부인이 헉 하고 숨을 들이마셨다. "외아들이라고!" 깊은 주름을 따라 눈물이 그녀의 늙은 뺨으로 흘렀다. 77년 동안 특유의 미소를 지어온 탓에 눈물 줄기가 급하게 방향을 틀어 귀 쪽으로 흐르더니 양쪽 관자놀이에 안경처럼 걸렸다.

페이스는 헤겔슈타인 부인의 눈물을 보았지만 별 관심은 없었다. 그러고는 끔찍한 생각을 떠올렸다. 만일 리카르도가 다리 한쪽을 잃거나 그 비슷한 일을 당한다면 분명 집 안에 갇혀 지내겠지. 이 생각에 기분이 좀 풀리긴 했지만 오래가지는 않았다.

"아, 엄마. 테시는 자신에게 무슨 일이 일어날지 짐작조차 못했어요. 예전에 함께 소꿉놀이를 했는데, 그녀는 그런 건 생각조차 하지 못했지요."

"누군들 짐작하겠니?" 헤겔슈타인 부인이 소리쳤다. "지금 이 시각, 아치는 플로리다에 누워 햇볕을 쬐고 있지. 그 애는 짐작할까?"

헤겔슈타인 부인 말에 페이스의 심장이 팔딱거렸다. 갈비뼈가 들썩였다. 그녀는 슬픔을 꾹꾹 눌렀다. 세상의 모든 무서운 독 중에서 독성이 가장 약한 것이 사실은 슬픔이라는 듯이.

가장 먼저 사실을 받아들인 사람은 헤겔슈타인 부인이

었다. 이제 눈물이 마른 그녀가 말했다. "브라운 가족은 어때? 정규 이르군* 단원이었던 멍청이 삼촌 늙은 브라운이 여기 있잖아."

"준 브라운은요?" 페이스가 물었다. "내 친구 준 브라운은요? 브라이튼 비치 애비뉴에서 온 그 준 브라운 말이에요?"

"당연히 있지. 하지만 그렇게 나쁘지는 않아." 다윈 부인이 분위기를 고려하며 말했다. "주니의 남편은 비행기 엔지니어였어. 아주 진지한 남자였지. 네 아빠는 지금도 그 사람을 좋아하지 않아. 주니의 남편은 운동에 참여했었지. 주니와 그 남편은 헌팅턴 하버에 집을 장만했어. 배가 있고 창고가, 그러니까 배를 넣을 창고가 딸린 집이었지. 주니는 아주 아름다웠어. 세 아들을 두었고. 똑똑한 아이들이었지. 남편은 비유대인인 부통령과 골프도 쳤고. 황금빛 미래가 기다리고 있었어. 주니도 뭐든 적극적이었지. 어느 날 아침 그들이 눈을 떠보니 온통 깜깜한 거야. 누군가 이런저런 것들을 조금씩 폭로했지. (남편이 운동에 참여한 적 있다고 내가 말했던가?) 48시간이 지나자 남편은 블랙리스트에 올랐어. 헌팅턴 하버와는 안녕인 거지. 지금 모든 가

---

*   제2차 세계대전 후 영국이 팔레스타인을 통치하던 시절 활동했던 유대주의자 군사 지하 조직.

족이 브라운 부부와 함께 방 네 개짜리 집에 함께 살고 있어. 나이 든 사람에게는 안된 일이지."

"끔찍해요, 엄마." 페이스가 말했다. "나라 전체가 잘못된 방향으로 가고 있어요."

"그렇지만, 페이스, 시대가 변하고 있어. 이곳은 특이한 나라야. 전 세계를 다섯 바퀴 돌아도 이런 나라를 자주 보지는 못할 거다. 좋아지는가 하면 나빠지고. 특이해."

"으음, 그거 말고는요, 엄마?" 페이스가 물었다. 준 브라운의 일이 그녀에게는 슬프지 않았다. 준 브라운이 고통에 대해 뭘 알았을까? 자기 키보다 깊고 어두운 바닷속으로 들어갈 때는 물에 빠질 것을 기꺼이 예상해야 한다. 페이스는 준 브라운, 그리고 이름이 뭐든 상관없는 그녀의 남편이 모든 지원금을 받을 수 있는 미국이라는 공기 주머니 속까지 너무 깊이 들어간 거라고 여겼다. 그들이 질식 상태에 빠진 걸 마음 편히 받아들였다.

"다른 소식은요, 엄마? 애니타 프랭클린은 어떻대요? 그녀는 어떻게 되었어요? 아, 학교 다닐 때 정말 똑똑했는데. 고학년 선배들 사이에서 그 애 인기가 뜨거웠어요. 그 애는 기관지가 몹시 안 좋았지요. 기억해요? 만 나이로 9년 9개월 되던 무렵인가 아무튼 그 비슷한 시기에 생리를 시작했어요. 엄마도 애니타 엄마를 잘 알았잖아요.

무슨 일이든 늘 손발이 척척 맞았어요. 엄마와 프랭클린 부인 말이에요."

"정말 듣고 싶은 거니, 페이시? 별로 재미없을 텐데?" 페이스의 어머니는 이제 이런 종류의 이야기를 하는 게 싫은 건 아니었지만 애니타 이야기만은 그렇게 썩 내켜하지 않았다. 그러면서도 페이스에게 경고의 말로 입을 뗐다. "좋아, 그래, 애니타 프랭클린 얘기를 해주지. 애니타 프랭클린 역시 짐작하지 못했어. 그녀가 너랑 리카르도보다 훨씬 먼저 하버드 출신의 잘생긴 남자와 결혼한 건 기억할 거다. 아, 지텔, 당신은 애니타의 엄마 아빠가 그녀의 행복에 대해 어떤 희망을 품었을지 상상하실 수 있을 거예요. 아서 마자노는 세파르디 유대인*이었어요. 두 사람은 보스턴에 살았고 똑똑한 사람들을 알았지요. 교수들, 의사들, 최고의 사람들이었고, 역사책 저자들, 생각할 줄 아는 미국 사람들이었어요. 아, 페이시, 우리 딸. 나는 크리스마스나 부활절에 몇 번인가 그 집에 초대받았어. 두 사람의 아이들도 보았고. 너처럼 금발이었다, 페이스. 남편은 아마 각기 다른 분야의 박사 학위를 두 개나 땄을 거야. 어떤 주제에 관해 궁금하면 아서에게 묻곤 했지. 8개

---

* 에스파냐와 북아프리카계 유대인.

월이 되었을 때 그 집 아이가 걸음마를 시작했어. 내가 직접 봤지. 아서는 유대인 잡지에 글을 썼는데, 지텔, 당신은 한 번도 들어본 적 없는 잡지일 거예요. 그러던 어느 날 애니타는 아서가 신입생들과 놀아나고 있다는 사실을 당사자의 입을 통해 직접 듣게 돼. 아직 십 대 아이들이었지. 얼마 지나지 않아 신문에 실리고, 법정에 나온 모든 이들이 돌아가면서 말하는데, 어떤 이는 그렇다고 하고, 어떤 이는 아니라고, 아서가 그저 추파를 던진 것뿐이라고, 남자가 젊은 여자에게 하는 그런 정도였다고 했어. 하지만 결국 그 바보 같은 여자아이 중 한 명이 임신을 했지."

"에스파냐 사람들이란." 헤겔슈타인 부인이 생각에 잠겨 말했다. "그 남자들은 부인을 별로 좋아하지 않아. 결혼이 무슨 괜찮은 아이디어인 양 결혼하는 것뿐이지."

페이스는 애니타 프랭클린을 향한 슬픔에 잠겨 고개를 숙였다. 애니타가 9년 9개월 살았을 때 그녀에게서 터진 생리혈은 5학년과 6학년 모든 여학생들의 분주한 머릿속에 삶과 희망을 강하게 불어넣었다. 애니타 프랭클린, 혼자서 잘해낼 수 있겠어? 페이스가 속으로 말했다. 뉴 위트레흐트 고등학교에서 가장 섹시했던 애니타 프랭클린, 요즘은 밤에 어떻게 자? 똑똑한 세파르디 유대인 학자이자 강사인 잘난 아서 마자노의 옆에 다시는 누울 일이 없는 요즘 어떤데? 이제 침대에 누우면 네 위로 시간이 덮쳐올 거야. 네 입술에 닿는 잘생긴 금발 아서의 입술도 아니고, 보이스카우트 같은 지적이고 뜨거운 손가락도 아니야.

주변에 어른거리며 맴돌던 리카르도의 그림자가 이 순간 커다란 문젯거리로 훅 솟아올라 그녀의 왼쪽 눈에 잽을 날렸고, 페이스가 놓인 바닥 수면이 얼마나 얕은지 온 세상에 드러냈다. 이 순간 그녀의 육체라는 논에 벼를 심을 수도 있을 정도였다. 그리하여 이 순간부터 시작되어 오후 내내 그녀가 어찌해볼 수 없을 만큼 물줄기가 밀려오는 가운데 아름답고 힘차게 새싹을 틔울 수 있었을 것이다. 페이스는 자신을 위해, 그리고 애니타 프랭클린을 위해 고개를 숙인 채 눈물을 쏟았다.

"벌써 가려고, 페이스?" 페이스의 아버지가 물었다. 툭 튀어나온 옅은 색 눈에 새처럼 생긴 사랑스러운 얼굴을 태양의 흑점이 생성된 것 같은 방 안으로 쑥 들이밀었다. 아버지는 특별히 잘생긴 사람이 아니다. 못생긴 얼굴이다. 페이스는 배아 신과 유전자 여신, 그리고 모든 핵산 주님에게 종종 감사했다. 형제자매 중 아무도, 심지어는 찰스도 아버지를 닮지 않았다. 사실 찰스는 어떤 얼굴에 견주어도 빼어나서 그에게 외모는 별로 중요하지도 않았을 것이다. 이들 모두 할머니가 그랬듯 어느 정도는 게르만족처럼 생겼다. 할머니는 스스로 게르만족이라고, 다시 말해 얼굴빛이 희고 생김새가 균형 잡힌 바로 그 민족이라고 생각했으며, 찰스의 경우에는 상당히 큰 턱을 지니기도 했다. 이런 턱 때문에 사람들은 찰스가 판단을 내려주기를 기대했으며 그는 차츰 사람들에게 자기 판단을 알려주었다. 현명한 진단을 내리고 이어서 무시할 수 없는 치료법을 제시했으며 그 결과 즉각 건강을 되찾아주었다. 사실은 그의 중요한 동료들도 종종 자기 아내의 하복부 문제를 찰스에게 상의하곤 했다. 찰스는 죽기 전에 이름을 날릴 것이다. 다윈 씨는 찰스가 빨리 유명해지기를 바랐다. 이 집안에는 오래 사는 사람이 없기 때문이다.

이제, 퉁방울 눈에 옅은 색 부리를 지닌 것처럼 보이는 페이스의 아버지가 방 안을 유심히 살폈지만 방에는 유리 같은 오후의 햇살이 퍼붓고 있어서 아버지의 시선이 그 사이를 뚫고 들어가 눈물에까지 닿지 못했으며, 또한 눈물 때문에 꽉 깨문 입술에도 닿지 못했다. 다만 페이스가 자리에서 일어나 옷장 속 재킷을 찾으러 가는 모습만 보였다.

"정 가야 한다면 내가 같이 걸어주마, 페이시. 우리 딸, 못 본 지 정말 오래되었어." 페이스의 아버지가 말했다.

그는 헤겔슈타인 부인의 거센 자력이 미치지 못하도록 뒤로 멀찌감치 물러나 바깥쪽 복도에서 기다렸다.

페이스가 어머니에게 입을 맞추었고 어머니는 페이스의 축축한 귀에 대고 속삭였다. "특별한 존재가 되어야 해. 행주는 되지 마. 네 손으로 길러야 할 두 아이가 있어." 페이스는 헤겔슈타인 부인에게도 입을 맞추었다. 자라는 동안 그렇게 하라고 배웠기 때문이다. 특히 상대가 몹시 싫거나 아주 나이 많은 사람인 경우에는 그렇게 하라고 배웠다.

페이스와 아버지는 아무 말 없이 밝은 초록색 복도를 걸어 생기가 감도는 로비에 닿았다. 그곳에는 잘 차려입은 혈색 좋은 가족들이 쇠잔한 노인들과 20분 동안 함께 앉아 있기 위해 속속 들어오고 있었다. 안내데스크 부근에서는 러시아에 있는 유대인을 둘러싸고 격렬한 정치 논쟁이 벌어지고 있었다. 페이스는 관심을 보이지 않은 채 숨을 깊이 들이마시며 문 쪽으로 향했다. 딸로서 아버지에게 보여줄 만한 얼굴 상태가 될 때까지 아버지가 자기 옆으로 오지 못하도록 계속 앞서가려고 애썼다. "너무 빨리 가지 마라, 얘야." 아버지가 말했다. "너무 빨리 가지 마. 난 여기 있는 늙은 싸움닭들과는 달라. 그렇다고 내가 병아리라는 얘기는 절대 아니야."

아버지가 페이스의 팔을 점잖게 잡았다. "무슨 좋은 소식 없니?" 그가 물었다. "하긴, 무소식이면 나쁜 소식도 없는 거지. 그렇게 생각해도 되겠지?"

"안녕, 척!" 철문을 지나갈 때 페이스의 아버지가 소리쳤다. 철문 위쪽에 예전 한 용접공이 멋진 필기체로 '더 칠드런 오브 쥬디어'라고 강철에 새겨놓은 글씨가 보였다. "처클, 처클."* 페이스의 아버지가 그녀의 팔꿈치를 꽉 잡으면서 말했다. "다 큰 어른의 이름치고는 참 그렇지!"

페이스가 고개를 돌려 입술을 옆으로 길게 늘이며 미소를 보냈다. 페이스의 아버지에게는 얼굴 가득한 환한 미소가 필요했지만 페이스가 보여줄 수 있는 미소는 이 정도가 전부였다.

"들어봐, 페이스, 내가 시를 하나 썼어. 너한테 들려주고 싶다. 한번 들어봐, 이디시어로 썼는데, 내가 머릿속으로 번역해줄게."

어린 시절이 지나가고

젊은 시절이 지나가고

인생의 황금기 또한 지나간다.

---

* 싱긋 웃어. 싱긋 웃어. 척이라는 애칭의 본명인 처클(Chuckle)이 '싱긋 웃다'라는 의미를 지니는 것을 재치 있게 이용한 언어유희.

노년이 지나간다.

내 딸아, 너는 왜

노년은 다를 거라고 여기느냐?

"네가 무슨 말을 할까, 페이시? 넌 화가와 작가들을 아주 많이 알잖아."

"내가 무슨 말을 할까요? 아빠." 페이스가 발길을 뚝 멈추고 꼼짝하지 않았다. "아빠 정말 멋져요. 꼭 일본풍 다윗의 시 같아요."

"네가 듣기에도 좋은 것 같니?"

"정말 좋아요, 아빠. 아주 멋진 시예요."

"으음…… 있잖니. 정치 일을 그만둘지도 몰라. 네가 정말 좋다면 말이다. 요즘 난 어찌해야 할지 모르겠어. 과도기인가 봐. 웃지 마라, 페이시. 언젠가 너도 이런 일들을 겪을 거고, 이겨내면서 살아야 할 거야. 삶에서 배워라. 내 삶을 보면서 말이야. 난 지원 세력을 조직하려고 했어. 있잖니, 경비요원. 엘리베이터 보이 같은 애들 말이야. 대개 유색인이지. 너는 알아차릴 거다. 그들이 세상에 등장하고 있어. 희망이 있고 없고와는 상관없는 문제지. 내 생애에 그런 날이 오리라고는 전혀 예상하지 못했단다. 전쟁 말인데. 그건 일어났겠지. 페이스, 넌 어떻게 생각하니?

전쟁으로 유대인은 미국인이 되었고 흑인이 예전의 유대
인이 되었지. 하하. 이런 주제로 글을 쓰는 것에 대해 어떻
게 생각해? '흑인 : 마침내 세상 밖에서 안으로 들어오다'"
"누군가 이 비슷한 걸 쓴 일이 있어요."

"정말이니? 확실한 건 아니잖아. 있잖니, 내 안에는 생각
들이 가득해. 그런데 이런 이야기를 나눌 사람이 없어. 난
네 엄마에게 익숙해져 있는데 엄마에게는 재미난 일이 생
긴 거지, 페이시. 우린 아주 가까웠단다. 지금도 서로 다
정하니 오해는 하지 마. 재미난 일에 대해서 말하는 거야.
네 엄마는 요즘 여자들과 함께 있는 걸 좋아한단다. 제정
신이 아닌 데다 사람을 못살게 굴고 과대망상에 편집증
까지 있는 헤겔슈타인 부인이랑 있는 걸 무척 즐기지. 난
그 여자를 참을 수 없어. 남자들이 참아줄 수 있는 여자가
아니야. 게다가 그 여자는 남편도 있어. 네 엄마는 말하지,
공손하게 대해줘요, 시드. 난 공손해. 결점이 있는 부인들
이라도 늘 좋아했단다, 페이시. 그런데 헤겔슈타인 부인은
오전 9시만 되면 우리 방문을 두드려. 그러면 점심때까지
나는 고아야. 그 여자는 마법 같은 힘을 지녔어. 게다가 오
후 내내 휠체어에 기름칠을 해대서 몰래몰래 돌아다닐 수
있지. 아무 소리도 내지 않고 다가오는 휠체어 이야기를
들어본 적 있니? 우리 딸, 정말이야. 네 엄마는 그 여자에

게서 뭔가 가려진 신비를 보고 있지. 어떻게 말해야 할까? 그 여자는 세상에 퍼부어댈 악다구니를 한 보따리나 가졌어. 게다가 고통스러운 불구의 삶을 살고 있고."

두 사람은 어느덧 지하철 입구에 다다랐다. "저, 아빠, 이제 가봐야 할 것 같아요. 아이들을 친구에게 맡기고 왔거든요."

아버지가 입을 다물었다. 얼마 후 그가 허허 웃었다. "아이고, 말 많은 늙은이 꼴이 됐구나……."

"아, 아니에요, 아빠. 결코 그렇지 않아요. 절대 아니에요. 아빠랑 이야기하는 건 좋지만 친구에게 아이들을 맡기고 왔어요, 아빠."

"아이들이 어릴 때 어떤지 아빠도 알아. 꼼짝없이 얽매여 살고 있겠지, 페이시. 아, 우리도 오랫동안 아무 데도 가지 못했단다. 나도 겨우 모임에만 나가고 그게 전부였지. 난 네 엄마 없이 혼자 극장에 가서 영화 보는 걸 좋아하지 않았어. 그 시절에는 베이비시터가 없었단다. 베이비시터라니, 정말 멋진 걸 생각해냈어. 이런 직업이 생겼으니 부부는 영원히 연인으로 지낼 수 있을 거야."

"아!" 페이스의 아버지가 탄식했다. "우리 딸, 미안하구나……." 페이스는 아버지의 탄식에 흠칫 놀랐다. 눈이 아파오기도 전에 어느새 눈물이 차올랐기 때문이다.

"아, 지금 형편이 어떤지 안다. 네가 힘든 상황인 거 알아. 넌 가족을 위해 애써 힘든 세상으로 나갔어."

"가봐야 해요, 아빠."

"그래야지."

페이스는 아버지에게 입을 맞추고는 계단을 내려가기 시작했다.

"페이스." 아버지가 불렀다. "조만간 올 수 있니?"

"아, 아빠." 페이스가 네 계단 아래에서 올려다보며 말했다. "조금 행복해지면 올게요."

"행복해라!" 아버지가 난간 위로 몸을 숙여 페이스의 눈을 만지려고 했다. 하지만 그건 힘든 일이었다. 눈이란 태생적으로 잘 피하는 존재며 작은 점이라도 나쁜 것이 닿지 못하게 하려면 어느 방향으로 피해야 하는지 눈 주변 360도 모든 방향의 대피구를 알고 있기 때문이다. "너만 아는 이기적인 사람이 되면 못써, 페이시, 아이들을 데리고 함께 오너라, 응?"

"애들이 너무 시끄러워요, 아빠."

"애들을 데려오너라, 우리 딸. 유대인이 아닌 그 꼬마들 얼굴이 좋아."

"알았어요, 알았어요." 페이스가 말했다. 얼른 가고 싶은 마음뿐이었다. "그럴게요, 아빠, 그럴게요."

다원 씨가 난간 사이로 페이스의 손을 잡으려고 팔을 뻗었다. 그는 페이스의 손을 꼭 쥐고는 그녀의 젖은 뺨에 댔다. 이윽고 아버지가 소리를 냈다. "욱……." 구역질이 올라오는 소리였다. 전적으로 소화기관의 작용에 의한 메스꺼움이었다. 아버지가 땀으로 축축한 페이스의 손을 놓고 그녀에게서 고개를 돌린 덕분에 페이스는 아버지의 모욕당한 노년의 얼굴을 외면해 고개를 돌리고 집을 향해 지하철 계단을 뛰어 내려갈 수 있었다.

우울한 이야기

한 가족이 있다. 이 가족을 모르는 사람이 거의 없을 정도다. 이 가족의 아이들 이름은 보보, 비비, 두디, 도도, 네디, 요요, 버치, 풋풋, 비프이다.

그중에는 딸도 있고 아들도 있다.

딸은 엄마 대신 동생을 돌보는 못된 보모이다. 아들은 장차 군에 입대할 생각이다.

못된 보모인 첫째 딸과 둘째 딸은 파티에 자주 다닌다. 이들은 가끔 사람들을 질리게 한다. 이런 짓을 정말 좋아한다.

이들은 무척 속이 좁다. 머릿속에는 아무 생각이 없다. 그러면서도 자기 생각이 옳다고 믿고 싶어한다. 누구의 생각에도 절대 귀 기울이지 않는다.

도도, 네디, 요요, 풋풋이 차례대로 학교에서 수녀 선생님들을 몹시 화나게 만들었다. 수녀님들도 결국 손을 들 수밖에 없었고, 아이들이 제멋대로 지낼 만한 곳으로 보내버렸다. 바로 공립학교였다.

네 살 무렵부터 이 아이들은 욕을 배우면서 못돼지기 시작했고 그 후로도 점점 나빠졌다.

맨 먼저 바보 똥꼬 소리를 하더니 이어서 개새끼, 다음은 씹할 소리를 했다. 좀 더 큰 다음에는 씹새끼를 비롯해 여러 가지 소리를 했는데 그 갖가지 소리들을 내 입으로 옮기고 싶지는 않다.

처음에 수녀님은 불같이 화를 내거나 얼음처럼 차갑게 대하면서 엄격하게 교육했다. 수녀님 탓을 하기는 힘들다. 엄마가 되어본 적이 없고 아이를 가진 적도 없으며 그 비슷한 것도 해본 적 없기 때문이다.

수녀님은 아이들을 엄격하게 대했고 그렇게 대처하는 게 옳았다. 물론 가정에서 엄격하게 교육했다고 아이들이 대담해지고 제멋대로 구는 것도 아니다. 그 역시 진짜 이유는 아니다.

얼마 후 수녀님은 상냥하게 대하는 것도 시도해보았다. 정말 상냥하게 말했다. 특히 아주 귀여운 네디의 경우에는 수녀님이 옆자리에 붙어 앉아 수학 공부를 돕느라 시간을 들이곤 했다.

수녀님은 좋은 사람이었다. 요요에게 체커*를 가르쳤다. 그러나 요요는 딴생각을 했다. 상냥한 방식도 별 소용이 없자 수녀님은 각각의 상황에 맞게 의견을 전했다. 우리 학교에서는 미안하지만 안 되겠다, 하느님이 보살펴주실 거야, 넌 나가야 해, 훌륭한 교육을 받을 자격이 없어. 기회를 얻으려는 많은 아이들이 네 뒤에 줄줄이 기다리고 있어, 등의 말을 해야 했다.

수녀님은 아이들의 어머니를 찾아갔다. 어머니는 출근 전에 정신없이 서두르며 설거지를 하던 중이었다. 무슨 말씀이신지 모르겠네요, 수녀님. 어머니가 말했다. 이 동네로 이사온 뒤로 우리 집 애들이 거친 아이들과 좀 어울리긴 했지요. 어떤 애들을 말하는 건지 수녀님도 아실 거예요.

아, 아. 수녀님이 말했다. 늘 듣는 비열한 험담이 지겨웠다. 아, 아, 우리 모두, 우리 한 명 한 명이 누구의 자녀입니까, 부인?

이에 대해 어머니는 한마디도 하지 않았다. 수녀님이 현실을 이해하지 못한다고 여겼기 때문이다. 하긴, 수녀님은 온갖 부류의 사람과 뒤섞여 한동네에서 살아가는 게

---

* 양팀 각각 12개의 말을 써서 상대편의 말을 넘어서 잡아 승부를 겨루는 보드게임.

어떤 건지 알지 못했다.

아, 저기요, 수녀님. 엄마가 말했다. 풋풋 좀 봐주실 수 있을까요? 좀 있으면 보보가 와서 풋풋을 돌볼 거예요. 저는 이번 직장에서 벌써 네 번이나 지각했어요. 지금 가봐야 하니 저 좀 도와주세요. 대체 보보는 왜 이렇게 안 오는 거지? 수녀님은 오늘 고등학교에서 무슨 일이 있었는지 혹시 아시나요? 수녀님, 당신에게 주어진 시간이 당신 것이 아니라는 거 알아요.

얼른 서둘러 가보세요. 수녀님이 말했다. 그곳에 있으니 땀이 배어나기 시작했다. 아, 그리고 네디 일은 죄송해요. 요요도요. 그 애들을 우리 학교에 그대로 둘 수 있었다면 좋았을 텐데요.

공립학교 현실이란 뻔해서 당연히 아이들은 나아지지 않았다. 점점 더 나빠져서 이제는 네 아빠 좆이나 빨아, 같은 소리를 하기 시작했다. 그게 무슨 뜻인지 알고 하는 소리는 아닌 것 같았다.

아이들은 절대 도둑질은 하지 않았다. 그들은 작은 주머니칼을 가지고 다녔다. 미끄럼틀에서 다른 아이들을 밀쳤고 놀이터 바닥에 다른 아이들을 쓰러뜨렸다. 아마 누굴 죽이는 일은 없을 것이다.

아이들은 입에 욕을 달고 살았고 누가 밀치면 되받아

밀치는 일도 다반사였다. 대개는 다른 아이 쪽에서 먼저 밀치거나 욕을 했다. 이 아이들은 욕으로 받아치거나 상대를 반격하여 밀쳤다.

예상보다 그리 오래가지 못했던 어느 날, 처치 고메스가 바닥에 올리브유가 고인 웅덩이에 미끄러졌다. 어떤 부인이 병을 깨뜨리는 바람에 올리브유가 엎질러진 것이다. 그 부인은 병 조각을 치웠지만 올리브유에는 아무 조치도 취하지 않았다. 내가 그랬더라도 올리브유를 어떻게 할지 몰랐을 것이다.

처치가 뒤에 있는 요요를 돌아보며 말했다. 왜 밀쳐, 이 새끼야?

누가 밀었다는 거야, 이 멍청아? 요요가 말했다.

이 바보 새끼, 네가 밀쳤잖아. 여기 어깨에 손이 닿는 걸 느꼈어. 네가 날 밀친 거야.

아아, 말도 안 돼. 난 안 밀쳤어. 요요가 말했다.

날 밀치는 걸 봤다고. 네 손으로 밀치는 걸 느꼈단 말이야. 그럼 너 말고 누가 밀쳤다고 생각하는 거야, 이 새끼야.

지금 누구더러 새끼라는 거야, 더러운 주둥이야. 나한테 그랬어?

그래, 처치가 말했다. 넌 니미 씹할 놈이야.

나보고 니미 씹할 놈이라고 했어?

그래, 너. 너한테 그랬다. 네가 여기 이 기름을 본 거야. 그러니까 널 그렇게 부르는 거라고.

그러자 요요는 일요일에 처치와 함께 장어를 잡으러 부두에 가기로 한 계획이 생각나 화가 치밀었다. 앞으로 처치와는 어떤 계획도 짜지 못할 것이다.

그래서 요요가 고함을 질렀다. 앞으로 너, 우리 엄마 이름을 입에 올리지 않는 게 좋을 거야. 구린내 나는 처치 고메스, 잘 들어, 너네 식구는 모두 씹할 개새끼야. 네 아빠와 엄마부터 시작해서 에디와 라몬, 릴리, 그리고 식구 모두와 네 할머니까지 다.

그러고는 못 두 개가 박혀 있는 나무판자를 집어 들어 처치의 어깨에 쾅 내리쳤다.

피가 많이 나는 부위는 아니었지만 기름에 피까지 범벅이 되어 식초가 조금만 있다면 처치를 피클로 담글 수 있었을 것이다.

그러자 처치가 악을 쓰며 고함쳤다. 날 죽이지 마. 그러고는 할머니가 있는 집을 향해 냅다 뛰어갔다. 할머니가 그를 맡아 기르고 있었다.

침대에 누워 있던 할머니가 처치를 보고 소리를 질렀다. 이 기분 나쁜 나라에서 더는 이런 꼴을 보고 싶지 않아. 부탁이니 날 좀 죽여줘, 누가 좀.

안 돼요, 그러지 마요. 처치가 말했다. 그렇게 기분 나빠하지 마요, 할머니. 내가 잘못한 게 아니에요. 그 애가 먼저 시작했다고요. 날 병원에 데려다줘요.

할머니는 그 나이에 단 일 분도 편히 누워 있지 못하고 소리를 질러야 하는 현실에 넌더리가 났다. 하지만 처치를 데리고 병원에 가야 했다. 병원에서는 못에 있던 독이 퍼지지 못하도록 처치에게 주사 두 대를 놓아주었다.

자, 어쩌다가 요요가 칼을 쓰는 것으로 유명해졌는지 이제 알았을 것이다. 그리니치 하우스에서 허드슨 길드까지 요요의 이름을 모르는 사람이 없다. 그는 대담할 뿐만 아니라 구제불능이다.

학교에서는 여자아이고 남자아이고 할 것 없이 모든 아이의 기도 속에 요요의 이름이 매일 오르게 되었다.

살아 있다

크리스마스 2주 전 엘런이 내게 전화를 걸어 말했다. "페이스, 나 죽으려나 봐." 그 주에 나 역시 죽어가고 있었다.

이야기를 나눈 뒤 내 상태는 더 악화되었다. 나는 아이들을 집에 둔 채 살아 있는 생명체 속에 섞여 얼른 한잔하기 위해 길모퉁이로 달려갔다. 그러나 줄리네 가게를 비롯하여 모든 술집에는 얼른 핫위스키를 들이켠 뒤 자리를 옮겨 사랑을 나누려는 남녀들이 가득했다.

사람은 생명의 행위를 갖기 전 술기운을 빌릴 필요가 있다.

나는 집에서 캘리포니아 마운틴 레드를 조금 마시고 생각했다. 죽어가는 사람이라고 생각도 하지 말란 법은 없다. 어느 방향으로 시선을 돌리든 어디에선가는 누군가 자유를 달라고 소리치면서, 만일 그러지 않으면 당신에게 죽음을 선사하겠다고 고함치는 사람이 있는 법이라고 생각했다. 그런 사람이 왜 없겠는가. 철두철미하게 합리적이고 가진 게 있으며 교회를 두려워하는 이웃들은 사이렌 소리에 두 손으로 귀를 완전히 틀어막고 뭔가 좋지 않은 일이 몸 안으로 들어와 내장 기관을 덮치지 못하게 막는다. 사랑의 마음이 없거나 앞 못 보는 사람만이 창밖을 내다보면서 당신이 살고 있는 차디찬 거리를 살필 수 있다.

나는 정말로 죽어가고 있었다. 출혈이 계속되고 있었다. 의사가 말했다. "출혈은 영원히 계속될 수 없어요. 피가 다 빠져버리거나 아니면 지혈되든가 둘 중 하나이지요. 출혈이 영원히 지속되는 사람은 아무도 없어요."

내 경우는 출혈이 영원히 지속되려는 것 같았다. 엘런이 전화해서 죽어가고 있다고 말했을 때 나는 명확한 문장으로 말했다. "제발! 나도 죽어가고 있어, 엘런."

그러자 엘런이 말했다. "아, 아, 페이시, 몰랐어." 그녀가 말했다. "페이스, 우리 어떻게 해야 해? 아이들 말이야. 누가 아이를 거둬줄까? 그 생각만 하면 너무 무서워."

나 역시 무섭기는 마찬가지였지만, 아이들이 욕실 근처에 오지 않기만을 바랐다. 아이들을 걱정해서 그런 게 아니었다. 내 걱정을 했다. 아이들은 시끄러웠다. 학교에서 너무 일찍 돌아왔다. 아이들은 집에 오면 시끄럽게 소란을 피웠다.

"두 달 정도 남은 거 같아." 엘런이 말했다. "의사가 그러더라고. 살려는 의지가 이렇게 없는 사람은 본 적이 없다고. 의사는 내가 살고 싶어하지 않는다고 생각해. 하지만 페이시, 난 살고 싶어, 살고 싶다고. 그냥 무서운 것뿐이야."

나는 당시 내 몸에서 흘러나오는 피 말고는 다른 생각을 할 여유가 거의 없었다. 피가 너무 빨리 내 몸에서 빠져나가고 있어서 눈꺼풀의 붉은 기가 사라지고 햇볕에 그을린 두 뺨의 혈색도 옅어지고 있었다. 싸늘해진 발끝부터 가장 빠른 길을 찾아 모든 피가 위로 올라오고 있었다.

"인생은 그렇게 멋진 게 아니야, 엘런." 내가 말했다. "우리에게 주어진 건 너절한 하루하루와 너절한 남자들뿐이야. 돈은 없고, 늘 깨지고, 바퀴벌레만 득시글거리고, 일요일이라고 해봐야 아이들을 데리고 센트럴파크에 가서 저 더러운 호수에서 배를 타는 게 고작이야. 뭐가 그렇게 멋있어, 엘런? 대단하게 잃을 건 또 뭐고. 겨우 2년 남짓 더 사는 거야. 아이들을 보겠지. 온갖 더러운 것도 볼 테고. 뜨겁게 밀려드는 불꽃 파도 속에서 세상의 모든 치즈 구멍이 터져버리는 것도 볼 거야……."

"난 그 모든 걸 보고 싶어." 엘런이 말했다.

나는 커다란 핏덩어리가 빠져나가면서 현기증을 일으키는 걸 느꼈다.

"말하기가 힘들어." 내가 말했다. "정신이 가물거려."

크리스마스 무렵 나는 몸 안의 모든 수분이 고갈되기 시작했다. 언니가 얼마간 아이들을 맡아준 덕분에 집에 조용히 머물면서 아무 방해 없이 헤모글로빈이며 적혈구 등을 채울 수 있었다. 새해를 맞이할 무렵에는 일등급 상태가 되었다. 다시 임신할 수도 있을 것 같았다. 아이들이 집으로 돌아왔다. 아이들은 키가 훌쩍 컸고 멋있었다.

크리스마스 후 3주가 지났다. 엘런이 죽었다. 바워리에 있는 아주 깔끔한 교회에서 장례식을 치렀고 그곳에서 내내 울던 그녀의 아들은 1분 간 울음을 멈추고는 내게 말했다. "걱정하지 마세요, 페이스. 엄마가 모든 걸 확실하게 처리했어요. 일을 하면서도 나를 챙겼고요. 그 남자가 와서 그렇게 말했어요."

"아, 내가 널 데려가서 키워줄까?" 내가 물었다. 만일 아이가 좋다고 하면 돈이며 방이며 게다가 잠자기 전 10분 동안 보살펴주는 문제며 그 모든 걸 어떻게 해결할지 걱정되었다. 아이는 우리 집 애들보다 조금 나이가 많았다. 곧 좋은 사전이 필요해질 테고 화학실험 도구도 필요해질 것이다. "잘 들어, 빌리. 솔직하게 말해줘. 내가 널 데려다키워줄까?"

아이가 눈물을 뚝 그쳤다. "아니에요, 고맙습니다. 그러지 않으셔도 돼요. 스프링필드에 삼촌이 있어요. 삼촌에게 갈 거예요. 저는 차차 괜찮아질 겁니다. 그곳은 시골이에요. 거기 가면 사촌들도 있고요."

"그래." 나는 안도하며 말했다. "너를 정말 좋아해, 빌리. 넌 세상에서 가장 멋진 아이야. 엘런이 아주 자랑스러워할 거야."

빌리가 다른 곳으로 발걸음을 옮기면서 말했다. "엄마는 정말 뭣도 아니었어요, 페이스." 그러고는 스프링필드로 떠났다. 다시는 그 아이를 보지 못할 것이다.

하지만 나는 종종 엘런에게 이야기하고 싶은 마음이 간절하다. 정확히 따지자면 그녀와 함께 이야기를 나누고 싶은 마음이다. 무서웠던 둘만의 그 시기 동안 아주 많은 일이 있었다. 우리는 아이들을 차에 태우고 가서 센트럴 파크의 빌어먹을 바위란 바위에 모두 올랐다. 부활절 일요일에는 파란 포스터에 흰 비둘기를 붙였고 8번가에서 평화를 위한 기도를 올렸다. 그러고 나면 우리는 피곤해져서 아이들에게 고함을 질렀다. 남자아이들은 모두 어린 아기였다. 우리는 장난 삼아 스테이플로 아기의 방한복을 치마에 이어 붙이고는 몇 주 동안 토요일마다 노예 생활의 분노를 터뜨리면서 세상과 맨해튼을 이어주는 다리 위를 행진하듯 건너갔다. 우리는 같은 아파트에 살았고 직장도 같았으며 볼록한 귀걸이도 같이 사용했다. 그리고 그 무렵, 마지막 크리스마스를 앞둔 2주 전 우리는 죽어가고 있었다.

자, 어서, 그대 예술의 아들들이여

잔다키스가 미소 띤 얼굴로 다가오는 꼴이란! 제리 쿡이 말한다. 뉴저지에서 가장 큰 대교구를 자기 손바닥 안에서 쥐락펴락하고 있으니 그러겠지. 수줍은 성인상, 온갖 종류의 유물, 가장 멍청한 부인들에게 축복받는 채색 수도사상, 울부짖는 성모 마리아상 들이 모두 그의 손을 거친다고.

미국 어디에서든 말이야. 쿡이 말한다. 그는 키티와 오전 한나절을 보내는 중이다. 뉴저지와 롱아일랜드 남자는 신과 그 주변에 있는 것들을 바라보고 있어. 제리 쿡이 말한다. 나는 꿈을 꾸지.

아. 쿡이 고개를 돌려 지긋이 응시하며 말을 이어간다. 돈에 관한 한 난 대가들이 좋아. 자기야, 인정해야 해, 대가들은 과학자야. 그들을 덧셈을 하고 곱셈을 해. 그러고

나면 물을 먹이고 무게를 달지. 그들은 예술가야. 편안하게 누워 있지. 미소 가득한 얼굴로 욕조에 몸을 담그고 있는데 그 빌어먹을 이스트코스트 가죽 제품 산업 전체가 그들의 잇새에서 나오는 헛소리로 성장해. 그들은 불도저야. 유대인 전문가 두 명이면 그 어떤 주기적인 불황에도 불쌍한 시리아인 스물다섯 명을 짓밟을 수 있고, 늙은 그리스인은 비몽사몽으로 지내며 그 한 명이 자신의 대리석 같은 어깨의 짐을 쉰 명의 유대인에게 지우고. 십만 개의 플라스틱 서류가방은 순식간에 뉴욕 울워스의 할인매대로 헐값에 넘겨지지. 일본인 이야기는 하지 마.

왜 하지 마? 키티가 물었다.

절대 하지 마. 제리 쿡이 말했다. 난 누구에게든 절대로 일본인 이야기는 하지 않아.

쿡은 글래드스테인 밑에서 일했다. 46, 1, 22달러를 기준으로 오르내리는 대략 28만 5000개 품목 계산서가 있었으며 모두 세속적인 물품이었다. 오렌지카운티에서 값싼 지갑을 본다면 바로 제리 쿡이 갖다놓은 지갑일 것이다.

그런데 잔다키스와 비교할 때 글래드스테인은 어떤 사람일까? 잔다키스는, 정말 맹세하건대, 성령의 새끼손가락과 그리스 정교회의 손바닥에도 감동한다. 반면 글래드스테인은 저 기름기 흐르는 천재 뒤를 통통거리며 쫓아다니면서 플러싱 건물부지를 늦지대 바닥만큼 낮은 가격으로 자기 아내의 조카들에게 6×18미터씩 나눠주는 걸 다들 알 것이다. 글래드스테인은 타이완도 두려워하지 않는다. 공해상에 있으면서도 센트럴파크 호수에 있다고 생각한다. 남들에게 보이려는 과시용으로 한 달에 한 번 자기 집 테라스에서 무도회를 여는데, 그 집은 브로드웨이와 7번가, 검은 해안지대가 내려다보이는 20층 펜트하우스이다. 전쟁 동안 글래드스테인은 노처녀의 스웨터 단추를 대위의 금색 단추로 둔갑시켜 팔아먹었는데, 내부 보안이 덤덤탄처럼 산산이 폭발해버려서 이제는 전화 교환수 여직원들을 파티에 부르고 천공기 조작 여직원들과 속기용 녹음 담당 여직원들, 멋진 회계 담당 여직원들까지 파티에 부르며 심지어는 제리 쿡도 부른다. 아주 민주적이다.

글래드스테인의 인척들이 그에게 지대한 호감을 보이면서 마른 가죽을 마구 안기던 바로 그때, 왜 잔다키스가 글래드스테인에게 달려들어 공격했는지 이유를 아는 사람은 자본주의의 허점을 꿰뚫는 카를 마르크스뿐일 것이다. 지퍼 달린 여자용 진짜 가죽 잔돈 지갑 32만 5000개가 순식간에 저지의 소비자인 허기진 론섬 부인*의 배 속으로 들어갔다.

제리 쿡은 잔다키스를 향한 질투와 글래드스테인에게
시달리는 고통으로 괴로웠다.

사업을 해야 해! 제리 쿡이 말했다. 당신은 내가 사업을
하고 있다고 생각하지. 글래드스테인이 풀턴 스트리트의
땅과 비단 책표지로 사업을 한다고 생각해. 당신은 담배
케이스도 사업인 줄 알아! 제리 쿡이 손톱을 물어뜯었다.

아니라고! 하지만 다이아몬드는 달라! 키티, 나한테 다
이아몬드, 하고 말해봐. 제리 쿡이 말했다.

좋아. 다이아몬드. 키티가 말했다.

그래, 그게 훨씬 나은 사업이야. 그런 걸 사업이라고 해.
바로 다이아몬드 쪽으로 옮겨야겠어. 키티, 사실 늙은 할
머니들 말이야, 당신은 할머니들한테 살라미 소시지를 슬
쩍 들이미는 건 아주 잘해. 할머니들은 뭐든 사지. 그런
소리를 여기저기서 들어.

다이아몬드는 손대지 마. 키티가 말했다.

아, 그래. 제리 쿡이 베개를 툭툭 치면서 말했다. 난 키
티 당신을 알아. 당신은 그런 무리에 속하는 사람이지. 세
상이 둥글다고 생각하는 사람인 거야. 우리 누나와는 달
라, 제리 쿡이 말했다. 애나 마리는 그렇지 않아. 세상이
어떻게 생겼는지 진짜 모습을 알지. 그녀는 사는 것처럼

살았어, 애나 마리 말이야. 누나가 가진 건 어렸을 때 아버지가 누나에게 준 거야. 첫 사업 밑천으로 시작할 수 있는 작은 공장과 자수와 고물을 받았지. 하지만 누나는 약삭빠르고 사기를 잘 치고 세상물정에 빠삭해. 내 형제 두 명도 사기를 잘 쳐. 속이고, 사기 치고. 심지어는 아내도 속여. 오직 한 사람만이 사기 치지 않아. 키티 당신처럼 뭐든 곧이곧대로 하는 사람이고 멍청하지. 키티, 키티. 제리 쿡이 그녀를 자기 쪽으로 끌어당겨 입을 맞추었다. 매형이 바로 그 사람이야. 애나 마리의 남편 말이야. 매형은 늘 멍청하고 곧이곧대로 하지. 하지만 이제 매형도 그들에게 넘어갔어. 모두 한 매듭에 묶여 있는데 당신이 8월부터 시작해도 매형을 그 매듭에서 빼내지 못할 거야.

키티, 당신 개성을 발휘해서 뭔가 사업을 해야 해. 딱 1년 동안. 사고파는 거, 그게 상술이야.

하지만 그 사람들은 도둑이지. 자기. 내 형제들 말이야. 아, 내 말 들어봐. 내 형제들은 한때 유명한 건축업자들 밑에서 일했어. 유명한 사람들이었지. 플래닛 브러더스라고, 백만장자야. 당신은 현실을 몰라. 키티, 백만 달러가 어느 정도인지 모르는 사람은 그들과 연락할 수 없어. (백만 달러면 1 뒤에 0이 여섯 개나 붙어.) 플래닛 코너 코티지 회사였어. 코너(모퉁이)마다 코티지(작은 집)를 짓는 곳이지. 그들이 사업을 어떻게 했는지 모르는 사람이 별로 없었어. 매번 정부 돈을 조금씩 빼돌렸지. 정말이냐고? 정부가 누굴 위해 일하는데? 국민이라고? 맞아, 키티. 그리고 플래닛 브러더스는 국민이야, 아주 대가족이지.

형제가 넷이고 누이가 셋이야. 가족계획 같은 건 생각도 안 한 거지. 그리스 정교회거든. 건설적인 망할 건축업자들이야, 자기.

그러는 동안 내 형 스키피가 4만 달러 운운하고 있어. 자! 4만 달러가 어느 정도일까. 은행에 물어봐. 은행에 가봐. 그들은 4만 달러를 찢어발기고 있어. 4만 달러 위에서 펄쩍펄쩍 뛰고, 4만 달러에 침을 뱉지. 웃으면서 말이야. 당신이 기초 공사에서 재목 하나를 줄인다고 치자고. 비용이 대략 1만 2천 달러야. 그게 땅속으로 사라지는 거야. 땅속으로, 안녕.

하지만 잘 들어, 키티. 애나 마리는 약삭빨라. 머리가 있다고. 제리 쿡이 침대에서 펄쩍 뛰어 일어나 검지로 자기 머리를 톡톡 치면서 소리 질렀다. 애나 마리, 누나가 내 형들에게 말하지. 플래닛에서 일하는 동안 부디 뭐 좀 챙겨. 한 번에 조금씩 챙기라고. 욕심내면 안 돼. 멍청해도 안 되고. 세상은 계란이야, 바보야. 쪽쪽 빨아먹어. 순수 단백질이라서 심장에 지방도 안 생겨. 심리적인 문제는 생길지 몰라도 지방이 생기지는 않아.

제리 쿡이 한숨을 쉬었다. 그는 지쳐서 다시 침대에 쓰러져 키티의 보드라운 가슴에 대고 부드럽게 말했다. 애나 마리가 이렇게 말했어. 뭘 좀 챙겨. 싱크대든, 보일러든, 레인지든 챙겨서 모아둬. 모아두라고. 천천히. 그러면 형들이 묻지. 어디에 모아야 해? 어디에다가? 형들은 물었어. 형들이 그런 거였어. 난 거기 없었고. 난 그 일에 끼지 않아. 키티, 이유는 모르겠지만. 제리 쿡이 서글프게 말했다. 나 역시 정직하지 못해.

맞아, 그래. 키티가 말했다.

너희들 때문에 토할 지경이야, 애나 마리가 이렇게 말했지. 내가 벌써 다 준비해놨어. 누나는 정말로 마련해놨더라고. 그 물건을 어디에다 쌓아둘지 준비해놨지. 창고를 사두었거든. 경매로. 그게 아니면 어떻게 창고를 구하겠어?

동가! 동가 입찰! 경매인이 외치지. 25만! 빈틈없는 한 사람이 고함을 질러. 동시에 다른 빈틈없는 사람이 소리를 지르지. 25만! 하! 경매인이 망치를 두드려. 탕! 동가 입찰!

처음 듣는 얘기야. 키티가 말했다.

곱게 살았네. 제리 쿡이 말했다. 누나가 경매인 마브에게 이렇게 말해. 당신은 돼지처럼 보일 때가 많아요. 가끔 시시한 사람처럼 보일 때도 있지만 경매인으로 보이지는 않네요. 당신이 어떤 사람인 것 같나요? 말해봐요. 그가 이렇게 말해. 무능한 사람. 그러고는 허허 웃지. 맞아요, 무능한 사람. 잘 들어요, 마브. 이 창고를 내게 7만 달러에 넘겨요. 그러면 내가 당신에게 다시 7을 찔러줄게요. 올즈한 대도 같아요. 정말 멋진 차예요. 말 같아요. 누나가 이렇게 말해. 나는 당신 아내가 불쾌한 여자라는 거 알아요. 섹스도 안 하고요. 내가 당신에게 멋진 사람을 소개해줄 게요. 당신은 그런 엉덩이를 볼 기회가 없잖아요. 그 자리에서 경매인이 감사 인사를 해. 하하하, 거칠게 숨을 쉬지. 그는 성관계를 갖게 될 거라고 생각해. 뭐? 우리 누나? 애나 마리? 누나는 아니야. 그런 건 하지 않아. 절대 안 하지. 그런데도 경매인은 그런 생각을 하는 거야.

형들이 말하지. 좋아, 소개해줄게. 멋진 흑갈색 머리의 백인 여자도 있고, 금발도 있고, 빨간 머리도 있고 브루클린 출신도 있어, 하고. 그거 알아? 애나 마리는 아니야. 너무 똑똑하거든. 누나가 내 형 스키피에게 말해. 스키피, 난 로스트비프 사업을 하는 게 아니야.

누나는 그런 사람이 아니니까! 애나 마리는 자기가 선택하면 어떤 사업이든 할 수 있어. 엄마와 아빠에게서 배웠지. 우리 부모는 겪어보았거든. 그런데 누나가 나설 때가 되었을 때 뭘 했는지 알아? 누나는 하늘을 올려다보았어. 거긴 비어 있었지. 누나가 이름과 명성을 쌓을 곳이 거기 말고 어디 있겠어? 아, 애나 마리. 고층 건물을 올리는 사람들! 누나가 말했지. 아, 누나는 마음먹으면 무엇에든 손댈 수 있었어. 파리에서 엉덩이를 팔 수 있는 사람이고. 스웨덴에 금발을 진출시킬 수도 있지. 사기를 칠 수 있으니까. 제리 쿡이 말했다. 심장이 어이없이 목구멍까지 마구 뛰었다. 그가 일어나 똑바로 앉았다. 고층 건물을 올리는 사람들!

이스트사이드에도 올리고, 노스사이드에도 올리고. 아주 민주적이야. 누나는 할렘에도 고층 건물을 하나 올렸어. 건물 이름도 붙였지. 누나는 삽질을 해. 당신이 생각하는 그런 거 아니야, 키티. 흙을 파낸다고. 누나는 장차 어떻게 되는지 알아. 애나 마리는, 누나는 앞으로 10년, 20년 후 자신이 누굴 상대하게 될지 아는 거야. 누나 앞에 인생이 펼쳐지지. 당신도 〈뉴욕타임스〉를 잘 살펴야 해. 사설 말이야, 그들이 누구 편인지 보는 거야. **그런 다음** 사업을 해.

해리엇 터브먼 타워스. 내가 당신에게 그런 이름을 붙일 거야. 27층 건물이지. 센트럴파크가 내려다보이고 매디슨 가와 구겐하임 박물관도 보여. 어쩌다 건물 다른 편에 산다면 할렘 강과 다리들, 사우스브롱크스*, 그리고 백만 명의 노예들이 보일 테고.

내가 이곳에 식민지를 세운 거야, 하고 누나는 말하지. 하지만 누나는 배를 놓쳐서 그곳을 식민지라고 부르는 거야. 거기서 좀 더 서쪽에 또 다른 건물을 올릴 계획인데, 벌써 이름도 생각해냈지. 마노 홀처럼 까맣고, 스핑크스 분수가 있고, 놀이터에는 아이들이 올라갈 수 있는 작은 클레오파트라의 바늘**이 있어. **이집트**, 그게 누나가 생각해놓은 이름이지. 사람들이 그 이름을 좋아해. 누나, 애나 마리는 이름이 생각나기 전까지는 건물을 짓지 않지. 그리니치빌리지에 가면 당신 눈에는 뭐가 보여? 세잔, 반 고흐, 생 제르맹…… 멍청이들, 단기 임대, 할인, 빈방 같은 것들이겠지……. 누나는 신문을 읽어. 〈빌리저〉, 〈보이스〉 같은 신문 말이야. 냄새를 맡는 거지. 애나 마리는 약삭빨라. 조용히 계약자의 얼굴을 응시하지. **플란츠 클라인*** 같아. 그리고 계획안이 나온 다음 날 예상가 이상으로 신청

---

* 빈곤과 범죄, 마약, 황폐의 전형이라 불리는 뉴욕 시의 지구.

** 고대 이집트 헬리오폴리스에 있던 두 개의 오벨리스크.

*** 미국의 유명한 추상 표현주의 화가. 대표작품은 흰 바탕에 검정 또는 회색의 페인트를 이용하여 굵은 솔로 민첩하게 선을 그린 작품으로, 단순한 구성 속 강한 역동감을 표현한다.

하는 거야.

당신은 사업을 해야 해, 키티. 당신은 약삭빠른 사람은 못 되지. 하지만 다정하고 넓은 마음을 가졌어. 그런 미덕이 빛을 발하는 자리가 있지. 백만장자가 되지는 못하겠지만 이 동네를 벗어날 수는 있어. 이곳에 있는 동안 당신 자식들이 보는 건 사방에 슈바르츠*와 에스파냐어 쓰는 놈들, 검둥이들뿐이야. 그들에게 나쁜 감정이 있는 건 아니지만 누가 아방가르드 같은 걸 필요로 하겠어.

키티가 손가락으로 제리 쿡의 입술을 막았다. 쉿. 그녀가 말했다. 나는 마음이 넓고 다정한 사람이야.

봐봐, 키티. 삼등 선실에서 막 나온 유대인 놈들이 좋았어? 고약한 냄새가 나잖아. 그 유대인들. 한 구역 떨어진 곳에서도 걔들 냄새가 나. 수염이 마늘 농장 같아. 당신이 뭘 할 수 있을까……. 유럽도 옛말이지……. 유럽은 퇴보했어. 오늘날 당신은 그 사람들이랑 체육관에도 함께 갈 수 있지. 이제 사람들은 유럽이 퇴보한 것을 잊고 있어.

하지만 내 말 들어봐, 키티, 그녀가 고층 건물을 올리기로 결정하고 나서…….

누구? 키티가 말했다. 뭘 결정했다고?

---

*   흑인을 속되게 부르는 이디시어.

우리 누나가 고층 건물을 올리기로 결정했단 말이야. 누나의 미래가 바로 거기에 있었지. 저 위에 말이야. 누나는 스키피에게 전화를 걸었어. 은행에도 전화했고. 그들 모두 제각기 자기 차에 올라타 창고로 향했지. 그곳이 투자 인생을 위한 담보였어. 창고는 저기 저지에 있는데 볕이 잘 들고 아름다운 곳이지. 사방에 풀밭이 펼쳐져 있고 뒤에는 늪이 하나 있어. 철조망이 둘러 있어서 문제가 생기면 전류가 흐르고, 경비원도 한 명 있으며 유리창은 깨끗하지. 은행에서 나와서 한번 획 둘러봐. 창고에는 물건이 가득 채워져 있고 난로 연통들이 유리창 밖으로 튀어나와 있으며 전선들이 배수구 밖으로 나와 있지. 은행은 굳이 두 번 둘러보지 않아도 돼. 바로 서명을 하지.

아, 애나 마리! 그 모든 게 누나 머리에서 나왔어. 누나가 내게 묻지. 제리, 넌 머리를 뒀다가 어디에 써? 머리 아플 때? 맞아, 머리 아플 때 쓰지. 난 어째서 그들 같지 않을까, 키티? 한번은 내가 스키피에게 집 한 채를 부탁했어. 그가 말했지. 어쩌면 22달러에 3만 5000달러짜리 집을 줄 수 있을 거야, 라고. 좋은 거지, 키티? 그 집을 제값에 주었어야 했을까, 키티? 아, 내가 그런 돈을 손에 넣을 수 있다면, 당신이 내게 길을 알려준다면, 얼마나 좋을까.

당신에게 사기꾼 기질이 생기게 도울 수 있으면 좋겠어

요. 키티가 말했다.

제리 쿡은 키티의 불룩한 배에 손을 얹었다. 키티, 내가 직각을 그릴 수 있다면 이 아이를 내 손으로 하버드에 넣겠어.

근데, 잔다키스는 어떻게 되었어요?

그 사람 얘기는 왜 꺼내는데? 그는 사업가가 아니야. 살인자이고 생각조차 하기 싫은 사람이야.

글래드스테인은 어디 있어요?

그 사람 얘기까지? 그는 존재하지 않아. 125번가에 있는 그의 싸구려 잡화점에서 사람들이 광택 9호 면직물로 그의 엄지손가락을 묶어 매달았어.

정말요?

키티, 날 비웃고 있군. 웃지 마.

알았어요. 키티가 이렇게 말하고는 푹신한 베개에 몸을 기댔다. 그녀는 일요일의 삶을 누리기 위해 2주 정도는 기다릴 가치가 있다고 생각했다.

자, 내 얘긴데. 제리가 말했다. 나는 정말 어떤 사람일까. 나는 일요일 아침 식사를 담당하는 사람이야. 팬케이크를 서른 개 만들 거야. 한 사람에 여섯 개씩. 계란을 굽고. 베이컨, 신선한 햄, 주스를 준비할 거야. 저 게으른 당신 아이들을 깨우고, 아이들의 멍청한 머릿속에서 뇌가

꿈틀꿈틀 움직이는 게 보일 때까지 먹이고 또 먹일 거야. 난 멍청한 아이는 싫어. 내가 그런 것 같은 생각이 늘 들어서.

아, 제리. 키티가 말했다. 내가 당신 없이 뭘 할 수 있을까요?

으음. 임신을 못 한다는 거 한 가지는 확실하지. 제리가 말했다.

그럴까요? 키티가 말했다.

날은 춥지 않았지만 키티는 담요 속으로 파고들었다. 그녀의 친구 페이스의 할머니가 만든 퀼트 담요 덕분에 키티는 따뜻한 방 안에서 아주 따뜻하게 지냈다. 오래된 블라인드 때문에 아침이 어스름 저녁 같았다. 그녀는 제리의 형 스키피의 소유인 오렌지색 라디오에서 흘러나오는 노랫소리에 귀 기울였다.

"자, 어서, 그대 예술의 아들들이여……."

뜨거운 철판 위에서는 베이컨이 걱정스러울 만큼 꼬불꼬불 뒤틀렸고 토스터에서는 와플이 툭 튀어나왔으며 카운터테너의 목소리가 외쳤다.

비올을 켜라.
퉁겨라,

아아, 류트를 퉁겨라······

라디오 해설가가 말했다. 퍼셀*이 살던 어느 날 그 분주한 나라 잉글랜드에서 그렇게 많은 기쁨이 오간 건 그날이 여왕의 생일이었기 때문이에요.

---

* 헨리 퍼셀. 17세기 영국 왕실 작곡가. 영국 음악의 아버지로 불린다.

나무에서 쉬는 페이스

중요한 대화가 아주 간절했던 순간, 남자의 모든 세계를 코로 들이마시며 냄새로 느끼고 싶었던 순간, 나의 다정한 언어를 그의 시들지 않는 육체적 사랑으로 바꾸어 표현할 줄 아는, 적어도 한 명의 똑똑한 동반자가 절실히 필요했던 그 순간, 나는 별 도리 없이 아이들 가득한 동네 공원에서 느긋하게 쉬고 있었다.

공원에는 아이들이 모두 나와 있었다. 나무 사이에서 노는 아이도 있고, 조각상의 품에 안긴 아이도 있고, 발가락으로 풀밭을 차는 아이도 있고, 개똥 위에서 깡충깡충 뛰는 아이도 있고, 두더지 구멍을 따라 터널을 파는 아이도 있었다. 아이들이 뛰어다니는 곳이면 어디든 엄마들은 멈춰서 이야기를 나누었다.

민주주의 시대를 맞이한 정말 멋진 곳이다! 유대인의

왕이었던 유일신, 작은 수소 폭발로 오늘날까지 별들을
하늘에 풀어놓는 유일신이 신성한 본부에서 아래를 내려
다본다면 우리 모두 보일 것이다. 여자들의 머리, 봄날의
행운을 타고 달랑거리는 포니테일, 검은색 단발, 그리고
가끔은 금색 결혼반지의 고귀함이 보일 것이다. 남쪽 방
향의 브루클린으로 눈을 돌리면 프로스펙트 파크가 보일
것이다. 일본식 정원들과 경찰관 사이로 모래에 뿌리내린
나무들 속에 공원이 펼쳐지는 풍경이 보일 것이며 우리
너머 북쪽으로는 위험한 센트럴파크까지 보일 것이다. 저
멀리 북쪽 끝에는 사슴 눈을 한 일런드와 쿠두가 브롱크
스 동물원의 탁 트인 구덩이에서 풀을 뜯으며 살고 있다.

　그러나 신이 관대한 마음으로 두 번 생각해본 뒤에야
세상에 나온 피조물인 나는 지상 3.5미터쯤 되는 곳에 길
게 뻗은 튼튼한 플라타너스 가지에 두 발을 흔들며 앉아
있다. 내 눈에 보이는 것은 키티뿐이다. 엄마라는 직업을
가진 동료로서 그녀는 일급 숙련공이다. 저 아래 보이는
그녀는 90센티미터당 대략 14센트 정도 되는 자투리 천
으로 검은색 면 치마를 만들어 입은 채 헝클어진 모습으
로 내가 걸터앉은 나무에 기대어 있다. 또 다른 동료인 앤
크라프트가 근처 딱딱한 공원 벤치에 앉아 우울하고 아름다
운 모습으로 언제쯤 자신의 운이 바뀔지 기다리고 있다.

비록 내 눈에는 보이지 않지만 분수대 분출구의 두툼한 돌출부가 솟아 있는 마른 연못 반대편에서는 힘 캐러웨이 부인이 햇빛 부서지는 바싹 마른 원형 연못(헨리 제임스가 이곳을 볼 수 있던 시절에는 연못에 백합이 떠 있는 게 보였다) 둘레를 바삐 돌면서 형편없는 모종을 심고, 고언, 마이클, 크리스토퍼는 각각 영국식 자전거와 프랑스식 세발자전거, 덴마크식 트랙터를 타고 있다. 캐러웨이 부인 옆에는 매튜와 마크와 루이스의 엄마인 스티미 루이스 부인이 아무 반응이 없을까 봐 두려워 쉴 새 없이 떠들면서, 역사적 기억 전체가 시작된 어느 그리스 섬의 초가지붕 호텔에서 아주 행복하게 살았던 삶에 대해 이야기한다. 루시가 절룩거리며 걸어오는데 캐시미어 치마가 온통 진흙투성이이다. 스티미 루이스 부인은 몇 초 정도 허용되는 남은 시간 안에 실제로 스윙 댄스를 추면서 자신은 아이를 여섯 명 둘 거라고 맹세한다. 그러나 다들 스티미 루이스 씨가 살지 못할 거라고 예상한다.

주니어스 핀 부인이 금방 내 눈에 들어온다. 같은 건물 위층에 사는 이웃으로, 저녁이면 현관 계단 앞에 모이는 친구이다. 그녀는 부인의 모습을 하고서 천천히 움직이는 널따란 바지선 같다. 그녀의 뱃고물에는 빨간 머리를 한 두 개의 갑판이 빨랫줄에 매달려 끌려오고, 뚱뚱한 상

갑판에는 눈 주위가 거무칙칙한 창백한 얼굴의 세 살짜리 선장 월트윅˙이 소리를 지르면서 축축한 엄지를 바람 속으로 쭉 내밀고 있다. "빨리! 빨리!" 월트윅이 소리친다. 핀 부인은 저 모래 항구, 고집불통 놀이터를 향해 연기를 내 뿜으며 가고 있다.

같은 해협이긴 해도 지금 당장 화풀이를 해댈 수 있을 정도의 거리에 린 발라드가 소년의 돛단배처럼 살짝 기울어진 자세로 나의 무관심을 지나쳐 휘휘 떠돌다가 초록색 벤치 널조각 위에 커다란 연보라색 핸드백을 가벼운 닻처럼 내려놓는다. 그녀는 한숨을 길게 쉬고는 하늘이 (혹시라도 무슨 이야기를 한다면) 뭐라고 말하는지 들으려고 고개를 들어 하늘을 본다. 이렇게 일주일에 한 번 안짱다리로 서서 고개를 높이 쳐들고 몸을 270도 각도로 비튼 채 바다표범의 지느러미처럼 우아하게 두 팔을 옆구리에 붙이고 조용하고 사치스럽게 휴식을 취한다. 발라드 부인은 다른 집 아이가 넘어져 울어도 절대 손을 잡아주는 일이 없다. 그녀의 특별한 아들 마이클은 발라드 부인이 은밀한 한밤을 꿈꾸는 동안 빨간색 작은 자전거를 타고 모래

˙ 월트윅이라는 이름은 그의 형 주니어가 다니는 학교 이름에서 빌려온 것이다. 주니어는 예전에 행실이 나빴고 계속 더 나빠지기만 했는데, 학교에 다니면서부터는 여전히 행실이 좋지는 않지만 그래도 점점 나아지고 있다(남자도 완벽해질 수 있기 때문이다).

놀이터 안을 몇 바퀴씩 돈다.

"모델 같네." 주니어스 핀 부인이 린 발라드의 머리 위로 크게 외친다.

나는 뭐라고 논평하기에는 대상과 거리가 너무 가깝다. 하지만 코로 훅 숨을 들이쉬며 뜻하지 않게 달콤한 기운을 폐 속으로 받아들인다. 오월이기 때문이다.

키티와 나 역시 린 발라드와 마찬가지로 별것 아닌 존재이다. 내가 키티에게 이야기하는 동안 그녀의 사랑스러운 얼굴이 보일 것이다. 나는 천천히 이야기하면서도 순간 생각한다. 나는 어떤 사람일까? 당신이 지하 할인품목 코너 쇼핑객이라면 나쁠 것 없다. 내 얼굴에는 열두 가지 메시지가 쓰여 있으며 누구라도 금방 알아차릴 수 있지만 엄밀히 말하면 친구들에게 보내는 메시지다. 저가상품 다량 구비! 이제 나는 내 얼굴에 그런 메시지가 적혀 있다는 걸 솔직히 인정한다.

하지만 가장 평범한 삶이라도 커다란 사건이 생기면, 가령 어느 날 명성을 얻는다든가 하면 삶이 환하게 빛을 발한다. 언젠가 나는 유명인이 된 적이 있다. 그 환한 빛의 의미를 잃은 뒤 나는 담담하고 겸손한 사람으로 내려왔다.

오래전 로토그라비어 인쇄기를 구비한 모든 뉴욕 신문에 여자 비행기 승무원 품에 안긴 나의 사진이 실렸다. 지금 생각해보니, 나는 전 세계의 아기 중에서 세 번째로 민간 비행기에 탑승한 아기였다. 지금 그 사진은 뒷면에 세탁소 판지를 붙여 친정집에 보관되어 있다. 엄마는 영원의 시간과 맞서기 위해 사진 위에 유리를 덮어놓았다. 사진 설명에는 이렇게 적혀 있다. "우리 비행기의 가장 어린 승객 중 한 명. 아기 페이스는 할머니 집을 방문할 예정이다. 지금 아기가 승무원 지니 카터의 품에 편안하게 안겨 있다."

왜 사람들은 어린 아기를 혼자 어딘가로 보내려는 걸까? 우리 엄마는 뭘 보여주려고 했던 걸까? 내가 독립적이라는 것? 우리 엄마가 아기에게 꼼짝없이 매달려 사는 그런 사람이 아니라는 것? 장차 상식 있는 사회주의적 시온주의 세계에서는 엄마가 결혼식에서 울지 않을 거라는 것? "너는 미국 아이야. 자유롭고. 독립적이야." 지금에 와서 그게 무슨 의미가 있나? 남들 눈에는 내가 의지하고 살 남자를 이미 둔 것처럼 보일 때에도 나는 의지할 남자가 필요했다. 어린 아들 두 명을 두고 있으며 내게 의지하여 살아가는 이 아이들에게 내 룸펜 생활의 시간과 부르주아적 감정을 모두 빼앗긴다. 나는 이 아이들의 신발 끈을 매준다고 얘기하면서도 아무런 부끄러움을 느끼지 못하며, 정신적 문제를 가진 사람을 도와주는 사회사업가이자 내 친구인 앨런 헬레스브론과 조지 헬레스브론 부부는 권고하는 수준을 훨씬 넘어서서 아이들의 엉덩이도 씻어준다. 이들 부부는 내 이야기를 듣고 질겁한다. 나는 하루에 마흔 번 내 아이들에게 입을 맞춘다. 그리고 여느 아빠가 하듯이 아이들을 주먹으로 때린다. 데이트가 있어서 밤늦게 들어가는 날이면 아이들을 두어 차례 심하게 흔들어 깨운 뒤 엉망진창이었던 만남에 대해 불평을 늘어놓는다. 내 저급한 직업과 검댕이 끈적끈적하게 달라붙은 구질구질한 집 때문에 미쳐 돌아버릴 만큼 진이 다 빠지지 않은 날이면 내게 이런 일자리와 집을 준 신을 찬양한다. 어느 일요일 아침 이웃인 래프터리 부인은 새벽 3시에 내가 불타는 복수심으로 찬송가를 불렀다는 이유로 경찰에 전화했다.

노래 이야기가 나왔으니 당신에게 말할 게 있다. 오늘은 일요일이 아니어서 파란 눈에 소년의 얼굴을 한 공원의 모든 경찰관이 걱정하고 있다. 비타민이 늘어난, 우리 동네 많은 고등학교 아이들이 하루 종일 기타케이스를 끌고 다닐 작정이라는 걸 경찰관들은 알 수 있다. 행여 이 아이들 중 한 명이 기타를 치면서 산악 노래를 부른다거나 혹은 패거리를 이룬 몇몇이 모여 중세 대위법으로 목소리를 높일까 봐 경찰관들은 겁먹고 있다.

질문. 자치단체 법령에 따라 일요일 오후 몇 시간을 제외하고는 프렛을 부착한 악기 연주가 금지되어 있다는 걸 세상은 알고 있을까? 보통의 자유민이 이런 사실을 깨닫고 있을까? 플루트와 오보에를 사용하는 노래는 완전 금지된다.

답변(설명). 끊임없이 시멘트 반죽을 만들면서 개조 작업을 하는 이 도시에서 지금 커다란 건물 해체용 철구가 건물을 쾅쾅 때리면서 부수는 **소리가** 들리고 있으며, 격렬한 클라리넷이 내는 높은 음도 시민의 고막을 찢는 수준의 데시벨이 될 수 있다. 그런데 당신이 도시를 사랑하는 설계자로 제도판에 몸을 숙이고 일하는 사람이라면 어떨까? 섬세한 설계도 위로 눈물이 떨어질 것이다.

그런데 휘파람을 불었다고 경찰에 연행되는 일은 없으므로 휘파람을 부는 사람들은 이곳에 온다. 이들은 토요일의 젊은 아빠로, 셔츠 단추를 풀어헤친 야심만만한 남자들이다. 대체로 이들은 어딘가로 가려고 애쓰는 중이며 많은 파티에도 가야 한다. 졸린 상태이면서도 두 살짜리 아들들을 위해 에너지가 넘치는 척해야 한다(어린 남자아이들에게는 남자의 자산인 에너지에 대한 기억을 심어주어야 한다). 남자아이들은 계절이 바뀌고 있는데도 작은 축구공을 갖고 다닌다. 그 뒤에는 나이 많은 아빠들이 불과 몇 분 정도 뒤처져서 얼굴에는 간신히 산뜻한 미소를 띤 채 빠른 걸음으로 등장한다. 이들은 모두 성긴 회색 머리칼에 의욕 가득한 눈을 하고서 숨을 돌리고 있으며 그 옆에는 세 번째 영리한 결혼에서 얻은 어린 딸이 아빠의 손을 꼭 쥐고 있다.

이들 중 한 명이 내가 앉아 있는 나무 밑을 지나가다가 키티의 샌들에 발가락이 부딪힌다. 그는 손으로 눈 위에 그늘을 만들어 나의 태양을 피하면서 나를 올려다본다. 그는 알렉스 O. 스틸이며 내가 엄마의 사회주의적 의지와는 반대로 코니아일랜드 걸스카우트 활동을 할 때 오션 파크웨이에서 세입자 파업을 조직한 사람이었다. 그가 말한다. "헤이, 페이스, 세상이 어떤가? 리카르도에게서는 무슨 소식 있고?"

나는 강의 형식으로 그에게 대답한다.

알렉스 스틸. 사샤. 네. 리카르도 소식을 들었습니다. 내가 세련된 태도로 당신과 이야기를 나누려고 애쓰는 지금 이 순간에도 리카르도는 보랏빛 회색 뇌를 동그랗게 말아 작은 침방울 속에 집어넣고는 폼라인 사의 세계여행 유람선 이스턴 선셋 호의 선미루 갑판을 떠나 은밀히 내 귓속으로 날아와 있습니다. 세상의 밤이 시작될 무렵 수많은 돛이 달린 배를 타고 여정을 떠나는 이스턴 선셋의 어느 부인과 사랑에 빠져 그녀와 첫 회전을 치르느라 새벽이 오기 전 완전히 기진맥진하여 지금은 내 머릿속에 큰 대자로 뻗어 있습니다. **지금 이 순간** 그가 내게 말하고 있습니다.

"아르크투루스 별이 뜨고, 오리온자리가 진다……."

"존나 뻐기는 개새끼." 내가 중얼거립니다.

"우웩!" 그가 눈을 깜박거리면서 말합니다.

"아이들은 어떻게 지내?" 이렇게 말하라고 내가 그에게 시킵니다.

"으음, 아이들이 어떻게 지내는지 정말 알고 싶어하는군." 내가 대답합니다.

"아니, 알고 싶지 않아." 그가 말합니다. "제발 대답하지 마. 그냥 아이들이 길을 건너다 죽는 일만 없게 해줘. 그게 당신 일이잖아."

"뭐라는 거야?" 알렉스 스틸이 말한다. "똑바로 말해, 페이스. 전에도 그러더니 지금도 멋대로 왜곡하고 있잖아."

"농담이에요. 잊어버려요. 그런데 일전에 리카르도에게서 소식이 왔어요." 나는 스트레치 데님 바지 주머니에서 신생 저개발국의 이국적인 우표가 붙은 구겨진 편지를 꺼낸다. 가시철조망을 쳐놓은 들판에서 사자 두 마리가 미소 짓고 있는 커다란 우표이다. 편지에는 이렇게 적혀 있다. "나는 잘 지내지 못해. 앞으로 또 다른 우림을 두 번 다시 보지 않았으면 좋겠어. 지긋지긋해. 당신은 요즘 일하고 있나? 에드 스니드는 만났고? 나한테 180달러의 빚이 있어. 혹시 빈털터리처럼 보이거든 빚 갚으라고 너무 닦달하지는 마. 그렇지 않아 보이거든 도티 와서먼 댁의 게라 베르드 앞으로 돈 좀 보내줘. 그 집에서 그녀와 함께 살고 있어. 어린이 선교 일을 하는 여자야. 멋진 여자야. 그녀를 보면 10년 전 당신 모습이 떠올라. 자기 원칙에 따라 행동하는 여자이지. 난 돈이 **필요해**."

"리카르도가 그렇지요. 아닌가요, 알렉스? 그러니까 내 말은 서명이 없었다는 거예요."

"도티 와서먼이라고!" 알렉스가 말한다. "그러니까 그 여자가 거기 있구먼……. 웃기는 여자야. 못생겼어. 언제 한번 점심 같이해. 난 이스트 피프티즈에서 일해. 부모님은 잘 지내? 양로원에 들어갔다고 들었어. 그곳에 들어가기에는 아직 젊은데. 잘 들어둬, 나는 인큐러블스 사에 이사로 있어. 기금 모금 조직이지. 아주 멋진 일을 하고 있어, 페이스. 삶을 오래 지속하는 개발 속도에 관여하지……. 그건 그렇고 곱슬머리 꼬마 내 딸 샤론 어때?"

"아, 알렉스, 샤론이 몇 살이에요? 귀여워요. 황금빛 금발 아기군요. 사랑스럽네요, 정말 예뻐요."

"당연히! **그 아기가** 예쁘겠지요. 엄마는 우리만 아니면 누구든 좋아해요." 내 아들 리처드가 말한다. 그 애는 질투가 많다. 먼저 태어나는 바람에 두 살 반 나이에 동생이 나의 사랑을 독차지해버렸기 때문이라고 내 친구 엘리 헬레스브론이 말한다. 물론 이 말은 편리한 직업적 거짓말이다. 뒤늦게 생각해낸 얄팍한 거짓말. 왜냐하면 장남 리처드는 똑똑한 아이고 나는 처음부터 이를 알았다. 이 애와 나 단둘이었을 때, 그리고 아이 아빠 리카르도가 어느 으스스한 깊은 정글을 탐험한다고 떠나버렸을 때 우리는 자주 페리 호를 타고 스태튼 섬에 갔다. 그 후에도 가끔 페리 호를 타고 호보켄에 갔다. 그 애와 나 단둘이서 다리를 걸었고 나는 그 애에게 말했다. 리치, 바지선 위에 있는 칙칙폭폭 좀 봐, 리치, 빠르고 튼튼한 예인선을 봐, 높다란 크레인이 있는 상선들을 봐, 유나이티드 스테이츠 호가 일주일 하고 하루 동안 멀리 항해하는 걸 봐, 하얀 물결이 이는 허드슨 강을 봐. 아, 저건 진짜 허드슨 강은 아니야. 내가 그 애에게 말했지. 저건 노스 강인데 사실은 강이 아니고 강어귀야, 바다의 일부라고 할 수 있어. 그 애가 겨우 두 살밖에 안 되었는데도 나는 그에게 알려주었다. 그런 과학 이야기를 말해줄 수 있었다. 난 그 애가 정말 똑똑하다고 생각했다. 강 위에 떠 있는 얼음이 얼마나 아름다운지 봐, 저기 바위 절벽을 봐. 내가 말했다. 나는 그 애를 꼭 끌어안았다. 귀여운 내 새끼. 재미난 세상을 봐.

그렇다 보니 리처드는 실제로 아무 감흥도 받지 않고 그저 짜증을 낸다.

"사실 우린 엄마한테 문젯거리예요, 페이스, 우리 때문에 늘 자유롭지 못하잖아요." 리처드가 말한다. "어쨌든 엄마가 우리 말고 다른 아이들을 굉장히 좋아하는 건 사실이에요."

내가 다른 아이들을 좋아하는 것은 사실이야. 그리 쌀쌀맞은 사람도 아니니 알렉스의 딸 샤론이 정말 예쁘다고 이야기하는 거고. 하지만 너, 바보 같은 아이, 리처드, 너! 나의 자부심이나 너의 똑똑한 머리를 누가 따라올 수 있겠니? 유대인이나 장로교 사람, 보헤미아 사람 중 교육받은 계층의 똑똑한 3학년 아이 중에 누가 널 따라오겠어? 가장 똑똑한 아이 두 명을 고르라면 그중 한 명이 너고 다른 한 명은 중국인이지. 아널드 리라는 아이인데 솔직히 그 애 때문에 리처드가 조금 단순해 보이긴 해. 그런데 너, 이 아이 얘기 들어본 적 있어? "누가"(그 아이들은 어려운 의문사까지 구사할 수 있었다)라는 단어를 이용하여 문장을 써보라고 했더니 "친구, 상하이 상인 중 누가 가장 큰 거래를 하는지 내게 알려줘"라고 쓰고는 아시아인 특유의 혀 짧배기소리로 멋지게 읽는 아이 이야기 말이야.•

"그건 엄마가 맨날 하는 소리잖아요, 페이스." 리처드가 말한다.

"자, 리처드, 잘 들어. 아널드는 흥미로운 아이야. 이곳이나 홍콩 말고는 다른 어디에서도 그런 아이를 만나지 못해. 그러니 엄마가 준 이런 혜택을 이용해. 엄마는 마음에 드는 시골에 가서 살 수도 있어. 하지만 그게 아이들에게 얼마나 고역인지 알지. 그래서 이 기분 나쁜 슬럼가에 계속 사는 거야. 엄마가 검댕과 끈적거리는 점액 속에 사는 건, 그래야 네가 아널드 리 같은 아이를 만날 수 있고, 아일랜드 아이들이랑 푸에르토리코 아이들이랑 모두 한데 어울려 이 멋진 동네에서 살 수 있기 때문이야. 너랑 같이 놀 만한 흑인 아이가 왜 없는지는 오직 신만이 알겠지만……."

"그딴 거 필요 없어요." 리처드가 그저 나를 괴롭힐 심산으로 말한다. "아무튼 그 아이들은 모두 칼을 갖고 다닌다고요. 하지만 엄마는 내가 그 아이들 손에 죽든 말든 별로

• 이 이야기를 내게 해준 사람은 교사인 매릴린 게위츠로, 이 작품에서 유일하게 실존인물로 등장하며 아이들을 무척 사랑한다.

상관 안 해요, 그렇지 않아요?"

당신이라면 이런 아이에게 뭐라고 대답할래요?

"안 해도 돼." 주니어스 핀 부인이 반갑게 끼어들어 몇 마디 한다. "굳이 대답하지 않아도 돼. 신은 그런 대답까지 할 혀를 주진 않았지. 당신은 대답을 너무 많이 하고 있어, 페이스 애즈버리. 보면 알잖아. 리처드만큼 제멋대로인 애도 없어."

"핀 부인." 내 말이 들리게 큰 소리로 고함친다. 핀 부인이 내게서 약간 멀리 떨어져 있고 내가 뭘 하는지 관심 있게 보지도 않기 때문이다. "제멋대로 굴다 보면 아주 끔찍한 일도 일어날 수 있어요. 죄짓는 것도 나쁘고. 사악한 것도 나쁜 거예요. 도둑질, 살인, 헤로인 투약도 나쁘고요."

"어쩌고저쩌고." 핀 부인이 지나친 걱정에 대해서는 아예 들을 생각도 하지 않는다. "당신한텐 다 쓰잘머리 없는 걱정이야."

핀 부인은 교육을 받지 않았는데도 단어를 다루는 능력 면에서는 언제나 나보다 한 수 위다. 특히 선과 악의 단어를 잘 다룬다. 이 분야에서는 내 언어 능력이 실제로 한계를 보인다. 내가 쓰는 어휘는 메모를 하거나 일기를 쓸 때는 적합하지만 능동적인 도덕 생활면에서는 확실히 쓸모없다. 내가 정말로 이 언어를 알고 있다면 웹스터 사전이

나 영어 비속어 사전에 이 언어가 들어 있는 것처럼 분명 내 머릿속에도 이 언어가 들어 있을 것이다. 더 짧게 줄일 수 없을 만큼 간결한 동사는 원래 나 같은 사람이 앞으로 어찌하면 좋을지 말해줄 때 쓰라고 만든 말이다.

나는 골치 아픈 문제들을 내 안에만 담아놓는 성격이 아니기 때문에 핀 부인도 내 문제들을 알고 있다. 특히 지금 이 순간 그 문제들이 내 머릿속에 떠오른다. 이제 대략 실물 크기로 보이는 핀 부인은 윌리 때문에 꼼짝없이 놀이터에 붙잡혀 있다. 윌리는 그녀의 가슴에 해당되는 높고 불그스레한 갑판에서 떼구르르 구르듯 내려와서는 공원 자전거 주차장에 줄지어 서 있는 모든 영국식 자전거를 감탄하며 보고 있다. 주니어가 주 북부지방에 가 있는 이유가 당연히 이것 때문이다. 주니어는 자전거를 너무도 사랑한 나머지 소유하지 않고는 배길 수 없었던 것이다. 처음에는 아빠가 자전거 뒤에 주니어를 끈으로 묶어 태우고 다녔다. 이 자전거는 산업주의와 집단 치료가 발달하기 전 집에서 일하던 아버지 세대라면 잘 아는 정교한 디자인의 자전거였다. 핀 부인은 주니어의 어린 시절을 기억했다. 책임을 묻는다면 그건 주니어 탓이 아니라 아담의 추방 탓이었다. 이제 핀 가족들은 10단 변속 이탈리아 경주용 자전거를 볼 때마다 주니어 생각에 온 가족이 한숨

을 쉰다. 주니어가 사랑했던 자전거가 대략 176대나 되었
기 때문에 그는 아직도 집에 오지 못한다.

핀 부인, 래프터리 부인, 지니, 그리고 나. 이들 세입자
들에게는 뭔가 문제가 있다. 같은 건물에 사는 다른 사람
들은 모두 풍족한 사회 덕분에 차츰 형편이 나아져 5년에
서 10년 정도 싸구려 집에서 살다가 저지나 브리지포트
로 이사했다. 그러나 사람들이 요즘 우리를 가리켜 부르
는 대로라면 우리는 네 가족 단위이고, 이 사회가 무한궤
도에 올라 보통의 풍족함에서 절대제국으로 나아가는 동
안 우리 네 가족 단위는 문화적으로 정체된 상태 그대로
있을 수밖에 없는 운명이다. 그래서 이 모든 걸 염두에 두
면서 나는 이름과 날짜를 정확하게 밝히며 말한다. "핀 부
인, 우리 리처드를 봐요. 주니어가 리처드의 슈윈 자전거
를 가져갔을 때, 그리고 리처드가 지하실 석탄 속에 숨어
서 자살 방법을 생각했던 일 말이에요." 그러나 핀 부인은
태연하게 대답한다. "페이스, 그건 공정하지 않아. 리처드
자전거라는 걸 알았을 때 주니어가 곧바로 돌려줬어."

알았어요.

키티가 말한다. "페이스, 곧 나무에서 떨어질지도 모
르니, 진정해야 해." 키티가 올려다보면서 눈짓으로 한쪽
을 가리킨다. 좁다란 바지를 입은 멋진 남자가 내 눈에 보

인다. 우리 기억에 이전 토요일에도 여러 번 그를 보았다. 그 남자는 벌써 린 발라드 쪽으로 가서 옆에 앉아 있다. 그녀가 옆얼굴만 보인 채로 앉아 있는 동안 남자는 그녀의 왼쪽 귀에 대고 부드럽게 말한다. 남자는 그녀의 아들 마이클에게 한 번도 말을 건 적 없다. 그는 유명한 배우이며, 새 작품 〈그녀〉에서 자기 상대역을 맡아달라고 린 발라드를 설득하는 중이다. 상냥한 내 친구 키티가 전해준 이야기다.

나는 그런 상냥함과는 완전히 거리가 먼 사람이다. 겉으로 보이는 것을 완전히 꿰뚫어 종종 유령까지 정확히 볼 수 있을 정도이다. 저 남자는 주말 동성애자이며 린 발라드를 꼬드겨 동네 삼인조를 이룰 수 있을지 가능성을 타진해보는 참이다. 린 발라드의 코끝이 떨리고 마침내 승낙하면 저 남자는 자신의 진짜 진정한 사랑을 손쉽게 얻게 될 것이다. 그의 진정한 사랑은 슈퍼마켓의 훌륭한 매니저로 일하면서 이제껏 줄곧 계산대에서 린 발라드를 갈망해왔다. 이후 이들 세 사람이 무엇을 할지 나는 어렴풋이 짐작되는 바조차 없다. 나는 청교도 집안의 자식이며 이제 겨우 절반쯤 살았다.

"그런 건 생각도 하지 마." 키티가 말한다. 아니다. 그녀는 남자의 주머니에 계약서가 들어 있는 걸 알 수 있다.

키티 스카스카 같은 여자는 없다. 다른 사람들처럼 파멸의 운명이 예고되는 비슷한 결점을 지녔으면서도 그들과 달리 그녀는 다정하고 넓은 마음씨를 지녔다. 나는 키티가 남자의 마음을 열어줄 아들과 딸을 여러 명 낳아 영원히 살 수 있었으면 좋겠다. 그러나 언젠가는 죽을 수밖에 없는 운명이고 현재 임신 중인 키티는 초록색 눈을 가진 세 딸을 두고 있으며 셋 다 그리 대단한 아이들은 아니다. 물론 키티는 자기 아이들이 대단하다고 여긴다. 온 마음을 다하는 한 명의 엄마와 잠시 머물다 떠나는 여섯 명의 아빠를 둔 보통의 재능 있는 예민한 아이치고 세 딸도 그다지 나쁘지는 않다.

키티의 막내딸 앤터니아는 어른에 대한 존경심이라고는 없다. 키티는 앤터니아가 존경심을 보이지 않는 걸 항상 마음에 들어했다. 이 점에서 앤터니아는 키티의 마음에 매우 흡족한 아이다.

오늘 토요일 오후 어느 적당한 때에 앤터니아가 내 둘째 아들 톤토에게 말을 붙여봐야겠다고 결심했다. 톤토는 가볍게 날고 있는 천사의 눈앞에 맨발 뒤꿈치를 드러낸 채 풀밭에 배를 깔고 엎드려 있다. 그 애는 개미 몇 마리와 다른 벌레들을 선수로 참여시켜 게임을 하는 중이었다.

"톤토." 앤터니아가 물었다. "무슨 놀이 해? 나도 끼워줄래?"

"안 돼. 내 시합이야, 여자는 끼면 안 돼." 톤토가 말했다.

"네가 세상의 우두머리야?" 앤터니아가 다소곳이 물었다.

"응." 톤토가 말했다.

톤토는 자기가 세상의 우두머리라고 생각하며 정말로 그렇게 믿는다. 그 믿음에 대해 나는 이렇게 말할 것이다. 맞아! 넌 세상의 우두머리야, 앤서니, 일하는 엄마들의 불우한 아이들이 모인 어린이집의 왕자이고, 비 오는 일요일이면 웨스트사이드 하역 공간의 귀족이지. 나는 은행나무 네 그루가 서 있는 어두운 숲의 오싹한 대장으로 서 있던 널 본 적 있어. 두목! 앤서니, 네가 날 올려다보면서 뭘할지 지시를 내리기만 해도 나는 새로 산 신축성 좋은 바지가 찢어지도록 이 딱지투성이 나무껍질을 미끄러져 내려가 네가 시키는 대로 할 거야.

"5센트 동전 하나 줘요, 페이스." 톤토가 불쑥 명령했다.

"우리 아들에게 5센트 동전 하나 줘, 키티." 내가 말했다.

"맨날 5센트 동전, 5센트 동전, 5센트 동전. 1센트 동전은 어디 간 거야?" 애나 크라프트가 물었다.

"애나, 당신은 부자야. 우리가 못마땅한 거지." 속삭이는 목소리이긴 해도 주니어스 핀 부인에게까지 충분히 들릴

만큼 큰 소리로 내가 말했다. 핀 부인은 아직도 놀이터 입구에 멈춰선 채 꼼짝하지 못하고 있다.

"사사건건 부자 탓을 하지 마." 핀 부인이 경고했다. 경제적 지위와 관련된 인적 사항이 엄연한데도 그녀 자신은 노동계급의 신경과민적 증상을 보면 진저리를 친다.

린 발라드가 부끄러움을 모르는 자랑스러운 머리를 숙였다.

키티가 한숨을 쉬고는 자신이 점유하던 공간의 위치를 바꾸더니, 입고 있던 널따란 치맛단을 줄이기 시작했다. "자, 5센트 여기 있다, 귀염둥이." 그녀가 말했다.

"아, 남자아이! 귀엽지!" 애나 크라트가 말했다.

앤터니아가 플라타너스 나무 주변의 커다란 원 안으로 걸어 들어와서 키티의 어깨에 팔을 걸쳤다. 키티는 바느질을 하는 중이었고 왼쪽 어깨 위에 태양이 살짝 걸려 있었다. 한 줄기 완벽한 빛이 반짝였다. 바로 그 순간 한 구상주의 화가가 지나갔다. 에드워드 로스터였다고 생각된다. 그는 걸음을 멈추고 바닥에 무릎을 꿇더니 이 장면을 찬찬히 바라보았다. 영화제작자의 카메라 뷰파인더로 이들을 사각형 앵글 속에 넣더니 "아, 멋진 그림이야!"라고 말하고는 그 자리를 떠났다.

"일등이군!" 내가 키티에게 큰 소리로 알렸다. 그 화가를 두고 한 말이며, 잠깐 지나가는 길에 곁눈질로 가치를 알아보는 첫 번째 투기꾼이라는 얘기다. 머지않아 연령대와 목적에 맞게 줄줄이 무리를 짓거나 혹은 제각기 따로따로 이곳에 들어와 조각상 그늘 속에서 뭔가 메모를 하게 될 것이다.

"비결은," 세상을 얕잡아보는 애나가 말했다. "투기꾼과 투자자를 구분하는 거야."

"절대 저렇게 살지 않을 거야, 나는 그러지 않을 거야." 키티가 부드러운 소리로 말했다.

"불알들이야!" 두 남자가 서로 가까이 기댄 채 한가로이 우리 옆으로 지나가는 것을 보고는 내가 소리쳤다. 그들은 서로 사랑하는 사이가 아니고 음악을 사랑하는 잭 레스닉과 톰 위드였다. 그들은 트랜지스터라디오를 듣기 위해 서로 가까이 몸을 기울였고 라디오에서는 바흐의 〈반음계적 환상곡〉이 흘러나오고 있었다. 그들은 이 위대한 음악에 푹 빠져서 우리에게는 신경도 쓰지 않았다. 하지만 애나는 그들 사이에서 "잭, 내가 듣고 있는 걸 너도 듣고 있어?"라고 말하는 소리를 들었다. "제기랄, 그럼 그렇지. 로맨스는 흘러넘치고 바흐는 뒷전이구만, 정말 믿기지 않아."

그럼, 나는 이렇게 말할 수밖에 없다. 어둠이 땅을 뒤덮고 커다란 어둠이 사람들을 뒤덮을 때 나는 당신들, 훌륭한 귀를 가진 두 남자를 생각할 거야. 문명이 사람의 감각을 훈련시키는 것 말고는 그다지 많은 것을 하지 못할 거라고 믿어. 당신이 순수한 형태의 진리와 명예를 추구하고자 한다면 내 생각엔 유대인이 뭔가 통찰을 갖고 있을거야. 이미지를 만들지 말고 어떤 신도 모방하지 마. 신의 영역에서 보면 결국 그래픽 예술이야. 신은 탁월해. 신이 황갈색 사막과 파란 밴 앨런대*와 뉴잉글랜드의 초록 산맥을 만든 것으로 보아 분명 아름다움이 뭔지 이해하고 있는 것 같으니 그 문제는 신에게 맡겨. 그리고 예루살렘에서 온 마음으로 용서했고 트로이에서 온 마음으로 생존했던 사람, 그 사람한테 선의 문제를 맡겨버려.

"페이스, 맨날 하는 철학 좀 그만두세요." 내 장남이자 태어날 때부터 매사에 못마땅해하던 리처드가 말한다. 그는 온종일 이어지는 분노 위에 올라타 전속력으로 질주하며 우리 한가운데로 들어왔다. 완전히 새것인 볼 베어링, 그러니까 롤러스케이트를 목에 걸고 있다. 그의 커다란 발이 들어갈 만큼 묵직해 보인다.

리처드의 말에 뭔가 반응을 보이면 그에게 지고 들어가

---

* 지구자기축에 고리 모양으로 지구를 둘러싸고 있는 방사능대.

는 거라고 판단했다. 나는 아무 상관 없는 딴소리만 멋대로 늘어놓았다. 대강의 내용은 이러하다. 빨간 수염을 기른 사팔뜨기 남자가 학부모-교사 협회 회장이 되었다. 그 남자는 재미난 걸 좋아하는 부인들을 모아 위원회를 만들었고 이 부인들은 구내식당에서 만나 커피에 브랜디를 살짝 부어 맛을 냈다.

그 남자는 공립학교의 자금 부족 문제를 해결할 수 있는 영리한 생각들을 많이 갖고 있었다. 그가 세운 멋진 계획 중 한 가지는 통합 학교의 개념을 홍보하는 것이었고, 이런 홍보 과정에서 사립학교 사람들이 자기네 학교 학생들에 대해 그 아이들이 현실적인 것을 놓치고 있는 것 같은 생각이 들도록 하는 것이었다. 그리하여 중년의 사람들이 보내는 아침 시간의 가장 중심적 핵인 새벽 5시에 이들은 공립학교 아이들이 도시의 비극에 깊이 관련되어 있고 자기네 아이들은 결코 이런 비극을 알지 못할 수도 있다고 생각하게 될 것이다. 그 남자는 사립학교 교과 과정에 한 달간 공립학교로 등교하는 과정을 넣는 방법도 있을 거라고 제안했다. 이 과정은 1학년에 보일러실을 견학하는 것만큼이나 자연스럽고 진취적인 교과 과정이 될 거라고 했다. 기금은 교육위원회와 50대50 혹은 30대70 혹은 40대60 정도로 나누어 부담할 수 있을 거라고 했다.

설령 이 계획이 실패하더라도 그 과정에서 이루어진 활동이 공립학교의 위상을 확실히 높일 거라고 했다.

실제로 동요가 일었다. 사립 혁신학교 학부모 대표단이 교육위원회를 공격했으며 그들이 내세운 이유가 이후 '기회 차단'이라는 용어로 통용되었다. 또한 마침내 고전적인 학교(이들 학교의 고유한 관심은 언제나 아이들의 두뇌를 교육하는 데 있었다)의 학부모-교사 협회들까지 나서서 일리움*의 공포 상황을 책을 통해 배운 아이들에게 일상적인 거리의 싸움을 접하게 하면 《일리아드》를 더욱 잘 이해할 수 있을 거라고 교육적 가치를 고려하기 시작했다. (맨해튼 소재) 공립학교 체험 교육은 일종의 부전공으로 자리 잡을 것이며 타이핑 교육처럼 부차적 의미를 지니는 필수 교과목이 될 것이다.

진취적인 정신과 에너지로 가득하고 시원시원한 성격을 지닌 테리 콜른 씨가 무기명 투표로 재당선되어 연합 학부모 및 연방 교사 기구에 특별 자문위원회 위원으로 파견되었다. 그는 혼자 사용하는 그곳 작은 사무실 창턱에 대마초를 기르면서 한사코 이 식물이 꽃을 꺾어버린 매리골드라고 맹세했다.

---

* 고대 트로이의 라틴어식 이름.

그 남자는 우리 학부모-교사 협회의 기쁨이었다. 하지만 그에게 아이가 없다는 사실이 곧 드러났고 이제 키티와 나는 술집에서 은밀히 그를 만나야 한다.

"아." 리처드가 말했다. 옆길로 샌 즐거운 여담도 그의 빈정거리는 태도를 막지 못했다.

학부모교사협회의 부인들
블라우스에 헐렁한 바지를 입고 있네.
온종일 전화기를 붙들고 이야기하며
결코 집 안 청소는 하지 않네

이 시는 우리 아들 리처드가 정말로 쓴 시였다. 라임과 운율 모두 지독하게 훌륭한 시라고 생각했고 나는 이 시를 담임선생님에게 가져갔다. 오후 시간 반차까지 사용하면서 학교에 시를 가져갔다. "농담이시죠, 애즈버리 부인?" 담임선생님이 물었다.

나는 교사다운 그녀의 친절한 눈을 보면서 학교라는 곳이 어떤지, 특정한 오후 시간 학교 상황이 어떻게 돌아가는지 기억나서 이렇게 대답했다. "우리 리처드를 데려가도 될까요, 부탁드려요, 치과 예약이 있거든요. 아이 치아가 아빠를 꼭 닮아서 썩었어요."

"치료해야지요, 애즈버리 부인."

"아, 네, 최소한 그거는 해야지요." 내가 리처드의 손을 잡으며 말했다.

"페이스." 리처드가 말했다. 그는 다른 데 가지 않고 나무 아래 그대로 있었다. "그날 오후 왜 나를 치과의사에게 데려갔어요?"

"네가 그 자리를 빠져나오고 싶어한다고 생각했어."

"왜? 왜? 왜?" 리처드가 발을 구르고 소리치며 물었다. 나는 대답하지 않았다. 그가 내 눈앞에서 사라지도록 두 눈을 감았다.

"왜 안 돼요?" 필립 마차노가 물었다. 내가 눈을 뜨자 그가 나무 아래에 서서 나를 쳐다보고 있었다.

"리처드는 어디 갔지?" 내가 물었다.

"이 사람이 필립이야." 키티가 내게 소리쳤다. "필립 알지, 내가 말했던?"

"누구라고?"

"필립이라고." 키티가 말했다.

"아……." 내가 이렇게 말하고는 플라타너스 나무줄기에서 내려왔다. 행여 나무에서 떨어져 발목이라도 삐면 일주일 동안 일을 나가지 못할까 봐 걱정하는 사람처럼 세심한 몸짓으로 살짝 뛰어내렸다.

"학교는 아무래도 상관없어요." 리처드가 나무 뒤쪽에서 소리치며 말했다. "엄마가 징징거리는 소릴 듣는 것보다는 나아요."

리처드는 실제로 그런 식으로 말한다.

필립이 당황했다. "몇 살이니, 꼬마야?"

"아홉 살요."

"아홉 살배기가 그런 소리를 해? 우리 집에도 아홉 살배기 아들이 있는 것 같은데."

"맞아요." 키티가 말했다. "당신 아들 조니가 아홉 살, 데이비드가 열한 살, 그리고 마이크가 열네 살이에요."

"아." 필립이 한숨을 내쉬며 말했다. 그는 내가 방금 전까지 앉아 있던 나무를 올려다보았다. 그곳에는 애나의 딸 주디가 나의 따뜻하고 편안한 나뭇가지를 차지하고 있었다. "세상에." 필립이 말했다. "또 있네!"

침묵이 이어졌고 당혹감도 보였다. 분명 우리가 그에게 다정한 호감을 보여주기는 해도 수적으로 우세했기 때문이다.

"두루두루 별일 없지, 키티?" 필립이 무릎을 꿇고 키티의 머리를 헝클어뜨리며 말했다. "두루두루 괜찮은 거지, 우리 나이 많은 예쁜이? 또 다른 예쁜이도 괜찮나?" 필립이 검지로 키티의 배를 톡톡 두드렸다. "맞다!" 필립이 일어서며 말했다. "저기, 키티, 그저께 제리를 봤어. 똑같더군. 광장에서 머리를 긁적이며 서 있더라고."

"제리라고?" 키티가 사랑스러운 고음을 내질렀다. "아, 맞아. 일주일 내내 뉴어크에 있었지…… 당신은 무슨 일로 거기 갔어?"

"나? 누구 만날 사람이 있었거든. 빈센트 홀이라고 나랑 같은 쪽 일을 하는 사람이야."

"당신이 하는 일이 뭔데요?" 내가 물었다.

"데이지 꽃 일을 해요." 필립이 말했다. "어쩌다 데이지 일을 하게 되었지요."

얼마나 멋진 대답인가! 이런 시커먼 장소에서 누군가를 만났는데 그게 남자든 여자든 아이든 이처럼 목가적인 대답을 생각해내는 경우가 얼마나 있겠는가?

그런 이유에서 나는 필립을 보았다. 편치 않아 보이는 그의 검은 눈이 그늘 속 깊이 잠겨 있었고 눈 아래로 좁다랗게 흰자위가 보였다. 내 멋대로 이야기를 지어내자면 수없이 많은 나날 늦은 밤까지 술을 진창 마셨을 테고 그 뒤 자신이 언젠가 죽는다는 걸 눈가에 주름이 잡히도록 시험해보느라 생긴 결과이리라. 이 덕분에 그가 술 취하지 않은 멀쩡한 정신이라는 표시가 살짝 생겼는데 이는 앞으로 점점 더 심하게 일그러질 모습의 첫 징후였다.

냉소적인 구석이라고는 없이 이처럼 마음이 열려 있는 감정 표현 앞에서 심지어 리처드조차 그저 멍하니 서 있다. 아무것도 가리지 않은 맨 모습 그대로 40초가 흐르고 그사이 잭 레스닉이 트랜지스터라디오를 영국 느릅나무 구멍 안에 넣고는 배낭에서 너덜너덜한 〈메시아〉 악보를 꺼내 긴 합창 부분 안에 엘리자베스 시대풍 멜로디를 짧게 적어 넣었는데, 이는 내가 필립에게 바치는 마지막 노래 문장에 어울릴 법한 멜로디였다.

"멋진 날이야." 애나가 말했다.

"제발요, 페이스." 리처드가 말했다. "제발 부탁해요. 저기 저 남자 보이죠?" 리처드는 귀 기울여 듣고 있는 린 발라드에게서 그리 멀지 않은 공원 벤치에 어른들 사이에 끼어 앉은 뚱뚱한 남자아이를 가리켰다. "저 애가 스케이트 키를 갖고 있으면서도 나한테는 안 빌려줘요. 뭔가 구린내가 나요. 엄마가 스케이트 키를 잃어버렸으니까 엄마 잘못이에요, 페이스. 엄마가 잃어버린 거 알잖아요. 엄마는 뭘 제대로 치워놓는 법이 없어요."

"다시 가서 부탁해봐, 리처드."

"엄마가 부탁해봐요, 엄마는 어른이잖아요."

"난 안 가. 스케이트 키가 필요한 건 너니까 네가 부탁해. 이번 생에서 네 물건은 네가 구해야 해. 나는 앞으로 절대

나서지 않을 거야."

입술을 일그러뜨린 우울한 표정으로 리처드가 나를 보았다. 아니, 그보다 훨씬 안 좋은 표정이었다. 악의로 가득 차 있고 뭔가 불길한 표정이었다. 먼 미래 우리의 관계가 좋지 않을 것 같은 불길한 징조가 드리웠다고 할 만한 표정이었다.

"엄마는 내 부탁을 절대 들어주는 법이 없어요, 그렇죠?"

"내가 같이 **갈게**, 리처드." 필립이 리처드의 손을 잡았다. "우리 둘이 가서 이야기하자. 아마 저 애는 이 세상에 친구 하나 없을 거야. 농담이 아니고, 얘야, 넌 뚱뚱한 아이가 되지 않을 거야." 그가 자기 배를 툭툭 쳤다. 나는 그 안에 몇 가지 기억이 저장되어 있을 거라고 상상했다.

이윽고 필립이 리처드의 손을 잡았고 두 사람은 자리를 떴다. 남자와 소년이 서로 뒤얽혔다.

"키티! 리처드가 필립에게 곧바로 자기 스케이트도 건네고 손도 잡더니 필립이랑 같이 가……. 내 아들 리처드 같지 않아."

"아이들은 필립이 얼마나 좋은 사람인지 아는 거야." 키티가 말했다.

"좋은 사람이야?"

"사실 **그렇게** 좋은 사람은 아니야. 아, 좋은 사람이긴 해.

이해심 많고. 그가 얼마나 친절한지 너도 알잖아, 페이스. 하지만 필립이 좋은 사람이 되는 걸 네가 아무리 원치 않아도 그는 좋은 사람으로 살아갈 거야. 그리고 정말 힘이 세. 육체적으로 말이야. 내가 다음에 필립 이야기를 해줄게. 지금은 말고. 그는 내게 특별한 의미가 있어."

사실 키티에게는 모든 사람이 특별한 의미가 있다. 심지어는 각각의 보편성을 모아놓은 사전이라고 할 만한 나도 그녀에게는 특별한 의미가 있고, 애나나 우리 아이들도 모두 특별한 의미가 있다.

키티는 이야기하는 동안에도 계속 바느질을 했다. 업몬스크 인민공화국 출신 청년회의에 파견된 타타르 저지대 대표처럼 보였다. 짙은 색 머리는 한 갈래로 땋아 등 뒤로 길게 늘어뜨렸다. 그녀는 목선이 둥글게 파인, 소매가 짧은 흰 블라우스를 입고 있었다. 늙은 신부의 신혼 침대에 쓰기 위한 부드러운 모슬린 재질의 블라우스였다. 나는 친구 키티의 충고를 늘 주의 깊게 경청했다. 그녀는 이런저런 실수를 끊임없이 저질렀기 때문이다. 그것은 귀중한 경험이다.

키티의 아이들은 사랑스러운 작은 꼬마였을 때부터 그녀를 주의 깊게 주시했다. 아이들은 키티의 사정에 귀 기울였지만 첫째와 둘째 아이는 각자의 삶을 위해 제각기 계획을 세웠다. 그렇다고 결코 키티를 무시하려는 의도가 있었던 것은 아니다. 아이들은 모두 존 듀이 지지자들이다. 리사와 니나는 결코 키티의 삶이 정말로 잘 돌아가고 있다고 생각한 적이 없었다. 일전에 에나멜 주방 탁자에 스크래치를 냈다는 이유로 이 아이들이 앤터니아를 때린 일이 있었다. 이를 목격한 키티가 말했다. "앤터니아는 아기야. 자, 이리 와봐, 우리 딸들, 탁자가 무엇이지?"

"**탁자가** 무엇이냐고요?" 리사가 말했다. "정말 못 말리는 괴짜예요! 엄마는 탁자가 무엇인지 궁금하대요."

"봐요, 페이스," 리처드가 말했다. "**이 아저씨가** 나한테 스케이트 키를 **구해줬어요.**"

리처드와 필립이 손을 잡고 왔다. 이러고 있으니 리처드는 꼭 아빠와 함께 있는 꼬마처럼 보였다. 내가 늘 리처드를 마흔일곱 살쯤 되는 것처럼 대했다는 생각이 들어 울음이 나올 것 같았다.

필립은 그 스케이트 키를 얻어낸 게 아주 놀라운 일이라고 여겼다. "정말 대단한 아이예요, 페이스, 당신 아들 말이에요. 시카고에 있는 우리 아들 조니도 여기 있는 리처드만큼 훌륭한 아이였으면 좋겠어요. 조니가 정말 아홉 살이던가요, 키티?"

"네, 확실해요." 키티가 말했다.

필립은 장차 뭔가의 일이 예상되는 듯 계속 당혹스런 표정이더니 책상다리를 하고 편안하게 앉아 니나와 리사의 등에 스스럼없이 몸을 기댔다. "너희 두 요정 왕비는 잘 지내니?" 필립이 이렇게 묻고는 두 아이의 긴 머리를 살며시 잡아당기면서 아이들 어깨 너머로 슬쩍 보았다. 아이들은 고전 만화 《아이반호》와 《로빈후드》를 읽던 중이었다.

"책 읽기 싫어." 앤터니아가 말했다.

"나도." 톤토가 소리 질렀다.

"앤터니아, 네가 책을 더 많이 읽었으면 좋겠어." 필립이 말했다. "앤터니아, 꼬마 미인. 여기 두 꼬마 미인도. 우리 숲속 아기들. 햇볕을 좋아하는 구릿빛 꼬마 생명체들. 키티, 이 아이들이 자기 몸을 이해한다고 당신이 말하곤 했던 것 같은데요?"

"아, 맞아요. 내가 그랬어요." 키티가 말했다. 그녀는 이 모든 말을 믿었다.

나는 잘 나서지 않는 아주 내성적인 사람이지만 끝까지 물고 늘어지는 성향이 있어서 이렇게 말했다. "당신도 햇볕을 좋아하는 구릿빛 피부예요. 생계는 어떻게 해결해요? 뭘 하는 사람이에요? 배우? 혹시 프랑스어 선생님? 아니면 다른 어떤 것?"

"프랑스어라……." 키티가 미소 지었다. "하려고 든다면 산스크리트어도 가르칠 수 있을 거야. "필리핀어도 가능하고, 캄보디아어도 가능할걸."

"캉봇쥬*……." 필립이 말했다. 다음 논의 주제로 인도차이나 전쟁 이야기를 할 것처럼 이 단어를 아주 부드럽게 발음했다.

"프랑스어 선생님이라고?" 애나 크라트가 물었다. 그녀는 봄날이 너무 슬퍼서 1시간 40분 동안 말없이 침묵에 잠겨 있던 중이었다. "주디." 애나가 머리 위를 가로지르는 플라타너스 나뭇가지를 향해 소리쳤다. "주디…… 프랑스어래……."

"그래서요?" 주디가 말했다. "뭐가 그렇게 대단하다고요? 쥬 마펠 주디 솔로몬. 마 페르 자펠르 피에르 솔로몬(나는 주디 솔로몬이라고 해요. 우리 아빠는 피에르 솔로몬이고요). 어때요, 모두들?"

"몽 페르**지." 애나가 말했다. "전에 내가 알려줬잖아."

"아무도 상관 안 해요." 주디가 말했다. 그녀는 아무것도 상관하지 않았다.

"주디는 아빠를 두 명이나 잃었어." 애나가 말했다. "3년

---

* Cambodge 캄보디아의 프랑스어 발음.
** 프랑스어 명사에는 남성형과 여성형이 있다.

사이에."

톤토가 자리에서 일어나더니 배와 등을 긁었다. 축축한 풀 때문에 가려운 모양이었다. "아빠가 여러 명인 사람은 별로 없어요, 애나." 톤토가 말했다.

"정말 그러니, 꼬마야?" 필립이 물었다.

"아, 그래요." 톤토가 말했다. "우리 아빠는 적도 지방에 있고요. 저 애들에게는 한 번도 아빠가 있은 적이 없어요." 그가 키티의 딸들을 가리켰다. "주디는 아빠가 두 명이고요. 피터와 크라트 박사요. 당신이 미치면 크라트 박사가 당신을 돌봐줘요."

"어쩌면 내가 네 아빠가 되어줄 수 있어."

톤토가 나를 보았다. 내 얼굴이 빨개졌다. "아, 아니요." 톤토가 말했다. "지금은 안 돼요. 우리 아빠 이름은 리카르도예요. 유명한 탐험가요. 그러니까 내 말은 탐험가 같다고요. 아빠는 사람들을 만나기 위해 적도에 갔어요. 아빠가 쓴 책 두 권을 내가 갖고 있어요."

"아빠를 좋아하니?"

"아빠는 괜찮은 사람이에요."

"아빠 보고 싶어?"

"아빠는 집에 있을 때 누구 말도 안 들어요."

"그 정도면 이제 됐어!" 내가 말했다. 아이가 다른 남자

앞에서 자기 아빠에 대해 나쁘게 말하게 두는 건 어리석은 짓이다. 남자들은 머릿속에 정말 많은 걸 담고 있으면서 그런 점에 대해서는 생각하지 못한다.

"훌륭한 아이로구나." 필립이 말했다. "너랑 네 형은 진짜 남자야." 필립이 내 쪽을 보며 말했다. "내가 뭘 하면 좋을까요? 으음, 난 돈을 벌어요. 여기서도. 시카고에서도. 어딜 가든 돈을 벌 수 있어요. 경제적으로 골치 아픈 문제도 없고요. 10년 전에 다 해결했지요. 하지만 내가 진짜 뭘 하는 사람이냐면요……." 필립이 말했다. 어쩔 수 없이 거짓 자신감을 꾸며야 하는 상황에 내몰린 거지만 이렇게 된 건 그 역시 그런 삶을 시도해봐야 한다고 생각했기 때문이다. "내가 정말로 뭐 하는 사람인가 하면 코미디언이에요."

"농담하는군요. 처음으로 농담해본 거지요."

"하지만 내가 해보고 싶은 게 그거예요……. 코미디언."

"그런데 당신은 안 웃겨요."

"아니, 웃겨요. 당신은 날 모르잖아요. 나는 코미디언이 되고 싶어요. 선생님을 해봤고 국무부에서도 일했어요. 그리고 지금 내가 하고 싶은 건 코미디언이에요. 직업을 바꾼 사람은 많아요."

"당신은 코미디언이 될 수 없어요." 애나가 말했다. "웃긴 사람이 아니면 할 수 없어요."

필립이 기분 좋은 시선으로 애나를 보았다. 애나는 성격은 형편없지만 아름다웠다. 그녀와 살았던 두 명의 남편은 그녀의 성격이 얼마나 나쁜지 알기까지 각각 2년씩 걸렸지만 지나가는 보통의 사람, 대답하는 보통의 사람, 물어보는 보통의 사람은 30초면 그녀의 미모를 알아본다. 남자들에게 경고할 시간도 없다. 키티와 나는 어느 쪽인가 하면, 글쎄, 그녀의 미모 때문에 그녀를 아주 좋아한다.

"애나는 괜찮은 사람이에요." 리처드가 말했다.

"조용히 있어." 필립이 말했다. "저기요, 애나, 프랑스 말에 관심 있어요? 프랑스 사람이나 프랑스 역사, 아니면 프랑스 문명 같은 것도 좋고요."

"아니요." 애나가 말했다.

"아." 필립이 실망해서 말했다.

"아무것에도 관심 없어요." 애나가 말했다.

"이를테면!" 필립이 말했다. 귓불에서부터 셔츠 안까지 벌겋게 물들어 얼굴 전체가 흥분으로 완전히 빨개졌다. 피가 그의 머리에서부터 아래로 쏠리는 걸 지켜보고 있자니 나는 그의 성기를 살며시 부여잡고 싶어졌다. 말하자면 모든 기운이 쿵쿵 용솟음치면서 쏠리는 그 부위, 바로 거기 있고 싶었다.

사랑이 가득한 그 자리에 있을 사람은 내가 아니라 분명 애나였기에 나는 차라리 나무 위로 다시 올라가 산소나 들이마시는 게 낫다고, 그러지 않을 경우 분명 나 역시 똑같이 피가 아래로 쏠리는 상황을 겪게 될 거라고 생각했다. 그게 자연의 순리이며, 자연은 힘과 행동을 위해 필요한 곳이면 어디든 피를 몇 리터씩 콸콸 보낼 것이다.

다행히 놀이터 쪽에서 냄비와 팬을 두드리는 요란한 소리가 들리더니 작은 행진 대열이 모습을 드러냈다. 부모라는 업무 면에서 나보다 몇 년 후배인 어른 너덧 명이 모여 있었고 세 살짜리 아이 두 명을 유모차에 태워서 밀고 왔다. 쨍그랑 쾅쾅 소리의 주인공이 이들이었다. 어른들 손에는 포스터 석 장이 들려 있었다. 첫 번째 포스터에는 한창 활발하게 살아가고 한창 돈을 벌 만한 서른다섯 살가량의 잘 차려입은 남자 옆에 작은 여자아이가 서 있었다. 포스터는 묻고 있었다. 아이를 불태울 건가요? 두 번째 포스터에서는 이전 포스터의 남자가 불이 붙은 담배를 아이 팔에 대고 있었다. 냉정한 대답이 적혀 있었다. '필요하다면.' 세 번째 포스터에는 아무 말도 적혀 있지 않고 네이팜탄의 피해를 입은 베트남 아기 한 명만 보였다. 화상을 입은 흉터가 있고 두 손이 뒤틀려 있었다.

우리는 아무 말이 없었다. 키티는 무릎에 걸쳐진 짙은

색 치마에 머리를 처박고 있었다. 나는 온몸을 부들부들 떨었다. 내가 말했다. 아! 애나가 필립에게 말했다. "저러면 사람들이 등을 돌리기만 할 거예요." 그러더니 갑자기 자기도 자세를 바꾸어 그들에게서 등을 돌렸다.

"당신들 해산해야 해요." 우리 동네 경찰 더글러스가 말했다. 사실 그는 공원 이쪽 끝에서 대마초를 팔지 못하게 제리를 말려달라고 키티에게 말을 전하기 위해 몇 분 전에 이곳에 와 있었다. 하지만 기꺼이 이 일에 나섰다. "당신들은 바로 해산해야 해요." 그가 말했다. "공원에서는 행진이 금지되어 있습니다."

키티가 고개를 들더니 상냥하게 위세를 보이며 말했다. "이봐요, 더그, 저 사람들 그냥 둬요. 저들은 괜찮아요."

톤토가 말했다. "나 저 여자애 알아요. 그리니치 하우스로 가는 거예요. 아줌마는 저 네 사람 편이네요." 그가 키티에게 말했다.

더그가 말했다. "잘 들어, 톤토, 지금 전쟁이 벌어지고 있어. 언젠가 너 역시 군인이 될 거야. 넌 이 주위 아이들과 달라서 계집애처럼 굴지 않을 거라고 믿어. 너는 조국을 위해서 싸울 거야."

"하하." 주니어스 핀 부인이 말했다. "그럴 리는 없어요. 아, 자, 보여요?"

행진하던 사람들은 우리가 대화를 나누는 곳 바로 바깥쪽에서 작은 회의 모임을 가졌다. 이제 어떻게 할지 결정해야 했다. 네 명의 어른은 결정이 내려지기 전까지 아이들의 종이 울리지 않게 추를 붙잡고 있었다. 이들은 그런 사람들이었다.

"저들이 하는 행동은 이적행위예요." 더그가 말했다. 그는 이유를 들어가며 훈계할 심산이었다. "막대 피켓은 허용되지 않아요. 시위를 하는 경우에는요. 이건 그 사람들을 보호하기 위한 것이기도 해요. 서로 등을 돌릴 우려가 있거든요." 더그는 그런 상황이 벌어질 때 진짜 가해자를 찾지 못할까 봐 걱정했다.

"하지만 경찰 양반, 난 이 사람들을 알아요. 이 동네에 사는 점잖은 시민들이에요." 필립은 투표권은커녕 이 지역, 이 도시, 이 주에 살지도 않으면서 이렇게 말했다.

더그가 필립을 뚫어져라 처다보았다. "선생님, 공무방해로 당신을 데려갈 수도 있어요." 더그는 건강한 횡격막에 한껏 힘을 주며 경찰 목소리를 냈다.

"이봐요……." 키티가 말했다.

"당신도 마찬가지예요." 더그가 사납게 말했다. "해산." 그가 말했다. "해산, 해산."

더그의 등 쪽에 모여 대략 3분간 진행되었던 작은 회의 모임은 이미 깨끗하게 해산한 상태였다. 더그가 그들을 뒤쫓아 갔는데 그들은 유모차 손잡이 위에 포스터를 얹은 채 공원 밖 둘레에서 아주 엄숙하게 서 있었다. 이 모습은 같은 편을 만들기도 하고 반대편을 만들기도 했다.

"내 눈에는 저들이 아주 합법적으로 보여요." 내가 더그의 파란 등에 대고 고함을 질렀다.

톤토가 내 다리에 달라붙어 엄지손가락을 빨았다.

리처드가 "하! 하!" 하고 소리치더니 나를 주먹으로 쳤다. 또한 이도 갈기 시작했다. 나는 이런 습관으로 인해 장차 큰돈이 들 거라고 생각했다.

"아, 저건 정말 웃겨요, 페이스." 리처드가 말했다. 그는 고함을 쳤고 스케이트를 신은 채 위험하게 쿵쿵 발을 굴렀다. "엄마 미워. 엄마의 바보 같은 친구들도 미워. 왜 다 같이 일어나 저 멍청한 경찰한테 '염병하네'라고 말하지 않는 거예요. 그냥 다 같이 일어나 경찰을 때려야 한다고요." 리처드가 좋지 않은 발목을 비틀어대면서 억지로 스케이트를 벗었다. "그 분필 상자 줘봐, 리사, 얼른 나한테 줘."

리처드는 눈물과 역겨움이 뒤섞인 분노를 터뜨리면서 플라밍고 핑크색 분필로 근처 아스팔트길에 '아이를 불태울 건가요?'라고 썼다. 글자 높이가 4.5미터나 되니 토요일에 산책하는 세상 사람 모두가 이 글을 볼 수 있을 것이다. 그리고 그 밑에 약간 작은 빨간색 글씨로 대답을 적었다. '필요하다면.'

바로 이때부터였다고 생각한다. 그날 있었던 일들을 계기로 나는 방향을 틀었고, 헤어 스타일을 바꿨고, 일자리를 시 외곽으로 옮겼고, 삶의 방식과 말투를 바꿨다. 얼마 후에는 굳은 결의로 다른 일을 하는 남자와 여자들을 만났고 따뜻한 마음을 지닌 내 아이들의 두뇌 덕분에 저 섹시한 놀이터에서 벗어나 매일매일 세상에 대해 더 많은 것을 생각했다.

새뮤얼

아주 거친 남자아이들이 있다. 이 아이들은 무서울 게 없다. 담장을 타고 올라가 높은 꼭대기에서 허리 숙여 절하는 아이들이다. 지붕 위에서도 용감할 뿐 아니라 건물 관리인조차 가기 싫어하는 지하 창고 안 가장 어두운 구석에서도 아주 시끄럽게 떠들어댄다. 또한 전철 차량의 잠긴 문과 문 사이에 있는 승강구에서 몸을 흔들어대며 까불거리고 펄쩍펄쩍 뛰기도 한다.

남자아이 넷이 흔들리는 승강구에서 몸을 흔들며 까불거리고 있다. 이들의 이름은 알프레드, 캘빈, 새뮤얼, 톰이다. 양쪽 차량에 탄 남자와 여자들이 아이들을 지켜보고 있다. 남자 승객과 여자 승객들은 아이들이 몸을 흔들어대며 까불거리고 펄쩍펄쩍 뛰는 게 마음에 들지 않지만 간섭하려고 하지도 않는다. 물론 전철에 있는 남자 승객 중 몇몇도 한때는 이 아이들처럼 용감했다. 개중에는 빠르게 달리는 트럭 뒤에 매달려 중간에 내리지도 않고, 화끈거리며 아픈 손을 놓지도 않은 채 뉴욕에서 록어웨이 해변까지 타고 간 남자도 있었다. 이때에도 이후에도 남자는 무사했다. 또 다른 남자는 구경하는 걸 더 좋아했던 다른 남자아이들과 내기를 했다. 8번가와 15번가에서 출발해 달리는 트럭 위에서 또 다른 트럭 위로 풀쩍 뛰어 옮겨타는 방식으로 아마도 23번지와 강 같은 특정 장소까지 이동할 계획이었다. 올라탄 트럭이 모퉁이를 돌아 다른 방향으로 가거나 가장 가까이 있는 트럭의 높이가 60센티미터나 더 높은 경우에는 계획대로 실행하기 힘들었다. 서너 번 다시 출발하고 난 뒤에야 성공했다. 남자는 학교에서 보았던 〈낭만적인 통나무 타기〉라는 제목의 영화에서 이 아이디어를 얻었다. 남자는 고등학교를 마쳤고, 좋은 친구와 결혼했으며, 책임이 막중한 직업을 가졌고, 야간 학교에 가는 길이었다.

이 두 남자와 다른 사람들은 승강구에서 풀쩍풀쩍 뛰고 몸을 흔들어대며 까불거리는 네 아이를 보면서 생각했다. 저렇게 타고 가면 재미있을 거야, 특히 지금은 날씨도 좋고 터널을 빠져나와 브롱크스 위로 높이 달리는 중이니까. 얼마 후 사람들은 생각했다. 이 아이들이 어리석은 행동을 하는 것 같은데. **아직** 어리니까. 이윽고 사람들은 자신들이 어린 소년이고 몸을 흔들며 까불거리는 게 그렇게 위험하게 여겨지지 않았던 시절에 감행했던 몇 가지 용감한 짓에 대해 생각했다.

전철에 탄 여자들은 네 아이를 보고 무척 화가 났다. 대부분은 미간을 잔뜩 찌푸렸고, 이렇게 극도로 못마땅해하는 모습을 아이들이 보기를 바랐다. 그중 한 여자는 자리에서 일어나 아이들에게 이렇게 말하고 싶었다. 조심해, 이 멍청한 녀석들아, 그 승강구에서 나와, 아니면 경찰에 전화할 거야. 그런데 네 아이 중 세 명은 흑인이었고 네 번째 아이는 그 여자가 확실하게 알 수 없는 다른 인종이었다. 여자는 아이들이 기가 살아서 자신을 비웃고 난처하게 만들지 않을까 걱정했다. 자신을 때리는 건 두렵지 않지만 난처한 일을 당하는 건 두려웠다. 또 다른 여자가 생각했다. 애들 엄마는 아이들이 어디 있는지 절대 모를 거야. 그러나 사실은 그렇지 않았다. 애들 엄마는 아이들이 14번가에서 열리는 미사일 전시회를 보러 갔다는 걸 다들 알고 있었다.

열차가 속도를 낼 때마다 승강구에 있는 아이들은 두 손을 번쩍 들고 높이 하늘을 가리키며 마치 로켓이 발사되는 것 같은 행동을 보였고, 전시회에서 기관총은 전시

된 적도 없건만 이윽고 안전 유리판을 탕탕 두드리며 기관총 소리까지 냈다.

기관사 말고는 아무도 알지 못하는 어떤 이유로 열차가 갑자기 속도를 늦추기 시작했다. 난처한 일을 당할까 봐 두려웠던 여자의 눈에 아이들의 몸이 앞뒤로 확확 쏠리는 게 보였고, 급기야 아이들이 흔들리는 안전 쇠줄을 움켜쥐는 모습도 보였다. 여자는 집에 아들이 있었다. 결심이 선 여자가 자리에서 일어나 열차 문으로 갔다. 여자가 문을 열고 말했다. "그러다 너희들 다친다. 죽을지도 몰라. 뒤쪽 열차 칸으로 들어가 조용히 자리에 앉아 있지 않으면 안내원을 부를 거야."

두 아이가 "네. 아줌마"라고 말하고는 곧 이동할 것처럼 움직였다. 다른 두 아이가 눈을 두 번 깜박거리고 입술을 굳게 다물었다. 기차가 다시 속력을 높였다. 문이 스르르 닫히면서 여자와 아이들 사이를 갈랐다. 여자는 다음 정류장에서 내려야 했기 때문에 문에 몸을 기댔다.

아이들이 눈을 크게 뜨고는 서로를 바라보며 소리 내어 웃었다. 여자의 얼굴이 빨개졌다. 아이들은 여자의 얼굴을 보고 더 크게 웃어젖혔다. 서로의 등까지 때리면서 웃었다. 새뮤얼이 가장 크게 웃었다. 그가 알프레드의 등을 마구 때리는 바람에 알프레드는 기침을 하고 눈물까지 보였다. 알프레드가 안전 쇠줄을 꽉 붙들었다. 그가 눈물 흘리는 걸 본 새뮤얼이 더 세게 때렸다. 새뮤얼이 "왜 울고 그래? 너 아기야, 응?"이라고 말하고는 웃었다. 소년 시절 용감하게 나서기보다는 옆에서 구경하는 쪽이었던 남자들 중 한 명이 화가 나기 시작했다. 그는 곧바로 자리에서 일어나 2초 동안 아이들을 바라보았다. 이윽고 남자가 시민다운 모습으로 발걸음을 옮기며 차량 끝으로 가더니 그곳에 있던 비상정차 줄을 당겼다. 갑자기 소름끼치는 쉭 소리와 함께 브레이크에서 공기 압력이 빠져나갔고 바퀴가 걸려 멈췄다.

가장 안전한 곳에 서 있던 사람들의 몸이 앞으로 쓰러졌다가 다시 뒤로 젖혀졌다. 새뮤얼은 알프레드뿐만 아니라 톰의 등까지 때리려고 안전 쇠줄을 놓고 있던 상태였다. 열차 안에 타고 있던 승객 모두 몸이 앞뒤로 획획 꼬꾸라졌다가 다시 돌아왔지만 새뮤얼은 오로지 앞으로만 꼬꾸라져서 머리가 먼저 바닥에 떨어지더니 차량과 차량 사이에서 짓뭉개져 죽었다.

열차는 정거장 안으로 반쯤 들어서서 힘겹게 멈춰 섰다. 안내원은 이런 유형의 죽음에 대해, 그리고 바퀴와 브레이크 사이에 낀 시신을 어떻게 꺼내는지 방법을 알 만한 승무원을 부르러 갔다. 침묵이 흘렀고 다만 다른 열차 칸의 승객들이 무슨 일이야! 무슨 일이야! 하고 묻는 소리만 들렸다. 여자들은 행여 그 아이가 외동아들은 아닐까 걱정하면서 서성거리며 기다렸다. 남자들은 어느 오후 아주 끔찍한 결말로 끝났던 기억을 저마다 떠올렸다. 남자 아이들은 서로 어깨와 팔과 다리가 닿도록 가까이 밀착한 채 서로에게 몸을 기댔다.

경찰이 문을 두드리고 새뮤얼의 엄마에게 소식을 알리자 그녀는 비명을 지르기 시작했다. 의사가 약으로 그녀를 진정시키려고 했지만 그녀는 낮 시간 내내 비명을 질렀고 밤 시간 내내 신음소리를 냈다.

아, 아, 새뮤얼의 엄마는 희망 없이 외쳤다. 어떻게 해야 그 아이를 닮은 다른 아이를 찾을 수 있는지 알지 못했다. 하지만 그녀는 젊었고 아이가 생겼다. 그 후 몇 달 동안 그녀는 희망에 차 있었다. 태어난 아기는 남자였다. 엄마에게 아기를 보여주고 엄마의 보살핌을 받게 하려고 사람들이 아기를 데려왔다. 그녀가 미소를 지었다. 그러나 이 아기가 새뮤얼이 아니라는 걸 한눈에 알아보았다. 그녀와 남편에게는 다른 아이들도 있었지만 새뮤얼과 똑같이 생긴 아이는 영영 알지 못할 것이다.

무거운 짐을 떠안은 남자

남자는 돈을 벌어야 하는 무거운 짐을 떠안고 있다. 날이면 날마다 돈이 필요했다. 점점 더 많이 필요했다. 일상용품을 사는 데도 필요했고 생활을 유지하는 데도 필요했다. 이런 이유로 휴가 기간은 남자에게 힘든 시간이다. 주말역시 힘든 시간이었는데, 돈도 벌지 않고 발전도 하지 않는 시간이기 때문이다.

그런 시간에는 집에 머물면서 아들이 어떻게 생활하는지, 아내가 어떻게 생활하는지 지켜본다. 아내와 아들은 돈에 대해 아무것도 모르는 사람 같다. 둘 다 바보는 아니다. 하지만 복도의 전기를 끄지 않고 다닌다. 전기를 마구쓴다. 아내는 계속 요리를 만든다. 고기 요리를 하고, 감자요리를 하고 오렌지주스를 식탁에 올려놓는다. 남자는 건강하게 사는 걸 반대하는 게 아니다. 하지만 비싼 가스로 뜨거운 온도에 구워낸 롤빵이 굳이 필요한 건 아니다. 아들이 여기저기 전화를 건다. 그러고 나면 아내가 전화를 건다. 이렇게 전화를 사용하면 곧바로 AT&T의 장비에 찰칵, 하고 기록이 남고 IBM이 총액을 계산하여 그에게 부과한다. 우연히 세 식구가 신문을 세 부나 사오는 날이 있다. 그런가 하면 어떤 날에는 아들이 마당에 나가 놀고, 조심성 없는 아이이다 보니 당연히 넘어지고 바지가 찢어진다. 이 일은 어느 토요일에 발생했는데 일요일에 이웃이 화가 나서 문을 두드린다. 그 바지가 이웃 여자의 아들 것인데 전에 빌려와서 이렇게 찢어놓았기 때문이다. 가격이 5달러 95센트나 되고 골이 촘촘한 질 좋은 코듀로이 바지였다.

이 말을 들은 남자는 이성을 잃어버린다. 돈 나올 곳이 어디인지 생각도 나지 않는다. 사실 남자는 꽤 높은 연봉을 받으며 아들의 대학 등록금으로 일주일에 5달러씩 따로 모아둔다. 매주 꼬박꼬박 이렇게 해왔으며 이제 은행에 2,750달러가 들어 있다. 하지만 남자는 **모든** 생활에 드는 돈을 어디서 구할지 알지 못한다. 남자는 문간에 서서 한마디 말도 없이 이웃 여자에게 현금으로 6달러를 주고 거스름돈으로 2센트를 받는다. 남자는 자기 손에 놓인 1센트 동전 두 개를 바라본다. 동전 한 푼 없는 신세가 된 기분이며 그 자리에서 쓰러질 것만 같다. 남자는 기운을 내기 위해 동전 두 개를 이웃여자에게 던지고, 여자는 비명을 지르며 달아난다. 남자는 두 블록이나 여자를 쫓아간다. 여자의 남편은 일요일 특근이라서 여자를 구하러 올 수 없다. 아이들은 영화를 보는 중이다. 모퉁이 우체통 앞에 다다른 여자가 거기에 몸을 기댄다. 여자는 두려움에 뒤돌아서서 남자에게 6달러를 던진다. 남자가 허공에 날리는 지폐를 손으로 잡는다. 남자가 어깨를 젖히며 온 힘을 다해서 직구로 지폐를 던진다. 지폐는 낙엽처럼 둥둥 떠다니다 여자의 코트에 떨어지고 여자가 큰 소리로 외친다. "그만해요! 그만해요!"

경찰이 어디선가 불쑥 나타나, 어른 두 명이 소리 지르면서 서로에게 돈을 던지는 걸 보고는 진저리를 친다. 하지만 이 동네에는 그들을 드리운 나무와 예쁜 잔디가 가득 자라고 있다. 경찰은 두 사람을 돌려 보내고 이들이 집으로 가기 위해 같은 방향으로 걸어가는(서로 이웃집에 살고 있다) 모습을 지켜본다.

두 사람은 서로 화낸 것에 대해 미안하다며 사과한다.

여자가 말한다. "없어도 되는 바지예요. 빌리는 바지가 많아요." 남자가 말한다. "그 돈이 나한테 무슨 소용이에요? 6달러요? 치킨 값이네요."

이윽고 두 사람은 여자의 집에서 커피를 마시고 일일이 해명한다. 두 사람은 어릴 적 일에 대해 각자 한 가지씩 이야기를 들려준다. 이 일이 있고 나서 두 사람은 친구가 되고 양쪽 가족이 특근을 하거나 영화를 보는 일요일 오후에는 서로의 집을 방문한다.

금요일 밤이면 남자는 땅속 깊이 다니는 지하철에서 내려 지상까지 3층 계단을 올라온다. 남자는 멀리 자기 동네까지 가는 버스를 타기 전에 잠시 빵집에 들른다. 그곳에서 딸기 쇼트케이크를 사들고 집에 가서 아내와 아들에게 건넨다.

그래도 달라진 건 있었다. 여름이 되었고 이웃집은 아이 세 명을 데리고 롱아일랜드 바다에 있는 작은 여름 별장으로 갔다. 집으로 돌아온 여자는 피부가 햇볕에 타서 오렌지 빛이 감도는 밝은 홍차색을 띠었다. 롱아일랜드에서 사용한 로션 때문이었다. 남자는 여자가 건네는 첫 인사도, 그 후 만날 때마다 건네는 인사도 매우 멋지다고 느꼈다. 남자는 그때마다 다정하게 대답했다. "정말 멋져 보여요." 남자가 말했다. "고마워요." 여자는 남자 역시 여름 휴가 햇볕으로 외모가 한결 좋아졌는데도 그에 대해서는 한마디 언급하지 않고 이렇게 말했다.

어느 토요일 아침 남자는 침대에 누운 채 어서 식구들이 다 나가 집안이 조용해지기를 기다렸다. 아내와 아들은 오전 9시면 늘 슈퍼마켓에 간다. 마침내 아내와 아들이 카트와 쇼핑백과 차를 가지고 떠나자 남자는 일요일이면 허구한 날 여자와 이야기를 나누고 또 나누었으니 이제 어떻게 여자와 성관계를 시작할지 다양한 방법을 강구해볼 때가 되었다고 생각하기 시작했다.

주방은 너무 좁아서 시작하는 장소로는 최적의 자리가 아닌 듯싶었다. 여자는 세 아이를 둔 정숙한 여자이고 아마도 그런 모습을 조금 더 지속하기 위해서라도 거절할 것이다. 분명 첫 시도에서는 피하려고 할 것이다. 하지만 식기세척기가 있는 곳에서 접근한다면 절대 다른 데로 피하지 못할 것이다.

또 다른 가능성도 있다. 커피가 이미 탁자 위에 놓여 있는 상황이라면 여자가 커피를 따르려고 준비하는 동안 아마도 그는 여자 옆에 가까이 있을 것이다. 그러면 여자에게서 커피포트를 빼앗아 가스레인지 삼발이 위로 치울 것이다. 그런 다음 여자의 손을 잡고 눈을 바라볼 것이다. 여자는 그게 무슨 의미인지 단박에 알 것이고 돌아오는 일요일에 은밀한 자리를 확실하게 마련하는 문제에 대해 모든 마음의 준비를 하기 시작할 것이다.

또 다른 가능성도 있을 것이다. 거실 커피 탁자 앞에 놓인 소파에서 남자가 단도직입적이면서도 수줍게 선언할 것이다. "나는 끔찍한 시간을 보내는 중입니다. 당신과 함께하고 싶어요"라고. 이는 가장 강력한 방안이다. 더 이상의 계획이 필요 없기 때문이다. 그는 단도직입적으로 선언한 직후 바로 여자를 안을 것이고 여자의 치마를 걷어 올릴 것이며 만일 거들을 입지 않았다면 즉시 여자의 몸 안으로 들어갈 수 있을 것이다.

이튿날은 일요일이었다. 남자가 전화를 걸었고 여자는 전에 들어보지 못한 시원시원한 말투로 말했다. "아, 물론이죠, 집으로 와요." 대략 10분쯤 지났을 때 남자는 여자의 집 작은 식사 공간 탁자에서 커피를 기다리고 있었다. 오는 길에 자기 아내의 잔디밭 가장자리에서 첫 꽃이 핀 백일홍 네 송이를 꺾어 가져왔다. 남자는 이 꽃을 꽃병에 꽂다가 이웃여자의 남편이 벽을 따라 살금살금 기어서 다가오는 것을 알아차렸다. 이웃여자의 남편은 멍청해 보였고 분명 술에 취한 모습이었다. 남편이 말했다. "뭐야……뭐야……." 남자는 이웃여자의 남편을 겉모습으로만 알고 있었고 이렇게 자기 집에서 거의 무릎을 꿇다시피 한 모습을 보자 당황했다.

"이 망할 이탈리아 새끼……." 남편이 말했다. "20분 전에는 여기 없었는데 벌써 끝낸 거군. 혀로 애무하는 싸구려 조루 새끼…… 넣었다 뺐다…… 저년이 좋아하는 거지. 차가운 암캐 년……."

"아니에요…… 아니에요……." 남자가 말했다. 여자가 차갑다는 남편의 말에 대해 "아니에요"라고 말한 거였다. "아니에요, 아니에요." 물론 확실하게 알지는 못하지만 남자가 말했다. "그녀는 그렇지 않아요."

"저 뚱뚱한 젖통 위에서 무슨 시간 낭비를 하는 거야……." 남편이 말했다. "이봐요!" 남자가 말했다. 남자는 여자의 그 부위에 대해서는 별로 생각해본 적 없었다. 대개는 여자의 치마 속이 어떨지, 허벅지가 어떨지에 대해서 생각했다. 남자는 여자의 남편이 취했다는 걸 깨달았다. 그렇지 않다면 자기 아내에 대해 저런 말을 하지 않았을 것이다.

곧이어 남편이 남자에게 권총을 겨누더니 술 취한 몸짓으로 총을 흔들어댔다. 남자는 이런 걸 영화에서는 종종 보았지만 실제로 본 적은 없었다. 여자의 남편이 경찰이니 권총을 소지하는 건 문제될 게 없다고 여겼다.

경찰인 여자의 남편을 모르는 사람은 없었다. 어떤 농장 일꾼 남자가 도시의 많은 군중을 보고 미쳐 날뛰자 이 남자를 죽인 일이 있었다. 농장 남자는 공포에 사로잡혀 온종일 센트럴파크 주변을 몇 바퀴나 뛰어다녔다. 러닝셔츠 바람이었기 때문에 사람들은 이 농장 남자가 조깅하는 거라고 생각했다. 그러다 결국 농장 남자가 센트럴파크 안으로 뛰어들어 부엌칼로 한 아기를 죽이고 두세 명에게 부상을 입혔다. "사람이 너무 많아!" 농장 남자는 이렇게 고함을 치면서 사람을 죽였다.

경찰은 용감하게 뛰어들어 남자에게서 흉기를 빼앗았지만 불쌍한 남자가 바짓가랑이 주머니에서 또 다른 긴 칼을 꺼내 드는 바람에 어쩔 수 없이 그를 죽여야 했다. 이 일로 경찰은 훈장을 받았다. 경찰은 종종 그날 오후를 떠올리면서 자신이 한 번은 용감하게 덤볐지만 두 번이나 용감하게 덤빌 만큼 용감하지는 않다고 생각했다.

이제 여자의 남편은 남자를 쳐다보면서 예전에는 어떤 억제력이 풀려버렸기에 그렇게 용감할 수 있었는지, 또한 희생당한 농장 남자의 어떤 두려움이 자신에게 에너지를 불어넣었는지 기억을 떠올리려고 애썼다. 어떻게 되었기에 그 미친 농장 남자를 죽이기로 작정하게 되었던 걸까?

여자가 주방에서 불쑥 나왔다. 그녀는 남편이 술에 취했고 눈에 핏발이 선 걸 알았다. 남편이 권총을 들고 눈앞의 안개와 스모그를 거둬내기라도 하려는 듯이 휘휘 휘젓는 걸 보았다. 여자는 남편이 사람을 죽인 적이 있다는 걸 기억해냈다.

"그에게 손대지 마." 여자가 남편에게 악을 쓰며 말했다. "이 정신병자! 농장 남자를 죽인 살인자! 그에게 손대지 마." 여자는 이렇게 소리치고는 푹신한 온몸으로 남자를 끌어안았다. 남자는 이런 걸 원한 게 아니었다. 여자의랩 스타일 실내복 브이넥 속에 턱이 처박힌 꼴을 원한 게아니었다.

"옷 속에서 얼른 나와." 남편이 말했다.

"이 사람을 죽이려면 나도 죽여." 여자가 말했다. 여자가남자를 너무 세게 안는 바람에 남자는 어느 쪽으로 코를돌려야 숨을 쉴 수 있을지 생각했다.

"좋아. 못할 것도 없지. 못할 게 뭐 있어!" 남편이 말했다."못할 게 뭐 있어, 이 망할 창녀, 못할 것도 없어."

그러더니 남편의 손가락이 방아쇠를 당겼고 여기저기총을 난사하면서 남자, 여자, 벽, 전망 창, 커피포트에 총을 쏴댔다. 남편은 시선을 아래로 향한 채 창녀! 창녀!하면서 고래고래 소리 지르더니 바닥에 대고 총을 쐈고총알은 구두를 관통하여 그의 발가락을 영원히 박살내놓았다.

조간신문 자정 판에 이렇게 기사가 실렸다.

퀸스 경찰, 사랑을 싸늘하게 식히다.
관할구 동료들이 경찰관을 싸늘한 유치장에 넣다.

경사 아먼드 킬리는 아내와 이웃남자 앨프레드 차로가 불륜을 저질렀다고 주장하면서 오늘 자기 집 주방과 킬리 자신, 그리고 경찰 경력을 총으로 쏴 날리면서 두 사람의 불륜에 종지부를 찍었다. 최근 킬리 경사가 불안 증세를 보였다고 주장하는 115번 관할구 동료들에 의해 체포되었고 곧 부서의 조치가 내려질 예정이다. 기자가 물었을 때 킬리 씨는 이렇게 말했다. "아니에요, 아니에요, 아니에요."

무거운 짐을 떠안은 남자는 어깨 부상 치료 때문에 병원에 사흘간 입원했다. 병원비는 거의 모두 보상받았다. 이후 남자는 집을 팔고 다른 버스 노선을 이용하는 동네로 이사했다. 하지만 지하철역은 예전 그대로였다.

남자는 어느 날 찾아온 노년에 가슴 철렁하며 놀라기 전까지 다시는 불행하다고 느끼는 일이 거의 없었다.

실제로 몇 년 동안은 매일 아침 따뜻하면서도 상쾌한 기운이 심장 심실에서 뿜어져 나와 차가운 손끝 발끝까지 닿았다.

마지막 순간에 일어난 엄청난 변화들

알렉산드라의 정신이 흥미롭다면서 한 젊은 남자가 그녀에게 함께 침대로 가고 싶다고 말했다. 남자는 택시 운전사였고 알렉산드라는 **그보다 앞서** 그의 곱슬곱슬한 뒷머리를 감탄하며 칭찬했었다. 그럼에도 알렉산드라는 놀랐다. 남자는 대략 한 시간 반 뒤에 그녀를 다시 태우러 오겠다고 했다. 그녀는 올바르고 책임감 있는 사람이었기 때문에 둘 사이에 진실한 정보의 장벽을 쳤다. 그녀가 말했다. 중년 여자를 많이 알지 못하나 봐요.

내 눈엔 중년으로 보이지 않아요. 그러니까 내 말은 다들 자기 마음에 들면 좋아한다는 거예요. 난 당신의 관점, 당신의 생활방식이 흥미로워요. 아무튼요. 그가 거울로 보면서 말했다. 당신 얼굴이 멋있고 눈썹도 안 보여요.

두 시간 후로 해요. 알렉산드라가 말했다. 어쩌다 보니 사랑하게 된 아버지를 만나러 가는 길이었다.

나도 우리 아버지를 사랑해요. 남자가 말했다. 아버지는 나를 절대 사랑하지 않지만요. 너무너무 유감이죠.

됐어요. 그 정도만 해요. 알렉산드라가 말했다. **그전에 이미** 두 사람은 다음과 같은 몇 가지 사실이 담긴 소개 인사 대화를 나눈 상태였기 때문이다.

애들이 몇 살이에요?

아이가 없어요.

죄송해요. 그러면 무슨 일을 하면서 먹고 살아요?

아이들을 돌봐요. 십 대 초반 애들요. 입양과 위탁 가정, 보호 관찰, 갖가지 문제들, 그런 거요⋯⋯.

학교는 어디에서 다녔어요?

시립대학요. 당신은요?

아, 나요. 여러 군데요. 안티오크. 위스콘신. 캘리포니아요. 언젠가 다시 갈지도 몰라요. 하지만 다른 곳으로요. 어쩌면 하버드에 갈 수도 있어요. 못 갈 거 없잖아요?

남자가 A&P에 화장지를 배달하는 바퀴 16개짜리 트레일러트럭을 향해 비켜달라며 경적을 울렸다.

그거 하지 말았으면 좋겠어요. 알렉산드라가 말했다. 그런 운전 방식 싫어요.

왜요? 아! 이상주의자군요! 남자가 백미러 거울로 알렉산드라의 눈을 똑바로 보았다. 그런데 결혼한 적 있어요?
예전에요.

한 번요. 오래전 일이에요.

어떤 사람이었어요?

설명하기 어려워요. 혁명론자였어요.

정말이요? 내가 알 만한 사람이에요? 이름이 뭐예요?
요즘 우리는 혁명가 얘기를 하거든요.

그래요?

그건 그렇고 내 이름은 데니스예요. 당신이 마음에 드
는 것 같아요. 남자가 말했다.

당신이 나를요? 으음, 왜요? 그리고 뭐 좀 물어볼게요.
요즘이라니 무슨 뜻으로 한 말이에요?

성 프란치스코의 새 모이에 맹세하건대 당신에게 상처
줄 의도는 없었어요. 그가 혀끝에 아일랜드 억양을 살짝
내며 말했다.

요즘요! 알렉산드라가 말했다. 그 말이 무슨 뜻인데요?
내 짐작으로는 당신이 신상품에 속한다고 생각하는 것 같
네요. 당신도 그렇게 신상품은 아니에요. 전화기가 신상
품이었고 비행기도 신상품이었지요. 당신은 훨씬 전에 지
구상에 나왔어요.

와우! 남자가 말했다. 그가 병원 입구 바로 앞에 택시를

세웠다. 남자가 고개를 돌려 알렉산드라를 보더니 결정을 내렸다. 그런데 당신 말이 맞아요, 남자가 다정하게 말했다. 당신은 마음**이란** 놀라운 것이며 오래도록 살아 있고 에로틱한 거라고 여겨요.

마음이 그래요? 알렉산드라가 물었다. 그러고는 궁금해졌다. 마음의 기대 수명은 얼마나 될까?

80년이야. 알렉산드라의 아버지가 자신도 쓸모 있다는 사실에 기뻐하며 말했다. 한때 그는 당신이 지식에 관한 책을 찾아보기도 전에 뇌우가 무엇인지 설명해주었다. 이제 노년의 동굴 속에서도 그는 계속 놀라운 지식을 쌓아가고 있다. 그러나 노환으로 병들어 있었다. 동맥은 가망이 없고 흥미로운 주제의 대화가 밀려나는 대신 온갖 노화된 관과 관련한 대화가 그 자리를 채우는 일이 많았다.

어느 날 알렉산드라의 아버지가 말했다. 알렉산드라! 다시는 내게 석양을 보여주지 마라. 이제는 흥미가 없어. 알잖니. 알렉산드라는 방금 전 병원 창밖으로 펼쳐지는 단순한 일몰 풍경을 손으로 가리켰었다. 빨갛게 물든 둥근 공 하나가 있었다. 저녁 하늘을 가로지르는 실구름도 없이 오로지 그 하나뿐이었다. 빨갛게 물든 둥근 공이 희망 없이 서쪽으로 지고 있었다. 그저 허드슨 강을 그리워하고, 저지 시를 그리워하고, 시카고와 대평원, 골든게이트 해협을 그리워하면서 계속 지고 있었다.

이윽고 알렉산드라의 아버지가 탄식하듯 푸시킨의 시를 러시아어로 읊었다. 나를 위한 게 아니다, 봄날은. 네 딜라 멘야…… 그가 잠들었다. 알렉산드라는 《8월의 포성》큰 활자판을 읽었다. 30분 뒤 아버지가 눈을 뜨고는 그날 아침 〈타임스〉에 페니키아 사람들이 기원전 500년경 배를 타고 브라질까지 간 글이 실렸다고 그녀에게 말해주었다. 놀라운 사람들이야. 바이킹도 놀라웠지. 알렉산드라의 아버지는 중국인, 유대인, 그리스인, 인도인에 대해 좋게 이야기했다. 모두 옛 상업 민족들이었다. 사실 알렉산드라의 아버지는 결코 민족 전체를 싸잡아 비판하는 일이 없었다. 19세기 말 젊은 아버지와 어머니 덕분에 그의 안에 세계시민의 관용이 자리 잡게 되었으며, 부모는 어두운 차르 독재체제하에서 촛대 같은 존재였다. 말하자면 어린 시절의 가정교육이었다. 알렉산드라의 아버지는 현명하게도 그런 가정교육을 후대에 물려주었다.

알렉산드라의 아버지 옆 병상에는 존이라는 환자가 있었으며 그는 머지않아 곧 남아프리카공화국의 흑인들, 시카고의 자포자기한 흑인들, 중국 황인종, 터키인이 몰려올 거라고 두려워했다. 존은 심장이 튼튼했기 때문에 알렉산드라의 아버지에 비해 미래를 두려워할 이유가 더 많았다. 분명 더 오래 살아서 그 모든 걸 볼 것이기 때문이다. 그는 터키인들이 몰려올 때 콜레라, 치명적인 성홍열, 특히 나병을 뉴욕 시에 들여올 거라고 믿었다.

나병요! 세상에! 알렉산드라가 말했다. 존! 한 번만이라도 현실의 문제로 화내봐요! 알렉산드라가 북베트남에서 폭격으로 불탄 나환자 수용소 기사를 〈타임스〉에서 소리내어 읽었다. 알렉산드라의 아버지가 말했다. 부탁이다, 알렉산드라, 오늘은 정치 선전을 그만두자. 넌 왜 자꾸 미국을 헐뜯는 거냐? 알렉산드라의 아버지는 거친 엘리스 섬에서 처음으로 미국 국기를 보았던 때를 떠올렸다. 국기 아래서 말처럼 열심히 일하면서 디킨스를 읽었고, 의대에 진학했으며, 지대공 미사일처럼 높이 날아 중산층으로 바로 진입했다.

이윽고 알렉산드라의 아버지가 말했다. 그렇다고 초콜릿 푸딩 한복판에 국기를 꽂는 것도 안 되지. 우스꽝스럽잖니.

전몰장병 추모일이잖아요. 간호조무사가 알렉산드라 아버지의 식판을 치우면서 말했다.

이른 저녁 데니스는 알렉산드라의 아파트에서 방마다 다니며 문간에 섰다. 그가 이쪽저쪽을 보았다. 인구 압박

의 시대에도 방이 남아도는군. 데니스가 중얼거렸다. 그
는 주방으로 들어가더니 코로 숨을 들이마시면서 냄새
를 맡았다. 뭐든 상관없어요. 그가 큰 소리로 말했다. 레
인지 위에 놓인 냄비에서 그레이비를 손가락으로 찍어
맛보았다. 비프스튜네. 그가 나지막이 말했다. 그러고는
냉장고 문을 열더니 소리쳤다. 세상에나! 그곳에는 잘 얼
려놓은 한 끼 분량의 음식 열한 개가 차곡차곡 쌓여있었
다. 알렉산드라가 담당하는 마약쟁이들을 위한 음식이었
다. 메타돈* 치료를 받으려면 많은 단백질과 탄수화물이
필요하다.

내 집에는 저런 걸 두지 않을 거예요. 컵이랑 받침접시
까지 그대로 두다니 정말 놀랍군요. 소름끼쳐요. 데니스
가 말했다. 하지만, 좋아요, 이걸 먹을게요. 왜냐고요? 그
러면 집 생각이나 뭐 그 비슷한 게 생각나느냐고요? 그가
물었다. 예전에 보았던 영화가 생각나요.

애플파이군요! 당신도 내가 인정할 수밖에 없다고 여기
겠지만 우리 지역은 그렇게 잘 돌아가지 못해요. 아마도
브루클린에 위치해 있고 식량협동조합이 힘을 합치지 못
하기 때문이겠죠. 하지만 멋진 곳이에요, 그곳 사람들은

---

*   헤로인 중독 치료에 쓰이는 약물.

비판을 받아들였어요.

이곳엔 지저분한 게 많군요, 데니스는 저녁 식사를 마친 뒤 한마디했다. 이곳에 오면 존경심을 가득 담아 관심을 보여주리라 결심했었다. 안락의자, 조명등, 책상 세트, 알렉산드라 할머니의 결혼사진, 그리고 알렉산드라 아버지의 지팡이가 꽂혀 있는 우산꽂이 같은 게 있으리라 생각했었다.

으음. 알렉산드라가 말했다. 월세가 비싸지 않거든요.

내가 뭘 원하는지 알죠, 알렉산드라? 여자와 함께 심야 영화를 보고 싶어요. 데니스가 말했다. 이 시간이면 미국인들이 흔히 하는 일이잖아요. 다른 사람과 똑같이 살아가야 해요. 보통 사람이 어떤지 알아내어 그렇게 살아야 해요. 그런 사람이 되어야 해요. 겉치레로 떠드는 쓸데없는 소리보다는 그편이 훨씬 근사하지요. 당신이 얼마나 상냥하게 변할지 스스로도 놀랄 거예요.

난 상냥한 걸 반대하는 게 아니에요. 알렉산드라가 말했다. 미국인에 반대하는 것도 아니고.

두 사람은 〈데이 엣 더 레이스〉*를 절반쯤 보았다. 보고

---

* A Day At The Races, 1937년도 영화. 헐리웃 역사상 코미디 영화에 가장 큰 영향력을 끼친 형제 재담꾼이 등장하여 사회 저명인사와 조직사회에 대해 재기 발랄한 공격을 가한 것으로 유명하다.

175

있으니 마음이 편해지네요, 데니스가 말했다. 하지만 좀 길지 않아요? 그러더니 데니스는 옷을 벗기 시작했다. 그가 두 팔을 쭉 뻗으며 말했다. 알렉산드라, 정말로 더는 못 기다리겠어요. 나는 아침형 인간이에요. 일찍 침대에 들고 싶어요. 며칠 머물러도 되죠?

데니스가 몇 가지 이유를 댔다. 1. 전몰장병 추모일 주말이었고 브루클린에 있는 그의 집에는 잠시 다녀가는 손님들로 가득했다. 2. 아무튼 요즘 유행하는 홀치기염색을 따라해보기 위해 가장 아름다운 밀랍 염색 작품을 내다버린 이 손님들이 혐오스러웠다. 3. 공원이란 공원은 모두 한창 밝은 초록으로 뒤덮여 있으므로 오전에 알렉산드라와 기분 좋은 산책을 할 수 있을 것이다. 그는 길모퉁이에 있는 나무가 버스 매연으로 다 죽어가면서도 막 돋아나기 시작하는 잔가지들로 초록빛을 띠기 시작하는 걸 눈여겨 보았다. 4. 알렉산드라에게 요즘 아이들 이야기를 들려주면 그 애들이 어떤 고민거리를 안고 사는지, 어떤 놀라운 미덕을 갖고 있는지 이해하도록 도움을 줄 수 있다. 대략 7년을 허송세월하고 나니 예전에 그런 아이들처럼 지냈던 삶이 그리웠다.

그렇게 많은 이유는 필요하지 않아요. 알렉산드라가 말했다. 그녀가 데니스에게 브랜디 한 잔을 내밀었다. 젠장!

176

데니스가 불같이 성내며 말했다. 내가 그거 싫어하는 거 **알잖아요**. 우울한 기분이 들기 시작한 데니스는 등산용으로 신은 무거운 신발을 벗기 시작했다. 바지를 벗어 바닥에 떨어뜨리더니 자신의 몸과 바지가 분리되었는지 확인하듯 바지 위에서 두어 번 발을 굴렀다.

알렉산드라는 봄철의 첫 여름 원피스 차림으로 가만히 서서 이 모습을 지켜보았다. 그녀가 숨을 깊이 들이마셨다. 일이 년 동안 줄곧 혼자 지내왔기 때문이다. 두 손을 갈비뼈 위에 얹어 심장을 제자리에 잘 붙들어두었고, 정숙하지 못하게 쿵쿵 뛰는 심장을 진정시키기 위해 정숙함을 발휘했다. 이윽고 두 사람은 침실에 있는 침대로 들어가 사랑을 나누었고 마침내 그 시끄러운 소란이 끝났다. 실내에서는 아무 소리도 들리지 않았다. 그래서 두 사람은 잠이 들었다.

아침이 되자 알렉산드라가 다시 현실에 관심을 보였다. 늘 좋아했던 일이기 때문이다. 그녀는 현실에 대해 이야기하고 싶었다. 아버지 병원 옆 병상에 있는 존 이야기로 먼저 서두를 꺼냈다.

터키 사람들요? 정말 먼 나라네요! 하긴 그 사람 말이 맞아요. 다른 말도 맞고요. 나병이 **생기고** 있거든요. 포레스트 힐스 카운티 축제에도, 라이커스 아일랜드 잼버리

대회에도, 필모어 이스트*에도, 그리고 웨스트체스터에 있는 에콜로컨트리 가든에도 나병이 생기고 있어요. 8월인데.

현실 이야기요? 현실의 교훈요? 내가 택시운전사예요? 아니요. 택시를 몰긴 하지만 택시운전사는 아니에요. 나는 노래하는 매예요. 노래를 만드는 사람요. 달리 말하면 시인이고요. 요즘은 길거리에 걸어 다니는 흑인이란 흑인은 다 시인인 거 알아요? 하지만 흰둥이 백인은 열 명 중 한 명뿐이에요. 열 명 중 한 명요.

요즘은 늘 레퍼스**의 곡에 붙일 가사를 써요. 시 비스무리해요. 레퍼스가 날 아주 좋아하죠. 나도 그들이 정말 좋고요.

레퍼스? 알렉산드라가 말했다.

멋져요! 그 밴드를 알아요? 모른다고요? 옛날 이름을 대면 알지도 모르는데. 스플릿아톰요. 근데 이제는 너무 인기가 많아져서 곡에 특색이 없어요. 그래서 유명해진 거긴 해요. 아마 여름 축제들이 끝나면 밴드 이름을 바꿀 거예요. 활동무대를 시골로 옮겨서 윈터모스라는 이름으로 활동할 수도 있어요.

---

* 1960년대와 1970년대 초반 미국 록 음악의 산실로 명성을 떨쳤던 유명한 록 클럽.
** Lepers, 밴드 이름.

정말 돈을 벌어 먹고살기는 해요?

그럼요, 돈을 벌어요. 나 같은 기술자들과 힘을 합쳐 돈을 벌어요.

현재 상황은요, 어른 열두 명과 아이 세 명이 모여 사는 공동체 재정의 3분의 1을 내가 부담해요. 내가 택시를 모는 건 오로지 환상의 세계와 아주 가까이 있기 위한 거예요. 말하자면, 알렉산드라, 부르주아랑 고급 매춘부들과 수다를 떨기 위한 거지요. 아버지를 방문하는 솔직한 부인들하고도요. 아, 미안해요. 데니스가 말했다.

자, 알렉산드라, 상상해봐요. 베이스기타 두 대, 컨트리 바이올린 한 대, 피콜로 하나, 드럼이 있어요. 레퍼스의 주제곡이 흘러요! 데니스가 침대에 바로 앉아 있었다. 그의 가슴에 햇빛이 비쳤다. 데니스는 아침 식사 생각이 나기 시작했는데도 계속 노래를 불렀다. 알렉산드라에게 자신을 더 많이 알리고 그녀가 그의 상당한 실력에 푹 빠지게 하려는 생각이었다.

오오오오
먼저 내 손가락이 가네 가네 가네
이어서 내 코
다음엔, 베이비, 내 발가락

당신이 이런 식으로 나를 사랑해준다면 어쨌든 언젠가
내가 당신 방식을 따를 거예요.
나의 어여쁜 목 장미

좋았어요? 데니스가 물었다. 그가 알렉산드라를 바라보
았다. 그녀가 눈물을 보이려던 걸까? 알렉산드라, 당신이
아주 현실 빼꼼이인 줄 알았는데. 현실 세계는 그런 식이
에요. 아무튼! 그러더니 데니스는 시를 설명하고 보강하
기 위해 짧은 에세이를 말해주었다.

요즘 애들! 요즘 애들! 가령 세계가 폭발로 순식간에 완전히
끝장나거나 아니면 천연자원의 느린 파괴 작용으로 천천히 끝
장나는 등 끔찍한 문제들이 그 애들 뇌리에서 떠나지 않지만
그럼에도 그 애들은 심지어 지금도 낙관적이고 유머러스하며
용감하다. 실제로 그 애들은 마지막 순간에 엄청난 변화들을 꾀
한다.

그렇지 않아요. 알렉산드라가 냉담하게 말했다. 일반화
의 폐해야. 여러 부류가 있는 법이에요. 내가 담당하는 아
이들은 그렇지 않아요.
그 애들도 그래요. 데니스가 화내며 말했다. 그 애들을

데려와봐요. 내가 증명할 테니. 어쨌든 난 그 애들을 좋아해요. 데니스는 아침 식사 생각도 잊어버린 채 대략 20분 동안 알렉산드라에게 지난 반세기처럼 이렇게 힘찬 방식으로 세상을 바라보는 법에 대해 알려주려고 애썼다. 알렉산드라도 노력했다. 이제껏 늘 진보적이며 가끔은 개혁적인 성향까지 보였지만 그 순간 데니스의 이야기에 귀 기울이는 동안 알렉산드라는 굵직한 사랑의 핫바 너머 저 앞에 기다리는 고독한 노년과 외로운 죽음이 내다보였다.

하지만 두려워할 건 없어, 우리 딸, 알렉산드라의 아버지가 말했다. 거기까지 가면 너도 별로 살고 싶지 않을 거야. 두려워할 게 전혀 없어. 모든 게 소진되었을 거야. 다 타버리고 연기만 나는 석탄 같을 거야. 그러고 나면 더 탈 것도 남아 있지 않지. 끝인 거야. 내 말을 믿어, 아버지는 자신도 아직 거기까지 가본 적 없으면서 이렇게 말했다. 그 순간이 되면 아무것도 상관없을 거야. 아버지의 말을 귀 기울여 듣는 알렉산드라의 얼굴이 조금 구겨졌다.

날 그렇게 보지 마라! 아버지가 말했다. 그는 알렉산드라의 외모에 지나치게 민감했다. 그녀가 늙어 보이기 시작하는 게 싫었다. 그런 모습은 마지막 20년 동안에 가서야 보여야 할 것이다. 아버지가 말했다. **나는** 사람들이 죽는 걸 보았어. 많은 사람이 죽었지. 한둘도 아니고. 아주 많았어. 그들은 완전히 준비되어 있었지. 고통. 절망. 무의식과 악몽. 그리고 더할 나위 없이 편안한 혼수상태가 악몽으로 엉망진창이 되고. 그들은 완전하게 준비되어 있어. 너도 그럴 거다, 사시카. 너무 걱정하지 마.

후, 후, 후. 옆 병상의 존이 커튼 사이로 귀 기울여 듣고 있다가 말했다. 의사 선생, 난 준비되지 않았어요. 끔찍해요. 기분 더러운 악몽도 꾸어요. 한숨도 자지 못해요. 그래도 난 준비가 안 되었어요. 이 호스 없이는 오줌도 못 눠요. 외로워요! 이봐요! 내 자식 중 누구라도 날 찾아오는 걸 본 적 있어요? 한 명도 안 왔어요. 그래도 난 준비가 안 되었어요. 준.비.가. 안. 되.었.다.고.요. 그가 천장을 바라보면서 아니, 천장을 뚫고 저 위 불치병 환자를 위한 옥상정원을 향해, 그리고 그 정원에서 신을 향해 한 글자 한 글자 또박또박 말했다.

다음 날 아침 데니스가 말했다. 병원에 가느니 차라리 그냥 죽을래요.

대체 왜요?

왜냐고요? 모르는 사람들 손에 맡겨지는 게 싫어요. 효과가 있다고 알려진 약이 있는데도 그들은 마음대로 먹지 못하게 해요. 그러고는 자기들이 갖고 있는 약이 필요한데도, 심지어는 벨을 울리는데도 오지 않아요. 간호사와 인턴 세 명이 안내데스크 일을 보지요. 전에 그곳을 본 적이 있어요. 안내 데스크가 높아요. 간호사가 질문에 대답하고 있는데 인턴들이 번갈아가며 뒤에서 그녀의 등을 툭툭 치더라고요.

데니스! 당신 너무 어리석어요. 강간당하는 꿈을 꾸면서 미신을 믿는 늙은 여자 같은 소리나 하고.

멋진 말이에요. 데니스가 말했다. 건강 문제에 관한 한 나는 늙은 여자 같은 게 아니라 아예 늙은 여자**예요**. 내 말은 그게 마음에 든다는 거예요. 치아가 계속 좋았으면 해요. 계속 쭉요. 데니스가 노래를 부르기 시작하더니 곧 멈췄다. 들어봐요! 당신 운명이 그들 손에 있는 거예요. 그들에게 달렸다고요. 당신은 사는 건가요? 아니면 그들 관점에서 볼 때 비굴하게 굽실거리는 히피인 건가요? 그렇다면 죽어야지요!

정말이에요. 아무도 당신을 그냥 죽게 놔두지 않아요. 사실 그건 잘못된 일이죠. 죽음이 다가오는데도 생명을 오랫동안 유지시키려고 하니까.

당신 아버지처럼 말이에요?

알렉산드라가 벗은 채로 침대에서 벌떡 일어났다. 우리

아버지라니! 아버지는 당신 나이의 스무 배는 돼.

진정해요! 데니스가 말했다. 다시 이리 와요. 이제 막
당신이랑 떡을 치려는 참이고 당신도 아주 흥분했는데.

그리고 한 가지 더. 그런 단어 쓰지 마요. 듣기 싫어. 여
자랑 함께 있을 때는 그 여자에 맞는 언어를 써야지.

내가 어떻게 말하길 원해요?

이제 막 당신이랑 사랑을 나누려던 참인데, 라고 말하
길 바라요.

좋아요. 그게 사실이지요. 데니스가 말했다. 내가 그러
려던 참이었으니까요. 알렉산드라가 다시 데니스 옆으로
돌아갔고 그녀의 모든 것이 바로 곁에 있는데도 데니스는
그녀의 손가락 끝만 만졌다. 그가 손가락 하나하나에 입
을 맞추었고 한 번의 입맞춤이 끝날 때마다 곧바로, 당신
과 사랑을 나누고 싶어요, 라고 말했다. 비꼬는 기색 없이
달콤하게.

데니스, 알렉산드라가 그의 보답에 당혹스러워하며 말
했다. 당신 꼭 내가 현장 실습하는 곳 같아. 사실은 어떤
아이 같아, 빌리 플래툰이라는. 원래 이름은 플래톤이지
만, 베트남에 가서 새아버지처럼 죽겠다고 자기 이름을
그렇게 바꿔 부르죠. 공상을 많이 하는 아이예요.

알렉산드라, 말을 너무 많이 하고 있어요, 이제 쉿, 정치

이야기는 그만.

알렉산드라가 한두 문장 더 이어갔다. 평소 플래툰은 못이 잔뜩 박힌 공을 막대기에 매달고 다녀요. 중세 무기처럼 생긴 것인데, 서픽 가 CIA 출신의 어떤 반대파에 대비하기 위한 거래요. 사람들이 그렇게 부르더라고요.

그런 소리는 처음 들어요. 게다가 난 질투가 많아요. 나역시 서픽 가 출신의 반대파이고요.

아니, 당신은 아니야, 알렉산드라가 말했다. 얼마 후 방건너편 엄마 침실에 놓인 서랍장 거울 속에 자신의 벌거벗은 몸 일부가 보였다. 그녀가 말했다. 우웩!

여기, 여기네요! 데니스가 다정하게 말하면서, 방금 전알렉산드라가 보았을 거라고 여겨지는 지점, 그녀의 가슴과 배 사이에 몇 센티미터 너비의 물결 두 개가 가로놓인지점을 애무했다. 자연스러운 거예요, 알렉산드라. 남자는 여자에 비해 덜 변하지요. 모든 동물 중에서 인간 여자만이 나이가 들어가면서 에스트로겐이 줄어들어요.

그래요? 알렉산드라가 말했다.

그 후 30분가량 할 이야기가 별로 없었다.

그런데 당신 어째서 그런 것까지 알고 있어요? 알렉산드라가 물었다. 당신이 알고 있는 것 말이에요, 데니스. 어디에 쓰려고?

나의 예술을 위해서예요. 데니스가 말했다. 그러고는
젊은 나이인데도 사랑 행위를 그만두더니 예술가들이 종
종 그러듯 노래를 부르려 했다. 그가 노래했다.

바깥에서 야영하네
저기 숲속 데이지 꽃밭 속
교수대 나무 아래
함께하는
최고의 별 모양과
나와
데이지

대체
생태계란 무엇일까
그대는 너무 빨리 나아가고
데이지 당신은 홀로 있네
이봐, 데이지, 시동을 끄고는
기름을
도로 돌 속으로 돌려보내고 있구나.

아, 그거 마음에 들어요. 정말 좋아! 알렉산드라가 말했다. 그런데요 사실 생태계라는 단어가 노래에 들어가도 괜찮을까요? 전문 용어라서…….

어떤 단어든 괜찮아요. 아무튼 요즘은 생태계가 중요한 단어이기도 하고요. 데니스가 말했다. 단어로 그런 걸 하는 거예요. 언어와 생각, 두 가지가 합쳐져서 일이 이루어져요.

정말? 당신은 생각을 대부분 어디에서 얻는 거예요?

먹고 싶은지, 자고 싶은지, 내가 뭘 원하는지 모르겠어요. 데니스가 말했다. 그저 당신 젖가슴에 비벼대고 싶어요. 이야기하고, 이야기하고, 이야기하면서요. 대부분요? 으음, 대부분 잡지에서 얻는다고 할 수 있어요. 〈사이언티픽 아메리칸〉요.

아침 식사를 하는 동안 데니스의 머릿속에 언어가 계속 남아 있었다. 그래서 아무 말도 하지 않았다. 팬케이크를 먹고 나면요. 데니스가 말했다. 실은 알렉산드라, 내가 원하는 단어는 뭐든 활용할 수 있어요. 그렇게 해왔고요. 지난주에도 지금과 같은 어떤 대화에서 그걸 입증해 보였지요. 그곳 파란 눈의 녀석들에게 사전을 달라고 했어요. 사전을 그냥 휘리릭 넘기다가 딱 짚었는데 내가 짚은 단어가 '뱀의'라는 단어였지요. 그래도 나는 그 단어로 했어요. 단어는 당신을 꿈꾸게 하니까요. 단어는요.

아마도 〈온 탑 오브 올드 스모키(On Top of Old Smoky)〉
로 보이는 멜로디에 가사를 붙여 그가 노래했다.

뱀의 정원
프로이트가 만들었지.

그곳에서 세 명의 여자들이 망가뜨렸지
오, 세 명의 여자들이 망가뜨렸지

새의 뾰족한 부위를

코브라가 땅속에 묻히고
방울뱀이 고통으로 몸부림치네

검은 뱀 정원에서
파란 뱀 정원에서

내 아내들의 머리카락 속에서

커피 좀 더 줘요. 데니스가 자부심을 보이면서도 겸손
하게 말했다.

당신 노래 중에서 다른 어떤 것보다 좋아요. 알렉산드라가 말했다. 시잖아요, 그렇죠? 훨씬 좋아요.

뭐가요? 뭐가? 훨씬 좋은 건 아니에요. 그렇지 않아요, 빌어먹을. 그렇지 않아요…… 절대 아니에요……. 아, 이렇게 냉정을 잃어서 미안해요.

잊어버려요. 알렉산드라가 예의를 차리며 말했다. 그냥 가사가 좋다는 뜻으로 한 말이었어요. 그런데 나도 알아요, 혼자 살면서 생각을 너무 많이 하다 보니 너무 솔직하죠. 그건 그렇고 어째서 당신은 늘 아내들에 대해 생각해요? 아내들, 어머니들을 말하는 건가요?

그게 나니까요. 데니스가 평온을 되찾고 말했다. 아직도 눈치 못 챘어요? 그게 내 전문이에요. 엄마랑 관계 갖는 거요.

아, 알렉산드라가 말했다. 알아요. 하지만 난 엄마가 아니에요, 데니스.

아니요, 당신은 엄마예요, 알렉산드라. 당신에 대해 많은 걸 알게 되었어요. 난 알아요. 때로 내가 주말을 즐기는 바람둥이처럼 굴긴 하지요. 하지만 당신에게 노래를 써줬죠. 바로 지난 밤 택시에서요. 나는 당신 생각을 해요. 레퍼스는 절대 깊이 파고들려고 하지 않아요. 그들은 인생에 대해 별로 알지 못해요. 아직도 아기 벌들처럼 다음 꽃을 찾아가 관계를 가지려 해요. 하지만 어떤 고참자는 그걸 기록하려고 해요. 몇 년 지나 거기서 벗어난 어떤 아픈 녀석, 성장하기를 원하는 어떤 녀석 말이에요. 그 녀석은 그 안에 겉치레 허튼소리가 들어 있다는 걸 냄새 맡을 거예요.

오
나는 그대에 대해 뭔가 알아요, 자기
슬픈 어떤 것을요.
화내지 말아요.
자기
그러면 결코 아이들이 당신 안에서
쉬지 못할 거예요
그 아름다운 가슴에서
내 사랑

하지만 봐요
당신이 어디를 가든 아이들은 당신을 따를 거예요.
더 많이
결혼한 아내의 아이보다
당신 인생의 아이들이
더 많을 거예요.

저건 성경에서 따온 거예요, 데니스가 말했다.

아버지. 알렉산드라가 말했다. 생을 사는 여자는 적어도 아이 한 명을 가져야 하지 않을까요?

그에 관해서는 의문을 가져본 적 없어. 아버지가 말했다. 그라놉스키, 그 공산주의자와 부부로 사는 동안 아이를 가져야 해. 우리는 서로 의견이 맞지 않았지. 그는 유머 감각도 없고. 아마 지금 이 순간에도 그 사람 때문에 쿠바 사람들은 지루해서 죽을 지경일 거야. 그것만 아니라면 그는 지적인 사람이야. 내게 똑똑한 손자가 생겼겠지. 그 아이들이 나와 정치적 입장이 똑같을 필요는 없어.

아버지가 알렉산드라를 바라보았다. 그녀의 나이와 가능성을 보는 것이다. 아버지의 목소리가 부드러워졌다. 넌 그리 나빠 보이지 않는구나. 지금도 결혼할 수 있어, 딸아. 아버지의 목소리가 더 부드러워졌다. 남녀 성비에 관해 방금 전 읽은 희망 없는 통계 수치를 생각한 탓이다. 사실! 그래서 뭐 어떻다고! 그런 건 중요한 게 아니야, 알렉산드라. 토라*에서는 남자에게만 번식의 의무를 명하고 있어. 너에게는 그런 걸 명하지 않아. 네게 아이가 있든,

---

* 유대교 율법.

없든 하느님은 상관 안 해. 넌 아이가 없고 하녀를 들이지. 그러고는 남편에게 말하는 거야. 여보, 하녀를 임신시켜 요. 좋아요. 으음, 어쨌든 네 남편은 2년 동안 하녀와 놀아 나고 있었어. 하지만 이젠 그게 멋진 일인 거지. 좋은 일이 야. 네가 그 모든 걸 겪지 않아도 돼. 아홉 달의 시간, 후유 증, 어쩌면 제왕절개, 아직은 아니라는 고함소리, 그리고 마침내 주님의 아이, 호산나*.

그로부터 몇 주 뒤 알렉산드라가 말했다. 아버지, 그런 데 만약에 내가 아이를 가졌다면요?

말도 안 되는 소리 마라, 알렉산드라의 아버지가 말했 다. 그러고는 소름 끼치는 의사의 눈으로 오랫동안 그녀 를 바라보았다. 그녀의 몸 전체를 훑었다. 아버지가 말했 다. 왜 그런 걸 묻는 거니? 아버지의 얼굴이 벌게졌다. 이 때까지 한 번도 없던 일이었다. 아버지가 오른손으로 가 슴을 움켜쥐고 왼손으로 응급 호출 벨을 눌렀다. 아버지 가 말했다. 우선 간호사부터 불러줘! 지금! 그러고는 아버 지가 알렉산드라에게 명령했다. 결혼을 해!

데니스가 말했다. 어쩌다가 이런 꼴이 된 건지 모르겠

---

*   유대교에서 하느님을 찬미하는 소리.

네요. 그건 옳지 않아요. 하지만 당신네 관습과 문화가 다르니 타협할게요. 내 제안은 이래요, 알렉산드라. 우리 공동체에 있는 세 아이는 우리 모두의 아이예요. 아버지가 누군지 아무도 모르죠. 그곳에서는 틀에 얽매이지 않아요. 욕정에 타오르는, 우리 신의 좆에 대고 맹세하건대, 아름다운 곳이에요. 그 아이들 중 한 명은 내 아이일지도 몰라요. 하지만 그 여자애에게 뚜렷한 표시 같은 건 없어요. 당신도 우리랑 함께 사는 게 어때요? 모두 같이 그 아이가 의젓한 인간이 되도록, 이 세상에서 인간적인 존재가 되도록 키우는 거예요. 우리에겐 나이가 약간 있는 사람이 필요해요. 정말 그래요. 역사의식이 있는 사람이 필요해요. 우린 그런 의식이 부족하거든요.

고맙지만. 알렉산드라가 대답했다. 안 돼요.

알렉산드라의 아버지가 말했다. 나한테 설명을 해다오. 무슨 목적으로 이런 말도 안 되는 일을 벌이는 거니? 사랑 때문에 이러는 거니? 네 나이에. 돈 때문이니? 누군가 너한테 알랑거려서 이런 일을 벌인 거야. 필시 그자에게 저녁 식사를 대접했겠지. 아무 짝에도 쓸모없는 어떤 배고픈 자가 몇 끼니 식사가 필요해서 이렇게 말했을 거야. 안 될 게 뭐 있어? 바보 같은 중년여자는 잘 속아 넘어가. 밤에는 나한테 팟로스트를 주고 아침에는 베이컨과 계란을 주겠지, 라고.

아니에요, 아버지, 아니에요. 알렉산드라가 말했다. 제발요, 그러면 아버지 병만 더 악화돼요.

튼튼한 심장을 가진 채 죽어가는 옆 병상의 존이 알렉산드라의 아버지에게 작은 메모를 써서 주었다. 의사 선생, 미쳤군요. 자꾸 적을 만들지 마요. 당신 딸은 효녀예요. 화요일도, 목요일도, 토요일도 하루도 빠진 적이 없지요. 내 자식들 중 누구라도 날 찾아오는 걸 본 적 있어요? 아니면 다른 누구라도. 나는 점점 나빠지고 있어요. 그래도 아직은 **준비가 안 되었어요.**

한 가지만 말해두마. 알렉산드라의 아버지가 말했다. 넌 내 말년을 서글프게 만들고 내 인생을 망가뜨리려 하고 있어.

이 일이 있은 뒤 알렉산드라는 날마다 아버지가 죽기를 바랐다. 그래야 삶의 마지막 순간에 소급해서 모든 게 다 망가진 삶으로 변하기 전에 그녀가 아버지의 재미난 인생을 망치지 않고도 아이를 낳을 수 있기 때문이다.

마지막으로, 그러면 적어도 당신과 한 집에서 살 수 있게 해줘요. 그게 **당신에게도** 이득일 거예요. 데니스가 말했다.

안 돼요, 알렉산드라가 말했다. 부탁이에요, 데니스. 나는 일찍 일을 나가야 해요. 졸려.

무슨 의미인지 알겠어요. 난 당신에게 그저 장난이었군요. 날 나쁘게 이용한 거고요. 그건 멋있는 게 아니에요. 세속적 냄새가 나요.

아니야. 알렉산드라가 말했다. 제발, 그만 말해요. 게다가 당신이 아빠라는 걸 어떻게 알아요?

그건 아니죠. 데니스가 말했다. 나 말고 달리 누구겠어요?

알렉산드라가 미소 짓더니, 점잖게 고통을 드러내 보이려고 피가 나도록 입술을 꽉 깨물었다. 그러는 동안 그녀는 자기 일의 연속성에 대해, 어떻게 하면 자랑스러울지, 어떻게 하면 한순간도 허비하지 않고 생산적으로 살아갈지 계속 생각했다. 그녀는 자신이 담당하는 사람들을 차례차례 한 명씩 생각했다.

알렉산드라가 말했다. 데니스, 나는 앞으로 어떻게 할지 정확하게 알고 있어요.

그 경우에는 이래야 해요. 당신과 헤어질 거야.

자신의 삶에서 일어난 일들을 좋은 방향으로 이끌기 위해 알렉산드라는 이렇게 했다. 우선 자신이 담당하는 청소년 중 열다섯, 열여섯 살에 임신한 세 명에게 자기 집으로 와서 함께 살자고 했다. 이 아이들을 일일이 찾아가, 자신 역시 임신했으며 아파트가 아주 크다고 설명했다. 이제껏 알렉산드라가 늘 남자아이들을 더 많이 걱정하며 살펴온 탓에 이 여자아이들이 그녀를 좋아하지는 않았지만 일주일 안에 성질 고약한 부모 집에서 나와 이사했다. 이사 온 첫날 저녁 식사 자리에서부터 아이들은 알렉산드라에게 남자에 대한 유익한 충고를 들려주기 시작했고 몇 년 뒤에 그녀는 이들의 충고를 고맙게 여겼다. 알렉산드라는 여자아이들과 자신의 건강을 챙기고 메모해두었다. 그녀는 하나의 선례를 남겼지만 향후 5년 동안 이 선례를 따르는 사람은 아무도 없을 것이고 심지어는 주 신문에서도 이 일을 언급하지 않을 것이다.

알렉산드라 아버지의 삶을 망치지도 않았다. 그렇다고 아버지가 죽어야 했던 것도 아니다. 아이가 태어난 직후 아버지는 욕실 타일 바닥에서 세게 넘어져 두개골이 깨졌고 뇌의 전선들이 심장 피에 잠겼다. 합선이 일어난 것이다! 흘러넘치는 핏속에서 아버지는 20년, 30년의 시간을, 조카와 친척들의 얼굴을, 대통령 두 명의 이름을, 그리고 한 차례의 전쟁을 잃어버렸다. 그의 눈은 더 둥그레졌으며 종종 경이감으로 빛나기도 했지만 그럼에도 예전만큼 똑똑했으며, 전보다 양심의 가책은 덜 받으면서 다시 의식하고 인식하기 시작했다.

아기가 태어났고 아버지 이름을 따서 데니스라고 이름을 붙였다. 물론 아이의 성은 그라놉스키였다. 알렉산드라의 남편이 공산주의자 그라놉스키였기 때문이다.

밴드 이름을 에더블 애머나이타*로 바꾼 레퍼스는 아기에게 아주 작은 경의를 표하는 의미로 다음과 같은 곡을 녹음했다. 제목은 '후? 아이'**였다.

가사는 단순했다. 이런 가사였다.

아버지가 누구인가?
아버지가 누구인가?
아버지가 누구인가?

나! 나! 나! 나!
내가 아버지다.
내가 아버지다.
내가 아버지다.

솔로 파트인 나! 나! 나! 나! 부분은 데니스가 거칠고

---

* Edible Amanita, 먹을 수 있는 독버섯.
** Who? I. 누구인가? 나.

성난 예언자의 목소리로 직접 불렀다. 그는 용감하게 가사 내용을 인정했다. 그의 공동체에서 서른여덟 시간 동안 마라톤 회의를 이어간 끝에 그에게 공동체를 떠나달라고 요청했다. 다음 날 오후 데니스는 네 블록 정도 떨어진 더 나은 브라운스톤 집으로 옮겼고 이 집에서는 이따금 아버지 역할을 할 수 있을 것으로 기대되었다.

아기의 세 번째 생일에 데니스와 '페어 필즈 오브 콘'* 이 포크록 앨범을 냈는데 그 이유는 포크록이 새로운 사운드이고 신나는 음악이었기 때문이다. 제목은 '포 아워 선'**이었다. 감각 있는 청취자라면 길게 이어지는 어두운 드럼 연타 소리, 평범한 밴조 화음, 그리고 좀 특별하지만 〈브람스의 자장가〉와 완전히 똑같지는 않은 바이올린 선율 사이로 한 절마다 마흔 번 정도 박자를 맞춰주는 피콜로 소리가 들렸다가 사라졌다 하는 걸 알아챌 수 있었을 것이다.

날 보러 올래? 잭

내가 늙고 몹시 휘청거릴 때.

네, 그럴게요. 당신은 내 아빠니까요.

---

*   Fair Fields of Corn, 공정한 옥수수밭
**   For Our Son, 우리 아들을 위하여.

그리고 당신은 나이든 마지막 여자를 잃었으니까요

비록 저 멀리

고지대와 황무지까지 가고

패밀리카를 훔치기도 했지만

그래도, 늙은 아빠, 당신을 버리지는 않을 거예요

날 보러 올래? 잭

비록 실제로는 나 혼자가 아니지만

그래도 내 아들이 보고 싶어.

왜냐하면 우리는 저마다 외로우니까.

네, 그럴 게요. 당신은 내 아빠니까요.

비록 당신이 나와 내 형제를 버렸고

길을 따라 지글지글 소리를 내고 다니며

다른 사람의 엄마들을 사랑했지만요.

날 보러 올래? 잭

비록 내가 시간이 끓어 넘친 것 같은 모습을 하고 있더라도.

늙어간다는 건 장난이 아니야.

네, 그럴게요. 당신은 내 아빠니까요.

우리가 인생의 사다리를 올라가느라 발버둥치는 동안

비록 5센트 동전 하나 본 적 없지만요.

나는 당신을 불러 둘이 함께
딱 붙어 앉아 볼 거예요.
오래된 집 텔레비전에서
키웨스트의 날씨가 어떤지를요.

이 노래는 대서양 연안에서 태평양 연안까지 불렸고 메인 주의 어두운 숲에서 텍사스 주의 햇빛 반짝이는 만까지 유명해졌다. 걱정하는 중년과 놀란 젊은이들이 노인의 집을 찾아가는 횟수가 통계 수치상으로 늘어난 것은 이 노래 덕분이었다.

정치적 문제

우리 동네 어머니 한 무리가 예산위원회 공청회에 참석하려고 시내로 향하면서 노래 하나를 불렀다. 어머니들이 관련 사실을 모아 가사를 만들고 곡을 붙였지만, 그 같은 정치적 행동을 기획한 아이디어는 어느 신문기자의 똑똑한 머리에서 나왔다. 이 기자는 우리가 사는 로어 웨스트사이드 문화가 밀려나는 흐름을 따라 주택난으로 떠돌던 사람이었다. 그는 먼 중부 대평원 출신이며 꽤 널리 알려진 우리의 종족 조직을 좋아했다. 그의 말에 따르면 이것이 앞으로 다가올 조직 형태라고 했다. 아, 그는 우리의 오래된 곰팡이 핀 솥* 뉴욕을 얼마나 사랑했던가.

게다가 그는 외모가 말쑥하고 매력적이었다. 이런 이유

---

* 여러 인종과 문화가 뒤섞인 용광로라는 뜻의 melting pot 대신 moldy pot 즉 '곰팡이 핀 솥'이라는 표현을 사용하여 뉴욕의 어두운 이면을 꼬집고 있다.

로 공청회 서기가 첫 번째 어머니의 이름을 불렀을 때 그녀는 망설임 없이 곧장 자리에서 일어났다. 그녀는 미소 짓고 실례한다고 말하면서 이웃 사람들의 무릎을 비집고 지나가 공청회 회의실 복도를 당당하게 걸어갔다. 곧이어 자기 어머니 부엌에서 배운 어떤 슬픈 곡조에 더 나은 놀이터 시설을 요구하는 가사를 붙여 다음과 같이 탄식의 노래를 불렀다.

오 오 오
누가 부디 높은 울타리 좀 만들어줄래요
높이
아이들이 노는 놀이터 주변에
그곳에서는 아이들이 놀이를 하며
겨우
1년 남짓 더 어린 시절을 즐기고 있어요. 시 당국에서는 오려
하지 않고
아이들의 아빠가 부랑자와 떠돌이 들을
놀이터 밖으로 내몰고는 있지만 워낙에 그 수가
적어서 지금은 노인네들이 근육 경련으로 부들거리면서
꼬챙이 같은 걸 흔들거나 아니면 저들의
무릎을 만지면서 이보게들

이보게들 이보게들 하고 다독이지요. 추기경들
이 꼴 보기 싫은 이들을 다 내보낼 수 있을까요……

그녀는 고개 숙여 인사하고는, 회의실의 모든 여자가
어느 자리에서든 다 함께 일어나 레치타티보*를 부를 수
있도록 얌전하게 한발 물러났다. 여자들이 사랑스러운 주
장을 합창했다.

미소를 흘리는 마약 중독자가 들어오지 못하게 막으려면 정
부 기능을 현명하게 재편해야 한다.

그녀가 또다시 앞으로 나와 시의회 높은 연단 앞에서
쑥스러워하더니 노래를 이어갔다.

……부탁해요, 시장님
팬티도 걸치지 않는 여자아이 한 명이 있어요. 저들은 아기
예요
그러니 도와주세요. 공산주의자들이 출입구로 걸어 들어와
모래에 똥을 눠요……

---

*   오페라에서 낭독하듯 노래하는 부분.

그녀가 우리의 사랑스러운 시청 황백색 천장을 향해 두 팔을 높이 들고 소리쳤다.

그들을 화물기차에 가득 태워서 브루클린으로 보내주세요

시장님, 울타리를 만들어주세요.

우리는 어머니들이에요. 오, 장차

우리 애들은 무엇이 될까요……

시장을 비롯하여 예산위원회에 참석한 사람 중 이 노래에 깊이 감명받지 않은 사람이 없었다. 다섯 번째로 나선 사람의 반복적인 노래가 끝난 뒤 모든 공무원들이 감명 깊었다고 말하면서 '아!'와 '오!' 하는 감탄사를 나지막이 웅얼거리느라 이런 놀란 반응이 대략 3분 정도 이어지며 일종의 아르페지오 돌림노래를 만들어냈다. 재무에서 깐깐하기로 유명한 잔소리꾼 회계 담당자가 말했다. "네, 네, 그럼요. 이 경우에는 높은 울타리를 즉시 설치할 수 있고, 비용도 신속하게 처리될 거예요. 안 될 이유가 없지요……." 그러더니 그 자리에서 전화기를 들고 공원, 교통, 아동복지 담당 부서에 전화를 걸었다. 이 회계 담당자의 엄격하면서도 차분한 말을 전달받은 모든 부서가 선뜻 동의했다. 다음 날 정오에 울타리가 설치되었다.

그날 밤 달빛이 환해진 지 1시간가량 지났을 무렵, 기동 순찰대 경찰 한 명이 울타리 철조망을 잘라 상당한 크기의 구멍을 냈다. 이유는 두 가지였다. 첫째 이유는 공적인 것이었다. 운동이 절대적으로 필요한 젊은 사제 야구단 '빅브러더스팀'이 언제나 밤에 시합을 하며, 이들이 드나들 출입구가 필요하다는 것이다. 또 다른 이유는 사적인 것이었다. 로커룸에 야구방망이 열한 개가 보관되어 있었고, 이 야구방망이는 경찰이 속한 작은 집단에게 없어서는 안 될 비장의 무기였다. 사실 경찰은 이미 야구방망이를 갯버들 줄기를 안듯 두 팔 가득 안아 대기 중인 범인 호송차에 실었다. 그리고 다시 캐처 글러브 여섯 개를 가져가기 위해 로커룸으로 돌아왔다가 그만 〈로어 웨스트 사이드 선〉의 젊은 여성 기자에게 발견되었다.

기자는 호기심을 품고 똑똑하게 질문을 던지도록 훈련받았기 때문에 경찰에게 거기서 뭘 하던 중이었냐고 물었다. 경찰이 대답했다. "권력을 빼앗긴 데다 복수심에 가득 찬 정치인들 때문에 시민에게서 응당 받아야 할 존경마저 받지 못하는 상황에서 경찰은 최선의 방법을 다해서 스스로 무장할 겁니다." 그는 안주머니에 카뮈의 《반항하는 인간》 한 권을 지니고 있었고 신원 확인 용도로 책을 꺼내 보여주었다. 그는 온화한 회색 눈에, 짧은 속눈썹, 미끈하고 완벽한 용모를 지녔으며, 얼룩진 데라고는 거의 없는 리넨 장갑을 끼고 있었다. 그런 까닭에 관할 경찰들이 체포하러 오기까지 농구공들이 널린 한가운데에 서서 기다리는 동안 그녀의 몸속에 두 아들의 씨를 심을 수 있었다. 한 명은 아일랜드의 혈통을 이어받고 또 한 명은 이탈리아의 혈통을 물려받은 두 아들은 그녀가 죽을 때까지 저마다 아일랜드와 이탈리아 악센트가 섞인 말로 노래를 불러주었다.

북동쪽 놀이터

오후 시간 놀이터를 찾은 나는 생활보조수당으로 살아가는 열한 명의 미혼모를 만났다. 이들 중 네 명만 창녀였고 나머지는 자기 원칙에 따라 결혼하지 않았거나 어느 놈팡이에게 버림받은 여자들이었다.

아기들은 태어난 지 1년이 되지 않았으며 모두 재롱둥이이고 사랑스러웠다.

엄마들이 모래 놀이터에 아기를 풀어놓자 아기들은 모래를 던지고 꺅꺅 소리를 지르기 시작했고, 작은 사막 전체가 그들 차지가 되었다. 집에 아버지가 있는 아이는 감사하는 마음으로 기꺼이 응원하기 위해 젖은 모래에 발을 들여놓지 않았다.

무슨 연유로 다들 여기 모이게 된 거예요? 내가 물었다.

어쩌다 보니 그렇게 되었어요. 첫 번째 여자가 말했다.

우리 둘이 우연히 만나게 되었고 서로 호감을 가지면서 친구를 소개해주었지요. 두 번째 여자가 말했다.

우리는 특정 이익집단 같은 거예요. 세 번째 여자가 말했다. 그 여자의 이름은 재니스였고 권력구조와 권력 자체에 대해 의식을 지닌 여자 경찰이었다.

네 번째 여자가 초콜릿과 바닐라 음료가 든 작은 종이컵 열한 개를 들고 놀이터로 왔다. 여자가 모두에게 음료를 돌렸다. 이 집단은 얼마나 멋지고 평온한 결속을 이루고 있는가? 예전에 바로 이 공원에서 나도 아이를 둔 엄마로 지낸 적이 있는데, 당시 우리는 이렇게 결속을 이루지 못했고, 다른 아이들에 대해 병적으로 공격적이라느니 지나치게 소심하다느니 비난하면서 자주 싸우곤 했다. 빽빽 소리를 질러대는 신경질적인 두 살 남짓 아이를 놓고 우리는 이렇게 말하곤 했다. 저 앤 다 망가진 폐품이야, 가망이 없어. 눈꺼풀도 축 처지고. 무기랍시고 작은 꼬챙이를 꽉 움켜쥔 꼴을 봐!

예쁜 아이를 보고 싶으면 클로드를 보면 돼요. 레니의 아기요. 정말 인형 같아요! 재니스가 말했다. 그녀의 가슴에 비스듬히 걸쳐진 아기띠에 더할 나위 없이 얌전한 아기가 엄마의 따뜻한 보호 속에 잠들어 있었다.

클로드는 **정말** 예뻤다. 레니의 무릎 위에서 콩콩 뛰고 있었다. 엄마는 백인이지만 아기는 짙은 갈색 피부였다.

예쁘네요. 내가 말했다.

레니는 정말 흔치 않은 경우예요. 브라이튼 비치 출신의 거리 매춘부인데, 나이와 몸무게, 종교로 봐서는 좀처럼 흔치 않은 경우이지요.

애는 내 아이가 아니에요, 레니가 말했다. 어떤 놈이 나한테 빚을 졌는데 갚지 못했어요. 그래서 그놈이 자기의 첫 번째 녀석을 내게 줬어요. A.D.C. 부양아동 보조금이 있거든요. 자기야, 지금 난 엄마곰처럼 집에서 텔레비전이나 보며 지내요. 일주일에 한 번 몸 파는 일도 하지 않고요. 애가 내 시간을 다 빼앗아요, 내 클로드가. 당신은 안 그래요, 납작 가슴? 아이스크림 먹어, 클로디, 햇빛이 다 핥아서 없어지겠다.

여섯 번째와 일곱 번째 미혼모는 쌍둥이 자매로 늘 똑같은 옷을 입었다.

여덟 번째와 아홉 번째 여자는 창녀이자 마약중독자였고 일을 나가거나 마약을 맞을 때면 서로의 아이를 돌봐주었다. 이들은 남자처럼 생긴 아주 멋진 여자로, 어린이집에 네 살배기와 다섯 살배기를 각각 맡겨두었으며, 베니어 합판과 크롬으로 된 높다란 고급 수입 유모차에 흰 보일 천과 띠를 깔아 여자 아기들을 앉혀놓았다. 이들은

209

아기를 모래 놀이터에 내려놓는 법이 없었다. 아기가 지저분해지거나 축축하게 젖는 걸 지독하게 싫어했으며 만일 그런 일이 생기면 아기들을 심하게 혼냈다. 이들은 자기 원칙에 따라 결혼하지 않았으며—재니스와 쌍둥이 자매도 마찬가지였다—이를 엄격한 원칙 고수라고 여겼다. 하지만 다른 여지가 있는 상황이므로 희망이 없는 건 아니었다.

열 번째와 열한 번째 여자는 우울해 보였다. 이들은 버림받았고 이 때문에 아기가 선사하는 온갖 즐거움을 누리지 못했지만, 통통한 아기를 가슴에 꼭 끌어안고 있거나 놀이터에서 훌쩍거리는 소리라도 들리면 바로 뛰어가 고함을 질렀다. 뭐야? 무슨 일이야? 누가 그랬어? 누가? 누가 삽을 가져갔어? 클로드야? 레니! 클로드!

클로드는 진짜 남자야. 레니가 말했다.

열 번째와 열한 번째 여자는 생활보조 수당으로 살아가는 게 싫었다. 생활보호대상이라는 걸 민망하게 여겼지만 그렇지 않은 다른 친구들이 불쾌한 기분을 느낄 만큼 겉으로 드러내지는 않았다. 그럼에도 가끔 한마디씩 비꼬는 말을 하곤 했다. 요즘 젊은 아가씨가 대체로 그렇듯 둘 다 젊고 아주 예뻤다. 아마 다시는 버림받는 일이 없을 것이다. 내가 이런 사실을 그들에게 말하려 하자 그들이 답했다. 고마워요! 이들이 비꼬면서 덧붙였다. 우리 엄마는 내게 낙담하지 마라, 앨리슨의 사생아야, 하고 말해요. 엄마는 현실을 받아들일 줄 알고 남보다 앞서가지만 가난하지요.

그들을 찾아갔던 오후 나는 한두 가지 간단한 질문을 던지고 내 이야기를 했다.

내가 물었다. 아기를 둔 다른 어머니들 중에도 실제로 우호적인 집단이 있으니 그들과 함께 섞여 살면 더 좋지 않을까요?

아뇨. 그들이 말했다.

이렇게 당신들끼리만 집단을 이루어 살면 당신 애들은 어떻게 될까요? 내가 물었다.

그들이 자랑스럽게 미소 지었다.

이윽고 내가 힘주어 말했다. 내 아이들이 아기였을 때를 생각해보면 어떤 면에서는 이곳과 비슷했어요. 한때 '아이크*가 좋아요'라는 배지를 단 여자들이 모래 놀이터 남쪽에 앉아 있었고, 한편 민주당원으로 등록한 수정주의적 공산주의자, 수정주의적 트로츠키주의자, 수정주의적 시온주의자였던 우리는 북쪽에 앉아 있었지요.

---

* 아이크는 드와이트 아이젠하워의 애칭이다. 공화당 출신 대통령으로 1952년부터 1961년까지 재임했다.

정말이에요? 내 말에 대한 대답으로 대부분이 이렇게
말했다.

꺼져. 재니스가 말했다.

소녀

이른 시각, 카터가 카페에 들렀다. 나는 바닥 왁스 청소를 막 끝낸 참이었다. 카터가 말했다. 이따가 누구 좀 데리고 갈 거야. 너희 집 좀 썼으면 하는데, 찰리, 그래도 되지?

내가 그에게 말했다. 문은 열려 있으니 가봐. 계량기 보러 사람이 올 거야(그래서 문을 안 잠가놓았어). 나는 그에게 내 룸메이트 앤지가 집에 있을 수도 있지만 앤지는 대개 약에 취해 있다고 말해주었다. 앤지는 심지어 옆방에서 누가 호른을 불어도 몰라. 카터, 몇 시간이고 써도 돼. 집에 와인은 없어, 비슷한 것도 없고. 카터는 기분 낼 만한 다른 뭔가가 자기에게 있다고 말했다. 방금 얘기는 농담이었어. 고마워, 친구, 카터가 말했다. 나는 다른 모든 걸 **시도했지만** 지금까지는 위스키가 괜찮았다고 그에게 말했다. 위스키를 마시면 취하지만 약을 하면 정신이 나가,

하고 말했다. 그래, 알았어, 친구. 카터가 말했다. 그가 눈
동자의 방향을 돌려 밖으로 나가기 시작했다.

카터는 곧장 공원으로 갔다. 공원에는 어리고 보드라운
노란 머리 영계들이 가득하다. 하지만 그들은 결코 어리
지 않다. 멀리 집을 떠나온 아이들이며 정말이지, 커다란
검은 수컷들이 점심시간 전에 불뚝 튀어나온 신체 부위를
감추려 하지도 않고 공원을 어슬렁거리는 걸 정말 좋아한
다. 이런 수컷들은 툭 튀어나온 신체 부위로 날아올라 천
국으로 갈 거라고 생각한다. 어쩌면 정말 그럴 수도 있다.

요즘에는 이 부근 검둥이들이 어린 영계들을 노리며 공
원으로 모여들고 있었다. 젊은 시절 **나는** 저 솥단지를 내
놓고 요리를 했다. **나는** 솥을 젓고 또 저었다. 그러면 이
검둥이 녀석들이 와서 그레이비소스를 빨아먹곤 했다.

다음 과정은 이랬다. 카터가 벤치에 앉아 쉬고 있었다.
그는 이쪽저쪽 두리번거렸다. 바지가 꽉 끼었고 머릿속으
로 갖가지 그림을 상상하고 있었다. 카터 쪽으로 아이가
오고 있었다. 여자아이는 무리 아이들과 떨어져 혼자 뒤
처져 있었다. 커다란 캔버스 천 가방을 들고 주변을 돌아
보았다. 카터가 소리쳤다. 애야, 와서 앉아. 그가 말했다.
여기 내 옆에. 너 예쁘구나. 여자아이는 곁눈으로 힐끗 보
았다. 그러고는 그에게 와서 앉는다. 벤치 저 끝에.

어디서 왔니, 얘야? 카터가 여자아이에게 물었다. 자, 긴장 풀어, 친구들도 있잖아.

아, 감사합니다. 아, 중서부에서 왔어요. 여자아이가 이렇게 말했을 것이다. 시카고 부근요. 여자아이는 착한 아이처럼 보이고 싶어했다. 어쩌면 1300킬로미터 떨어진 곳에서 온 게 아닐지도 모른다.

방문할 데가 있어서 온 거구나, 어린 민들레처럼 생겼네. 남자친구가 흔쾌히 보내주던?

아, 아니에요, 여자아이가 이렇게 말했을 것이다. 차츰 말이 많아지기 시작했을 것이다. 그냥 나왔어요. 다시는 돌아가지 않으려고요. 우리 엄마가 날 가만두지 않아서 뭘 할 수가 없었어요. 학교에서 돌아오면 아침 설거지를 해야 하고 청소를 해야 하고 두 남자형제의 방을 정리해야 해요. 하지만 아들들은 아무것도 하지 않아도 돼요. 그리고 평일 밤 10시까지는 집에 돌아와 내 방에 있어야 하고 재미난 게 시작되는 토요일에만 밤 12시까지 허용되니 그 도시에서는 되는 일이 없어요. 아무것도요! 죽어 있는 곳이에요. 잠자는 구덩이이죠. **그리고 또 편견은 어떻고요, 어휴!** 여자아이가 살짝 얼굴을 붉혔을 것이다. 카터의 마음에 상처를 주고 싶지 않은 것이다. 정말 끔찍해요. 그러다 내가 대마초를 아주 조금 가진 걸 그들이 알아냈어요. 지나가던 뉴욕 사람 누군가에게서 얻은 거였는데 그 후 일주일 동안 나는 집밖을 아예 나가지 못했어요. 그들은 나를 감시하고 또 감시했어요. 너무 역겨워요. 정말 무식하고요!

세상에! 카터가 이렇게 말했을 것이다. 너희들이 요즘 그런 걸 어떻게 견디는지 모르겠구나. 세상은 변하고 있어, 사실이지, 나이 든 사람들은 뉴스를 듣지 않아. 카터가 여자아이의 머리카락을 헝클어뜨리더니 잠시 자기 뺨에 대보았다. 검사하는 것이다. 아마 여자아이의 귀 끝에 혀를 대고 가장자리를 따라 핥았을 것이다. 카터는 잘생긴 남자, 그러니까, 멋진 피부색, 너무 밝지 않은 중간색 피부를 가진 남자이다. 유일한 단점이라면 눈에 핏발이 서 있다는 점 정도이다.

너보다 예쁜 애를 본 게 언제인지 모르겠다. 카터가 이렇게 말했을 것이다. 보통 잡아먹기 전 살찌우기라고 일컫는 바로 그 수작이다. 어떻게 하면 시간을 낭비하지 않을지 카터는 알 수 있었다. 여자아이가 곧바로 그를 바라보았다. 휴, 계속 터벅터벅 걸어 다녔어요. 피곤해요. 그녀가 하품을 했을 것이다.

카터가 이렇게 말했을 것이다. 좋은 곳이 있어, 거기 가면 느긋하게 쉬면서 다음에 뭘 할지 정할 수 있어. 샤워도

하고. 뭐든 마음대로 할 수 있어. 어떻게 하든 괜찮아. 얘야, 너 참 귀엽구나. 미스 아메리카에 나가도 되겠어. 몇 살이라고 했지?

열여덟요. 그녀가 얼른 대답했다.

카터는 만족스러워하는 여자아이를 바라보았다. 하지만 여자아이의 말은 거짓말이었고 카터는 그 사실을 알았다. 나는 확신한다. 내가 카터를 좋지 않게 생각하는 첫 번째 대목이 이것이었다. 왜 그 아이였나 하는 것이다. 그 아이들, 어린 여자아이들은 늘 몰려다닌다. 그들은 그렇다. 어른이라면 상식적으로 생각해야 한다.

다음 과정은 이랬다. 두 사람은 내 아파트를 향해 출발했고 그곳은 시내 방향으로 예닐곱 블록 떨어져 있었다. 잠시 피자를 사러 들렀다. 으음, 이게 좋아요. 여자아이가 이렇게 말했을 것이다(단순한 아이이니까). 우리 동네에는 이런 피자가 없어요.

두 사람은 내 아파트를 향해 가던 길을 계속 갔다. 나는 전에 카터가 여자를 어떻게 꾀는지 본 적이 있다. 여자아이의 캔버스 천 가방을 대신 그의 어깨에 멨을 것이다. 아마 두 사람은 손도 잡았을 테고, 그렇게 잡은 손을 흔들며 갔을 것이다.

149번지 현관문을 열었다. 하지만 두 사람이 힘겹게

4층까지 올랐을 때 여자아이는 **필시** 실망했을 것이다. 내 아파트가 어떤지 알지 않나, 아무것도 없다. 내 간이침대가 있고. 탁자 하나. 의자 두 개. 침대 위의 담요. 그리고 베개 하나. 기름때가 낀 오래된 베갯잇. 난 이제 너무 나이가 들어 희끗희끗해진 기름진 머리를 포기한 상태이다. 그래도 젊은 사내가 되어 아프로 스타일*을 **탐스럽게** 부풀리고 다녔으면 좋겠다는 마음이 있었다.

필시 여자아이는 실망했을 것이다.

잠깐만 기다려. 카터가 이렇게 말하고는 주방으로 들어가 얼음물과 프레첼 한 상자를 가져왔을 것이다. 아, 고마워요. 여자아이가 말했을 것이다. 정말 원했던 거예요. 그러자 카터가 말했을 것이다. 편히 쉬어, 애야. 그리고 여자아이는 몸을 뉘었다. 거기, 바로 그녀의 관 속에.

한 대 피울래? 그러고 나서 정말 평화롭지 않니? 그가 말했을 것이다. 아, 그래요. 여자아이가 말했을 것이다. 정말 평화로워요. 사람들은 모르지만요.

얼마 후 두 사람은 상황을 마무리했다. 둘 다 똑같이 그저 흐느적거렸을 테고 그가 말했을 것이다. 그거 좋아하니? 여자아이가 말했을 것이다. 예! 아저씨! 나 그거 좋아

---

*   1970년대에 유행했던, 흑인들의 둥근 곱슬머리 모양.

해요. 그러면 카터가 여자아이의 치마를 걷어 올리고 팬티를 내리고는 여기저기 간질이고 물고 빨았을 것이다. 좋아? 카터가 말했을 것이다. 아저씨! 정말 좋아요. 여자아이가 말했을 것이다. 우리 동네에서 유색인종 남자애가 나한테 이런 걸 해준 적 있어요, 기분이 정말 좋아요.

카터는 곧바로 옷을 벗었다. 그러고는 그 짓에 전념했을 것이다. 그런데 안 좋은 건 말이야. 카터가 이런 투로 말했고 나도 그게 뭔지 안다. 그런 어린 여자아이들은 자기들한테 익숙한 것, 말하자면 멋진 프랑크푸르트 소시지를 찾아 돌아다닌다. 그런데 실제로 만나는 건 짧고 굵은 소시지이다. 우리가 그 비슷한 꼴이라는 거 알잖나. 사실 카터는 여자아이에게 강제로 했다. 그럴 수밖에 없었다. 여자아이가 소리 지르기 시작했을 것이다. 악, 아파요, 날 죽일 셈이에요, 아프다고요. 하지만 카터는 내게 이렇게 말했다. 먼저 원한 건 그 애였어. 카터는 피하려고 했겠지만 사실 내 가게에 들른 아침나절부터 그 부위가 돌처럼 딱딱해져 있었다. 여자아이가 도망가게 둘 **상황이** 아니었다.

애를 때린 거야? 내가 말했다. 이봐, 카터, 아무에게도 말하지 않을게. 하지만 난 알아야겠어.

아이의 팔을 잡아 강제로 붙들어 한두 차례 더 했던 것 같아. 바보 같은 어린 게 먼저 요구했잖아. 아이는 너무 어려서 병든 개를 먹일 정도의 살집도 허벅지에 붙어 있지 않더라고. 그냥 두었다면 내 품속에서 오목한 종지로 꼬물락거리기나 했을 거야. 우리 흑인 여자들은 절대 그렇지 않아. 내가 말했지, 찰리. 걔들 요리는 끝내줘. 자기들이 엉망으로 만들어놓은 것도 잘 빨아먹지. 자랑스러워하면서.

나는 그런 농지거리가 오래 이어지게 두지 않았다. 카터는 머리가 빠르게 돌아가지만 나를 속이지는 않는다. 내가 그에게 물었다. 요리 접시가 널려 있고 네가 골라 먹을 수도 **있는데** 어째서 굳이 가장 예쁜 녀석, 그 어린 흰 녀석이 좋다고 말한 거야, 응, 친구?

난 안 그랬어! 내가 카터의 목을 치기라도 한 것처럼 그가 고함을 질렀다. 앞으로도 안 그럴 거고! 카터가 내 셔츠 먹살을 움켜잡았다. 지저분하고 오래된 작업복 셔츠였고 그의 손아귀에 찢겨나갔다. 카터는 차츰 침통한 분위기로 바뀌었다. 빌어먹을! 네 말이 맞아! 걔들은 독이야. 날 죽일 거야! **뼈다귀** 음식밖에 안 되는 주제에 그거 한 번 먹었다고 날 북부로 보내버리려고 하잖아. 나는 덤터기를 쓴 거야.

무덤 옆자리에서도 농담이었다. 내가 그를 좋아하는 이

유이기도 하다. 그는 평범하지 않았다. 그래서 나는 이른 저녁 공원에서 카터와 시간 보내는 걸 좋아했다.

진정해. 내가 말했다.

네 말이 맞아. 카터가 말했다.

카터가 목화머리 검둥이 새끼들을 여자아이의 몸 안에 막 쏟아놓았을 때 맨지 앤지 엠포리오레가 문간에 기대 있었다고 내게 말했다. 피 묻은 내 간이침대에서 시트를 끌어당겨 몸을 가린 여자아이는 다리 사이로 피를 흘리며 울고 있었다. 카터가 여자아이의 몸을 얼마간 찢어놓은 것이다. 알잖아, 찰리. 카터가 말했다. 난 네 집에 오는 유대인 놈들처럼 절반 잘라놓은 반 토막 크기가 아니잖아. 앤지는 계속 보고 또 보았다. 카터는 하던 짓을 그만두고 일어났다. 그가 앤지 쪽을 힐끗하고는 자리를 떴다. 카터가 내게 말했다. 이봐, 거기 계속 있을 수 없었어, 계집애는 훌쩍거리지, 피는 계속 번지지, 그 애는 일어나서 자신을 보호하지도 않았어, 역겨웠지. 게다가 그 엎드린 흰 놈, 네 친구가 주방 싱크 아래에서 기어 들어왔지. 앞으론 흰 둥이 마약쟁이와는 같이 살지 마, 내 말 들어, 찰리, 걔들은 오줌도 제대로 못 싸.

이제 어디로 갈 거야, 카터? 내가 그에게 물었다. 돼지들한테. 그가 이렇게 말하고는 팔꿈치로 시내 방향을 가

221

리쳤다. 누가 날 찾는다고 하더라고.

여기까지가 정확히 카터의 행적이었고 이후 그는 두 번다시 자유의 햇빛을 보지 못했다.

같은 날, 오래 지나지 않아 그들이 날 찾아왔다. 그들은 내가 어디 있는지 알았다. 경찰서에서 그들이 말했다. 오늘 밤과 내일 밤은 다른 데 가서 자요, 당신 집은 자물쇠로 잠갔어요. 당신도 그 광경을 보고 싶지는 않을 거요, 찰리. 당신에게는 혐의가 없어요. 지금까지 당신 알리바이를 알고 있으니까요. 경사는 내가 아무것도 몰랐다는 걸 알았을 것이다. 또한 나한테 아무것도 알려주려 하지 않았다. 앞으로 내가 설명해줄 계획이다. 그들은 앤지 앞으로 영장을 발부했다. 내가 그에게 아무 이야기도 하지 않기를 원했다. 무슨 이야기든 하지 않기를 바랐다.

이 부근을 담당하는 순찰대 경찰 헥터는 비밀을 지킬사람이 아니었다. 그들은 그랬다. 에스파냐 사람들은. 지껄이고 또 지껄인다. 헥터가 이렇게 말했다. 집을 옮겨, 찰리. 그곳을 다시 보고 싶지 않을 거야. 침대는 난장판이고. 어린 여자아이는 쓰레기장 위 환풍구 아래에 만신창이가된 채 떨어졌고 유리도 박살이 났어. 여자아이를 산 채로화장실 창문 밖으로 내던졌대. 그 사실을 알아냈더라고. 땅에 떨어지는 순간 목숨이 끊어졌대.

다음 날 나는 더 끔찍한 걸 알게 되었다. 헥터가 가게 밖에 서 있던 나를 발견했다. 나는 걸레를 내동댕이쳤다. 일을 할 수 없었다. 헥터가 말했다. 여자아이의 무릎과 갈비뼈 사이의 모든 뼈들이 부러져서 조각이 났어. 죽기 전 뭔가 뭉툭한 도구나 주먹으로 잔인하게 폭행당한 거야.

그보다 더 최악인 건 여자아이 다리 위쪽, 깊숙한 그곳이 마치 동물에 물어뜯기고 또 뜯겨서 몸에 붙은 어린 살점들이 찢겨나간 것 같은 자국이 있었다는군. 내가 말했다. 알았어, 헥터, 닥치고 그만 말해.

닷새 동안 매일 신문에 여자아이 사진이 실렸고, 닷새째 날 여자아이의 부모가 나타나 말했다. 우리 애 이름은 주니퍼예요, 열네 살이고요. 반항기가 약간 있었지만 요즘 아이들이 다들 그렇잖아요.

이후 법정에서 재판이 열렸다. 나는 사소하게 증언할 게 있었다. 네, 그곳이 제 집이에요. 네, 카터에게 그곳을 사용해도 좋다고 했어요. 네, 앤지는 제 룸메이트이고 가끔 며칠씩 그곳에서 뒹굴어요. 제게 두 달 치 월세가 밀려 있어요. 그래서 내보내지 못했어요.

법정에서 카터가 말했다. 네, 여자아이에게 강제로 했어요. 하지만 그는 다른 건 아무것도 하지 않았다고 했다.

앤지가 말했다. 여자아이가 뭘 했는지 보고 나서 아이

를 때렸어요, 하지만 결코 아이를 물어뜯지는 않았어요, 재판장님, 난 동물이 아니에요, 그 흑인 히피가 그랬겠죠.

대체 누가 여자아이를 아무것도 아닌 듯이, 부서진 뼈자루라도 되는 듯이 그렇게 들어 올려 5층 창밖으로 내던졌는지 아무도 말하지 않았다. 누구에게서도 사실을 밝혀내지 못했고, 그런 증거도 없었다.

하지만 부끄러워할 일이 아닌가, 그 발정난 두 놈은. 그들은 왜 그 여자아이에게 분풀이를 한 건가? 솜털이 뽀송뽀송한 영계들이 그렇게 많은데. 그들은 여자아이를 편히 데리고 놀 수도 있었다. 카터 자신도 여러 번 그런 걸 보았으니까. 그 여자아이는 여름 한철 머물 수도 있었을 것이다. 우리는 UN 같으니까. 모든 회원국이 한번씩 들른다. 그 여자아이는 바로 그 5층 프런트에서 더 나은 교육을 받았을 것이다. 9월쯤 아이의 부모가 그녀를 찾아와 엉덩이를 때렸을 것이다. 익히 아는 일 아닌가. 그럴 만큼 우리는 이 세계에 아주 오래 있었다. 수많은 여자아이를 보았다. 그 아이들은 집으로 돌아가서 얼마 후면 다 큰 성인 여자가 되어 수영장을 통합 운영하게 만들고 슈퍼마켓 앞에서 피켓 시위도 했을 것이다. 눈을 찡긋하고는 입을 다문 채 웃었을 것이다.

하지만 내 방, 내 침대에서 일어난 일이었기에 나는 잊지 못했다. 생각이 멈춰지지 않았다. 그 아이…… 그 아이…… 그러다 어제 일을 마치고 누워 있다가 문득 생각났다. 아마 그 누구의 짓도 아니었을 것이다. 어쩌면 그렇게 일그러진 모습으로 그녀 스스로 몸을 질질 끌고 그 열린 창으로 향했을 것이다. 그녀는 몸이 찢겼고 필시 몸의 내부가 망가졌다고 생각했을 것이다. 장차 머릿속에 남아 있을 기억, 주변 사람들이 알게 될 그 사실이 두려웠을 것이다. 삶이 짓뭉개진 생선처럼 역겹게 보였을 테고 그래서 그렇게 한 것이다. 어떻게든 안간힘을 써서 그 창턱 위로 올라가 몸을 걸쳐놓았을 것이다. 그러고는 내가 아는 대로 창밖으로 그대로 고꾸라져 떨어졌을 것이다. 불현듯 내게 떠오른 생각은 그랬다.

　일은 그렇게 되었던 것이다.

아버지와 나눈 대화

내 아버지는 여든여섯 살이고 병상에 누워 있다. 혈액순
환 모터인 심장도 똑같이 늙어서 몇 가지 일을 더는 하지
못하게 될 것이다. 그의 머리에는 여전히 피가 흘러 뇌가
환하게 빛난다. 하지만 두 다리는 그렇지 못해서 몸의 무
게를 견디며 집 안을 돌아다닐 정도가 되지 못한다. 내가
비유적으로 말했는데도 아버지는 이런 근육 문제가 나이
든 심장 탓이 아니라 칼륨 결핍 때문이라고 말한다. 베개
한 개는 깔고 앉고 세 개는 등에 기댄 채 아버지가 마지막
충고를 건네며 한 가지 부탁한다.

"네가 간단한 단편소설 한 편을 꼭 한 번 더 썼으면 좋겠
다." 아버지가 말한다. "모파상이나 체호프가 썼던 것과
같은 작품, 예전에 네가 쓰곤 했던 그런 작품 말이다. 누
구인지 바로 알아볼 수 있는 사람들을 등장시켜 그들에게

무슨 일이 일어났는지 써봐라."

내가 말한다. "그럴게요, 못할 이유가 없죠. 할 수 있어요." 그런 식으로 글을 쓴 기억이 나지 않지만 나는 아버지를 기쁘게 해주고 싶다. 아버지가 말하는 종류의 이야기가 "한 여자가 있었다……"라고 시작되어 플롯이 전개되는 그런 이야기라면, 즉 내가 늘 경멸해오긴 했지만 두 개의 점 사이에 확실한 선이 이어지는 그런 이야기라면 나도 그런 이야기를 들려주기 위해 노력하고 **싶다**. 내가 그런 확실한 선을 경멸했던 것은 문학적인 이유에서가 아니라 그런 선이 모든 희망을 앗아가기 때문이었다. 현실의 인물이든 가공의 인물이든 모든 이는 삶에서 열린 운명을 누릴 자격이 있다.

마침내 나는 지난 2년 동안 바로 우리 동네에서 일어나고 있던 이야기 하나를 생각해냈다. 나는 그 이야기를 썼고 아버지에게 큰 소리로 읽어주었다. "아빠." 내가 말했다. "이런 건 어때요? 아빠가 말한 게 이런 이야기예요?"

예전에 내가 젊었을 때 한 여자가 있었다. 그녀에게는 아들이 한 명 있었다. 그들은 맨해튼에 있는 작은 아파트에서 즐겁게 살았다. 아들은 열다섯 살 무렵부터 마약중독자가 되었으며 우리 동네에서는 드문 일도 아니었다.

엄마는 아들과 친밀한 관계를 유지하기 위해 자신도 마약 중독자가 되었다. 그녀는 그게 젊은이 문화의 한 부분이며 그런 문화를 아주 편안하게 느낀다고 말했다. 얼마 후 아들은 여러 가지 이유에서 그 모든 걸 끊고 넌더리를 내면서 맨해튼과 엄마를 떠났다. 절망과 외로움에 빠진 엄마는 몹시 슬퍼했다. 우리 모두 그녀의 집에 들른다.

"끝이에요, 아빠, 이런 이야기예요." 내가 말했다. "꾸미지 않은, 담백하고 불행한 이야기요."

"하지만 내가 말한 건 그런 이야기가 아니야." 내 아버지가 말했다. "내 말을 의도적으로 다르게 이해했구나. 그이야기에 다른 많은 게 들어 있다는 걸 너도 알잖니. 그게 뭔지 넌 알고 있어. 넌 모든 걸 생략해버렸어. 투르게네프라면 그러지 않을 거야. 체호프도 그러지 않을 거고. 사실네가 이름을 들어본 적도 없고 여느 사람이나 마찬가지로알지도 못하는 러시아 작가 중에는 네가 생략해버린 것들을 전혀 생략하지 않으면서도 간결하고 분명한 이야기를쓸 줄 아는 작가들이 있지. 나는 사실을 쓰는 것에 반대하는 게 아니라 사람들이 나무에 앉아 의미 없이 수다나 떠는 것에 반대하는 거야. 누가 어디서 말하는지도 알 수 없는 목소리들만 들리고……."

"그 작품은 잊어버려요, 아빠. 지금은 내가 빠뜨린 게 뭐예요? 이번 이야기에서요?"

"여자의 생김새 같은 거, 예를 들면."

"아, 아주 멋지게 생겼을 거예요, 내 생각엔. 네, 그래요."

"머리 색은?"

"짙은 색인데, 굵게 땋았어요. 소녀나 외국인처럼요."

"부모는 어떤 사람들이야, 혈통은? 어떻게 그런 여자가 되었는가 하는 설명 말이다. 그런 건 흥미롭잖아, 너도 알다시피."

"도시 외곽 출신이에요. 전문직 종사자들이고요. 첫 부모는 카운티에 있을 때 이혼했고요. 어때요? 충분해요?" 내가 물었다.

"너는 모든 게 농담이구나," 아버지가 말했다. "아들의 아버지는 어떻게 된 건데? 왜 아무 언급이 없어? 아버지가 누구야? 아니면 혼외자이니?"

"네." 내가 말했다. "혼외자로 태어났어요."

"제발, 네 이야기 속에는 결혼한 사람이 아무도 없는 거니? 다들 침대 속으로 뛰어들기 전에 시청으로 달려갈 정도의 시간도 없는 거야?"

"없어요." 내가 말했다. "현실 생활에서는 그럴 시간이 있지만 내 이야기에서는 없어요."

"왜 내게 그런 식으로 대답하는 거니?"

"아, 아빠, 이건 흥미와 사랑과 신뢰와 설렘을 가슴 가득 안고 최근 뉴욕 시에 온 어느 똑똑한 여자와 그녀의 아들에 대한 이야기이고, 그녀가 이 세상에서 얼마나 힘든 시간을 보냈는가 하는 이야기예요. 그녀가 결혼을 했는지, 하지 않았는지는 사소한 문제예요."

"그건 중요한 문제야." 아버지가 말했다.

"알았어요." 내가 말했다.

"알았어요, 알았어요, 만날 그 소리." 아버지가 말했다. "하지만 잘 들어. 그 여자가 멋있게 생겼다는 네 말은 믿지만 그 여자가 똑똑하다고는 생각하지 않아."

"사실이에요." 내가 말했다. "실은 이야기를 만들 때 그런 게 문제예요. 인물들은 도입부에서 아주 환상적으로 시작해요. 아빠는 그들이 특별한 사람이라고 생각하면서 이야기를 만들지요. 하지만 작품이 진행되면서 결국에는 그들이 그저 훌륭한 교육을 받았을 뿐 보통 사람에 지나지 않는다는 게 드러나요. 때로는 주인공이 바보같이 순진한 부류였는데 사실 그 사람이 아빠보다 한 수 위이고 심지어는 아빠가 생각지도 못한 아주 멋진 결말로 나아가기도 해요."

"그렇다면 너는 어떻게 하니?" 아버지가 물었다. 그는

20년 동안 의사 생활을 했고 이후 20년 동안 예술가로 살았으며 지금도 세세한 지식과 공예, 기술에 흥미를 보인다.

"으음, 고집스러운 주인공과 아빠 사이에 일정한 합의가 이루어질 때까지 이야기가 마음대로 굴러다니게 돼야 해요."

"무슨 바보 같은 이야기를 하는 거니, 지금?" 아버지가 물었다. "처음부터 다시 시작해라." 아버지가 말했다. "마침 오늘 저녁에는 밖에 나갈 일이 없다. 이야기를 다시 들려줘. 이번에는 어떻게 할 수 있는지 한번 보자."

"알았어요." 내가 말했다. "하지만 5분 만에 뚝딱 되는 게 아니에요." 내가 두 번째로 시도한 이야기는 이랬다.

예전에 우리 집 길 건너에 훌륭하고 잘생긴 여자가 있었다. 우리 이웃이었다. 여자에게는 사랑하는 아들이 하나 있었다. 태어날 때부터 줄곧(아무것도 하지 못하는 통통한 유아기 시절에도, 서로 맞붙어 씨름하고 포옹하던 나이 때도, 일곱 살에서 열 살까지, 그리고 그 이전과 이후 시절에도) 아들을 알고 있었기에 그를 사랑했다. 이 아들은 사춘기의 광풍에 휩싸이면서 마약중독자가 되었다. 아들은 구제불능은 아니었다. 사실 그는 관념론자이자 변신에 성공한 아이였기에 희망이 있었다. 그는 매사에 관심을 잃지 않는 총명함을 보이면서 모교 고등학교 신문에 설득력 있는 기사들을 썼다. 넓은 독자층을 겨냥하고 주요 인맥을 활용하여 끈기 있게 추진한 결과, 로어 맨해튼 신문가판대에 〈오! 골든 호스!(Oh! Golden Horse!)〉라는 제목의 잡지를 배포하는 데 성공하기도 했다.

아들이 죄의식을 느끼지 않도록 하기 위해(오늘날 미국에서 암 진단을 받은 환자 열 명 중 아홉 명의 돌처럼 딱딱한 심장은 죄의식으로 채워져 있는 거라고 그녀는 말했다), 그리고 나쁜 습관을 늘상 감독하려면 이를 집 안으로 들여야 한다고 믿어왔기 때문에 그녀 역시 마약중독자가 되었다. 한동안 그녀의 주방에는 사람들이 많이 모였다. 자신들이 뭘 하는지 아는 지적인 중독자들의 중심지 역할을 했기 때문이다. 어떤 이들은 콜리지*와 같은 예술가라고 느꼈고, 또 어떤 이들은 리어리**처럼 학문적이며 혁명적이기도 했다. 엄마 자신이 약에 취하는 경우가 종종 있었지만 몇 가지 훌륭한 모성애의 작용이 유지되어 오렌지 주스와 꿀, 우유, 비타민 알약이 떨어지는 일이 없도록 했다. 하지만 칠리를 제외한 어떤 음식도 만들지 않았고, 그것도 일주일

---

* 새뮤얼 테일러 콜리지. 영국의 시인으로, 아편중독자로 알려져 있다.

** 티모시 리어리. 미국의 심리학자. 환각성 약물의 긍정적 잠재력을 지지한 바 있다.

에 한 번이 고작이었다. 한번은 이웃으로서 염려가 되어 그녀에게 심각하게 이야기를 꺼낸 적이 있었다. 그때 그녀는 젊은이 문화에서 자신이 맡아야 할 몫이 그런 일이라고, 그리고 자기 세대와 함께하는 것보다는 젊은이들과 함께하는 게 훨씬 낫고 영광스러운 일이라고 설명했다.

어느 주였다. 아들이 안토니오니 영화를 보는 내내 꾸벅꾸벅 졸자 옆자리에 함께 앉아 있던 여자아이가 아들의 옆구리를 팔꿈치로 쿡쿡 찔렀다. 그녀는 다른 사람을 변화시키는 힘이 있었고 엄격한 아이였다. 여자아이는 아들의 혈당치가 걱정되어 즉각 살구와 견과류를 내주었고 아들에게 딱 부러지게 말하고는 그를 집으로 데려갔다.

여자아이는 아들과 그의 작품에 대해 이야기를 들은 적이 있으며 그녀 자신도 〈맨 더즈 리브 바이 브레드 얼론 (Man Does Live by Bread Alone)〉*이라는 제목의 경쟁력 있는 잡지를 직접 집필하고 편집해 발간하고 있었다. 그녀의 생체 열기를 지속적으로 가까이하다 보니 아들은 다시 근육과 동맥과 신경 연결에 자연히 관심을 가질 수밖에 없었다. 실제로 아들은 이 신체기관들을 사랑하고 소중히 여기기 시작했으며 〈맨 더즈 리브 바이 브레드 얼론〉에

* 남자는 빵만으로 살아간다.

재미난 작은 노래들을 실어 찬양했다.

내 육체의 손가락들은
나의 초월적인 영혼을 초월한다.
내 어깨는 이제 단단하게 뭉치지 않고
나의 치아가 나를 온전한 존재로 만들어주었다.

아들은 머리(의지와 결단의 영광이 찬란히 빛나는 곳)와 연결된 입속에 단단한 사과와 견과류와 맥아와 콩기름을 넣어주었다. 그가 옛 친구들에게 말했다. 나는 앞으로 빈틈없이 살아갈 거야. 마약도 끊을 거고. 아들은 깊은 호흡의 영적 여행을 시작할 거라고 말했다. 엄마도 같이 해보면 어때요, 네? 그가 다정하게 청했다.

아들의 변신은 너무 눈부시고 찬란해서 또래 동네 아이들은 그가 진짜 중독자가 아니었다고, 이야기를 찾아 냄새를 맡고 다니는 잡지 기자였던 것뿐이라고 말하기 시작했다. 엄마는 이제 아들과 아들의 친구들 없이 혼자 외롭게 습관처럼 즐겨야 하는 약을 끊으려고 몇 차례 시도했다. 이런 노력은 간신히 참을 수 있는 수준까지 줄이는 데 그쳤다. 아들과 여자아이는 전기 등사기를 들고 다른 자치구의 덤불 우거진 변두리로 이사갔다. 그들은 단호했다.

엄마가 60일 동안 약을 완전히 끊기 전까지는 다시 보지 않을 거라고 했다.

집에 홀로 남은 엄마는 저녁이면 눈물을 흘리면서 모두 일곱 권 발행된 〈오! 골든 호스!〉를 읽고 또 읽었다. 그녀 에게 이 잡지는 예전과 다름없이 아주 진실한 글로 다가 왔다. 우리는 종종 길 건너에 있는 그녀의 집으로 찾아가 위로했다. 하지만 우리 자식들 중 대학에 갔든, 병원에 입 원했든, 중퇴하여 집에 있든, 어느 아이 이야기를 입에 올 리기라도 하면 그녀는 내 아들! 내 아들! 하고 소리치면 서, 얼굴에 상흔을 남기는 길고 긴 지독한 눈물을 쏟아냈 다. 끝.

처음에 아버지는 아무 말이 없다가 얼마 후 말했다. "첫째, 넌 유머 감각이 좋아. 둘째, 네가 평범한 이야기를 들려주지 못한다는 걸 알겠다. 그러니 시간 낭비 하지 마 라." 이윽고 아버지가 슬픈 목소리로 말했다. "셋째, 그녀 가 혼자 남겨졌다는 의미 같구나. 주인공인 어머니 말이 다. 혼자 외로울 테고. 아마도 아프겠지?"

내가 말했다. "네."

"불쌍한 여자로구나. 불쌍한 사람, 바보들의 시대에 태 어나 바보들 속에 살다 가다니. 그렇게 끝이구나. 끝. 그렇게 '끝'이라고 이야기를 마무리한 네가 옳았어."

나는 논쟁하고 싶지는 않았다. 하지만 이렇게 덧붙여야 했다. "으음, 그게 꼭 끝은 아니에요, 아빠."

"그래." 아버지가 말했다. "얼마나 비극이냐. 한 사람의 인생의 끝이란."

"아니에요, 아빠." 내가 애원하듯 말했다. "꼭 그런 건 아니에요. 그 여자는 겨우 마흔 살 정도예요. 시간이 지나면 그 여자도 얼마든지 다른 사람이 될 수 있어요. 백 가지 가능성이 있어요. 선생님이 될 수도 있고 사회 복지사가 될 수도 있어요. 마약중독 경력을 가진 선생님! 때로는 그게 교육학 석사학위보다 나을 수도 있어요."

"또 농담이구나." 아버지가 말했다. "작가로서 넌 그게 주된 문제야. 인정하고 싶지 않겠지만. 비극이지! 명백한 비극! 역사적 비극이고! 희망이 없어. 끝인 거지."

"아, 아빠." 내가 말했다. "그녀가 바뀔 수도 있다고요."

"또한 네 인생에서도 비극을 직시해야 해." 아버지가 니트로글리세린 두 알을 먹었다. "5로 돌려라." 아버지가 산소 탱크의 계기판을 가리키며 말했다. 아버지는 코에 산소 관을 꽂고 숨을 깊이 들이켰다. 그가 두 눈을 감고 말했다. "그렇게 되지 않을 거야."

나는 아버지와 의견이 다를 때 마지막 말은 언제나 아

버지에게 양보하겠다고 가족들에게 약속한 바 있다. 하지만 이 경우에는 다른 책임도 있었다. 그 여자는 우리 집 길 건너편에 살고 있다. 내가 아는 사람이며 내가 만든 인물이다. 나는 그 여자가 안타깝다. 그녀가 그 집에서 계속 울면서 살아가게 내버려두지 않을 것이다. (사실 삶은 그녀를 그렇게 내버려둘 것이다. 나와는 달리 삶은 연민이 없다.)

그래서 그다음은 이렇게 이어졌다. 그녀는 변했다. 물론 아들은 영영 집에 오지 않았다. 하지만 지금 그녀는 이스트 빌리지에 있는 상점 앞 지역사회 진료소에서 접수 담당자로 일한다. 그곳을 찾는 손님들은 대부분 젊은 사람이고, 나이 든 친구들도 있다. 그곳의 정신과 의사가 그녀에게 이렇게 말했다. "당신 같은 경험을 가진 사람이 이 진료소에 세 명만 있으면 얼마나 좋겠어요……."

"의사가 그런 얘기를 했다고?" 나의 아버지가 코에 꽂힌 산소 관을 빼고 말했다. "농담이구나. 또 농담이야."

"아니에요, 아빠, 정말 그렇게 될 수도 있어요. 재미있는 세상이잖아요."

"아니야." 아버지가 말했다. "진실이 우선이지. 그녀는 원래로 돌아갈 거야. 인물 속에는 성격이 있기 마련이다. 그 여자에게서는 그런 게 보이지 않아."

"아니에요, 아빠," 내가 말했다. "제 얘기가 바로 그거예요. 그녀는 직업을 얻었어요. 이제 걱정하지 않아도 돼요. 그 상점 앞에서 일해요."

"얼마나 가겠니?" 아버지가 말했다. "비극이야! 너도 그렇고. 언제쯤 비극을 직시할래?"

이민자 이야기

잭이 내게 물었다. 다른 사람의 슬픔이 드리운 그늘 속에서 자라는 건 끔찍한 일이 아닐까?

그럴 것 같아. 내가 대답했다. 너도 알겠지만 난 상승의 역동성 가득한 여름 햇빛 속에서 컸어. 이 빛으로 인해 저 어두운 조상의 슬픔이 아주 많이 걷혔지.

잭은 살던 대로 살았다. 설령 슬픔의 그늘 속에서 자란 게 사실이라도 그게 네 잘못은 아니야. 나쁜 기질이 있더라도 네 잘못이 아니라고. 그런데도 넌 늘 화나 있어. 끊임없이 분노를 터뜨리거나 정신병원에 들어가는 것 말고는 달리 탈출구를 궁리하지도 않아.

이 슬픔이 모두 역사 때문에 생긴 거라면 어떻게 되는 거지? 내가 물었다.

유럽의 잔인한 역사 때문이지. 잭이 말했다. 이런 식으로 그는 내가 아는 주제에 대해 역설적으로 존중하는 모습을 보여주었다.

전 세계가 유럽의 잔인한 역사에 대해 반대 입장을 취해야 해, 잭. 그런데도 현재 그들을 지지하고 있지. 천 년이 흘렀으니 유럽도 뭔가 분별 있는 양식이 생겼을 거라고 보는 거야.

터무니없는 소리야. 잭이 반대 의견을 내놓았다. 밖으로 뻗어나가려는 끈질긴 제국주의적 잔인성은 많은 적을 만들게 마련이야. 너희가 고작해야 분별 있는 양식 하나 믿고 이들을 상대하려 든다면 어떻게 될까?

분별 있는 양식이 어떤 힘을 발휘할지는 아무도 몰라. 아직까지 제대로 정립되지 않았거나 충분한 실험을 거치지 않았다고.

난 지금 네게 중요한 걸 알려주려는 거야. 잭이 말했다. 잘 들어. 어느 날 깨어보니 아버지가 아기침대에서 자고 있더라고.

왜? 내가 말했다.

우리 어머니가 아버지더러 아기침대에서 자라고 한 거야.

늘 그랬어?

아무튼 그때는 그랬어. 내가 아버지를 보았던 그 순간

에는.

이유가 궁금하네. 내가 말했다.

어머니는 아버지와 섹스하고 싶지 않았던 거야. 잭이 말했다.

아니야, 그렇지 않을 거야. 누가 너한테 그런 이야기를 했는데?

난 알아! 잭이 내게 손가락질을 했다.

사실이 아닐 거야. 내가 말했다. 어머니가 연년생으로 다섯 아이를 낳았거나 부모님이 아침 6시에 일어나야 한다거나 두 사람이 서로 미워한 게 아니라면 대부분 남편과 섹스하는 걸 좋아해.

헛소리! 어머니는 아버지에게 죄의식을 안기려고 애쓰는 거었어. 성기를 어디에다 놀렸겠어?

나는 그 물음에 답하지 않을 것이다. 계속 좋지 않은 쪽으로 그렇게 묻다 보면 세상 전체를 무너뜨리는 데까지 갈 수도 있기 때문이다. 나는 그 질문에 이 분 동안 침묵을 지켰다.

잭이 말했다. 불행, 불행, 불행이야. 회색빛이지. 그 모든 게 아주 진하고 진한 회색으로 보여. 우리 어머니가 아기침대로 다가가서 말해. 쉬물, 일어나. 얼른 길모퉁이로 뛰어가서 하얀 치즈 200그램을 사와. 그런 다음 약국으로 달려가 간유도 좀 사오고. 아버지는 오래된 회색빛 태아처럼 몸을 잔뜩 쪼그리고 있다가 심술궂은 여자를 올려다보면서 미소 짓고 또 미소 짓지.

그런 일이 있었는지 네가 어떻게 알아? 내가 물었다. 그때 넌 다섯 살이었잖아.

그럼 넌 무슨 일이 있었을 거라고 생각해?

말해줄게. 그렇게 어려운 일도 아니야. 정상적인 삶을 살았다면 어떤 멍청이라도 너한테 말해줄 수 있어. 10년 동안 탐욕스럽게 분석해대느라 그 거름 덩이가 머릿속에서 부글부글 발효되고 있는 사람만 아니라면 누구라도 말해줄 수 있어.

말해봐! 잭이 소리 질렀다.

네 아버지가 아기침대에서 자고 있던 이유는 평소 아기침대에서 자던 너와 네 누이가 성홍열에 걸려 제대로 된 침대에서 땀을 흘릴 여유 공간이 필요했던 거야. 고열의 위기가 오면 회복되거나 죽거나 둘 중 하나니까.

누가 그래? 잭은 내가 적이라도 되는 것처럼 달려들었다.

너도 망할 적이야. 잭이 말했다. 넌 언제나 세상을 장밋빛으로 봐. 끔찍한 장밋빛 기질을 가졌지. 넌 6학년 때도 그랬어. 어느 날 학교에 미국 성조기 석 장을 가져왔지.

그건 사실이었다. 30년 전 6학년 회의가 열렸을 때 나는 모든 아이들 앞에서 말했다. 내가 유럽에 있지 않은 걸 매일 신에게 감사드립니다. 미국에서 태어나, 한쪽 길모퉁이에 식품점이 있고 사탕 가게가 있고 약국이 있으며 같은 블록에 유대교회와 의사 진료소가 두 군데나 있는 이스트 172번가에 사는 걸 신에게 감사드립니다.

172번가는 온갖 너저분한 쓰레기 더미 같은 곳이었어, 잭이 말했다. 너 말고 모든 사람이 생활보조 수당으로 살아갔지. 결핵 환자가 30명이나 되었고 외국인들도 전쟁 전까지 똑같이 굶주렸어. 자본주의에 전쟁이란 게 있어서 이따금 나이든 식충이들을 끌어낼 수 있는 걸 신에게 감사해. 아니었다면 우리 모두 죽었을 거야. 하하.

네가 주식이니 채권이니 현찰이니 하는 것에 완전히 세뇌되지 않아서 기뻐. 아직도 네 입에서 가끔 자본주의라는 말을 들을 수 있어서 좋아.

가난한 환경과 총명한 머리, 그리고 이른 나이에 얼굴과 사타구니에 부드러운 털이 수북해진 외모 때문에 내 친구 잭은 열두 살 생일 아침 무렵 누가 봐도 마르크스주의자이자 프로이트 지지자라는 걸 알 수 있었다.

사실 잭의 머리에는 온갖 관념이 가득하다. 나는 그 후로도 계속 깃발을 내걸었다. 각기 다른 방과 창문에 스물

여덟 장의 깃발이 펄럭거렸다. 내 팔에도 깃발 하나를 문신으로 새겼다. 이제는 희미해졌지만 중년의 나이 탓에 문신이 넓게 퍼졌다.

요즘은 너보다 내가 더 급진적일 거야. 내가 말했다. 매카시 위원회 심문 기간 동안 그나마 내 직업에서 쫓겨나지 않은 덕분에 직접 사업에 뛰어들어 돈을 벌 필요는 없었지.

넌 재수없는 바보야. 지금도 많은 사람이 쫓겨나고 있어. 그러니까 똑똑한 사람들은 이미 끝장났고, 엔지니어와 교사들은 끝장나고 있어.

나도 너만큼 세상을 안다고 믿어. 내가 말했다. 세상을 보는 유리창이 장밋빛이라고 해서 우울한 회색보다 나쁜 건 아니야.

네, 네, 네, 네, 네, 네, 네. 잭이 말했다. 다 관두고 그냥 내 말을 들어봐.

우리 어머니와 아버지는 폴란드의 작은 마을에서 왔어. 두 사람은 세 아들을 두었지. 폴란드에 있을 때 아버지는 미국으로 가야겠다고 마음먹었는데, 그 이유는 1. 군대에 가지 않고 2. 감옥에 가지 않으며 3. 날마다 일어나는 전쟁과 일상적으로 이루어지는 집단학살로부터 자식들을 구하기 위한 것이었어. 아버지는 부모님과 삼촌, 할머니가 모아둔 저축으로 그해 다른 수십 명의 사람들처럼 조국을 떠났지. 미국 뉴욕에 온 뒤로 아버지는 힘들지만 그래도 희망이 가득한 삶을 살았어. 때로는 딜런시의 거리를 걸었고. 때로는 미혼 남자처럼 2번가의 극장에도 갔지. 아버지는 아내와 아들들을 이곳으로 데려올 날에 대비해 돈을 따로 모았어. 그사이 폴란드에 기근이 덮쳤지. 모든 미국인이 하루에 예닐곱 번 경험하는 배고픔 말고, 진짜 기근 말야. 자기 몸의 양분을 빼내 먹으라고 몸에 신호를 보내는 그런 기근. 처음에는 지방, 다음에는 살과 근육, 그런 다음에는 피…… 이런 순서로 양분을 빼먹어. 기근은 어린아이들의 몸을 아주 빠른 속도로 먹어치웠지. 아버지는 우리 어머니를 배에서 만났어. 아버지가 어머니의 얼굴을 보고 이어서 손을 살펴보았지. 어머니의 두 팔에 안긴 아기도, 어머니의 치맛자락에 매달린 아이도 없었어. 두 갈래로 길게 땋아 내린 검은 머리도 보이지 않았고. 대신 엄마는 짙은 색의 뻣뻣한 가발 위에 스카프를 쓰고 있었어. 수줍어하며 뒤로 물러선 그리스 정교회 신부처럼 머리를 빡빡 민 상태였지. 사실 두 사람은 고향의 젊은이들이 대부분 그랬듯 매우 진취적인 사회주의자였어. 아버지는 어머니의 손을 잡고 집으로 데려갔지. 두 사람은 직장에 가거나 야채 가게에 갈 때 말고는 결코 혼자 다니는 법이 없었어. 식탁에 앉을 때, 심지어는 아침 식사 자리에서도 서로의 손을 꼭 잡고 있었지. 때로는 아버지가 어머니의 손을 다독이고 때로는 어머니가 아버지의 손을 다독였어. 아버지는 매일 밤 어머니에게 신문을 읽어주었지.

두 사람이 의자 끝에 앉아 있어. 아버지는 저 오래된 전구 불빛 아래서 어머니에게 신문을 읽어주느라 몸을 숙이고 있고. 어머니가 이따금 아주 살짝 미소 지어. 그러면 아버지는 신문을 내려놓고 마치 따스한 온기가 필요한 것처럼 두 손으로 어머니의 두 손을 감싸 쥐지. 아버지가 계속 신문을 읽어. 두 사람의 머리와 탁자 너머 주방과 침실과 식당은 어둠 속에 잠겨 있어. 그림자가 드리우는 어둠. 어린 시절 나는 그 어둠 속에서 저녁을 먹고, 숙제를 하고, 잠자리에 들었어.

장거리 달리기

마흔두 살 전후였던 어느 날, 나는 장거리 달리기를 시작했다. 내 몸은 뚱뚱하고, 많은 점에서 이런 욕구와 어울리지 않았지만 멀리까지 빠르게 달려보고 싶었다. 자전거나 기차만큼 빠르지는 않을 테고, 타이베이나 중국 쓰촨성의 싱원 현이나 그 비슷한 곳, 혹은 선원들이 버스정류장에서 먼 항해 이야기를 할 때 말하는, 눈꼬리가 올라간 계집들의 섬만큼 멀리는 아니라도 바닷가에서 다리까지 카운티를 몇 바퀴 돌고 오래된 동네를 두어 번 달리고 싶었다. 노년의 나이가 찾아오고 도시 재생 사업으로 이 모든 것에 종말을 고하기 전에 달려보고 싶었다.

처음에는 시골 지방, 코네티컷부터 시작했다. 그곳은 숲이 우거져 봄이면 온갖 싹이 가득 돋아났다. 모든 창조물은 신비스럽다. 정말 그렇지 않은가? 그리하여 나는 아는 사람이 없는 교외의 넓은 언덕 지대에서 훈련했다. 충충나무 꽃 숲속을 지나고, 이후에는 월계수 숲속을 지나면서 봄날 내내 달렸다.

이따금 사람들이 가던 길을 멈추고, 살찐 허벅지 중간까지 내려오는 길이의 실크 반바지를 입은 여자, 그러니까 나에게 왜 달리는지 물었다. 나는 훈련하는 동안 가까이 와서 묻는 사람에게만 잠시 달리던 발을 멈추고 대답해주었다. 나는 반바지 말고도 소매 없는 흰 스포츠브라를 입었는데, 이런 차림이 늙은 남자와 얌전빼는 아이들의 관심을 차단해주는 든든한 힘이 되었다.

이윽고 여름이 찾아왔고 두 다리에도 힘이 붙은 것 같았다. 나는 내 아이들에게 작별의 입맞춤을 했다. 그 무렵에는 아이들도 제법 나이가 들었다. 그럭저럭 헤어질 나이가 다 되었다. 나는 래프터리 부인에게 가끔 우리 집 좀 들여다보고 그녀가 만든 형편없는 켈트 저녁 식사라도 아이들에게 조금 가져다주면 고맙겠다고 말했다.

나는 아이들에게 언제든 원할 때 집을 떠나도 된다고 말했다. 너희 각자의 삶을 살아가도록 해. 내가 말했다. 나 없이 살아가기만 하면 되는 거야.

현명한 조언이네요……. 리처드가 말했다.

당신 우울하군요, 페이스. 래프터리 부인이 말했다. 당신이 꽤 만족스러워하는 것 같던 남자친구 잭에게서 전화도 오지 않고, 당신은 일요일의 시계 소리만큼이나 우울한 거군요.

쓸데없는 소리 그만해요, 래프터리. 내가 중얼거렸다. 그녀의 눈에 눈물이 가득 찼다. 그런 사람이었다. 무지외반증이 있는 엄지발가락부터 틀어 올린 머리끝까지 쓸모없는 걸로 가득한 사람이었다. 그런 모습이 내게 호감을 샀고 내게 사랑받았으며, 나는 그녀를 작중 인물로 탄생시켰고 그녀를 참고 견뎠다.

내가 문을 열고 나갈 때 리처드, 톤토, 래프터리 부인은 모두 텔레비전 앞에 비스듬히 누워 뉴스를 보고 있었다. 뉴스에서는 달 여행이 **성공했다**는 것과 아프리카와 남아메리카가 거센 구름 소용돌이 속에 가려졌음이 영상으로 증명되고 있었다.

내가 말했다. 안녕. 그들이 말했다. 응, 알았어, 그럼.

그런 정도면 이제 신경 꺼. 나는 이렇게 고함치고는 독립 시영 지하철을 타고 브라이튼 비치로 향했다.

브라이튼 비치에 도착한 나는 솔티 브리지즈 로커룸에 들러 옷을 갈아입었다. 25년 전 우리 아버지는 솔티 브리지즈의 미래에 500달러를 투자했다. 사실 아버지는 지금도 매년 3.5달러씩 칠드런 오브 쥬디어에 직접(법에 따라)

보내 적자 재정을 충당하도록 돕고 있다.

두 발로 무리 없이 가볍게 달리기 시작했을 무렵에는 별로 주목하는 사람이 없었다. 먼저 판자로 된 길을 달렸고 어머니가 전단지를 나눠주던 역 앞을 지나고, 소프트 아이스크림 가게와 퇴화된 모래언덕 사이에 놓여 있던 역 앞을 지났다. 그곳에서 어머니는 동지에게 부여받은 임무를 수행하면서, 무자비한 미국 기업들이 몰려오는 흐름에 맞서 소박한 사회주의적 양식으로 이를 저지하려 했다.

나는 잠시 멈춰 서서 긴 해변을 감탄하며 바라보고 싶었다. 뉴욕에 대해 감탄하는 마음으로 생각하기 위해 잠시 발길을 멈추고 싶었다. 검게 그을린 모습에 모래밭이 펼쳐져 있고, 소금기 밴 주변부 끝자락에 시민들이 점점이 흩어져 있는 도시, 이렇게 썩어가는 도시는 그리 많지 않았다. 하지만 나는 이미 삶의 많은 시간을 누워서 지내거나 서서 응시하는 데 보냈다. 나는 달리기로 결심했다.

2.5킬로미터쯤 달리자 판자로 된 길에서 벗어났고, 오래된 동네 초입에 들어서면서 나는 빠른 걸음으로 걷기 시작했다. 나는 제법 잘 달리고 있었다. 호흡도 길고 깊었다. 나의 체형에 대해서도 자랑스럽게 여기고 있었다.

느닷없이 흑인 300여 명이 내 주위를 에워쌌다.

당신 뭐야?

뭐 하는 사람들이야?

저기 저 여자! 저기 좀 봐! 저보다 뚱뚱한 엉덩이 본 적 있어?

불쌍한 것. 저 여자는 아니야. 그냥 놔둬, 이 녀석들, 이 고약한 녀석들.

예전에 이 동네에 살았어. 내가 말했다.

아, 그래. 그들이 말했다. 백인들이 살던 옛 시절 말이군. 그 시절은 너무 엉망이라서 오래가지 못했지.

하지만 우린 이곳을 사랑했어. 플랫부시 애비뉴에도 타임스스퀘어도 간 적 없었어. 우린 우리 동네를 사랑했지.

시커먼 억센 젖꼭지.

난 너희 말이 좋아. 내가 말했다. 은유도 좋고 다 좋아.

맞아, 우린 말하면서 그런 걸 생각해내.

그래, 우리에게도 말투가 있어. 그리고 아일랜드 사람도 빠뜨리지 마. 그 수다쟁이들.

그게 누구야? 작은 남자아이가 말했다.

경찰들.

요즘은 아일랜드 사람이 아닌 경찰도 많아. 내가 넌지시 말했다.

당신 말이 맞아. 두 여자가 말했다. 점점 더, 아주아주 많아지고 있어. 프랑스 사람, 중국 사람, 러시아 사람, 콩고 사람도 있어. 아, 아줌마, 당신 말이 너무 맞아.

저 집에 살았어, 내가 말했다. 저 아파트 말이야. 태어나서 줄곧. 결혼하기 전까지.

지금은 저 아파트 아주 멋져. 그러니 한 군데에서 계속 살아야지. 우리 엄마가 사우스캐롤라이나에서 그렇게 살지. 한 군데에서 쭉. 엄마의 아빠는 농사를 지었대. 엄마가 말해줬어. 거기에는 먹을 게 있었어. 겨울이든, 전쟁 때든, 불황이든 상관없이. 그리고 루스벨트 때. 대단했지! 정말 멋지지 않아? 게다가 거긴 춥지도 않았어! 큰 나무도 있고!

저 아파트야. 내가 올려다보면서 손으로 가리켰다. 저기. 3층.

그들도 모두 올려다보았다. 그래서 뭐 어쨌다고! 이 뚱뚱보 악마! 짙은 피부색의 한 젊은이가 말했다. 그는 뿔테 안경을 썼고 내가 열여덟 살 때 처음 보았던 예전의 시립대학 학생들처럼 지적인 외모를 지녔다.

그는 경멸과 분노의 감정으로 무리를 이끄는 것 같았다. 심지어 가장 어린 애들조차도, 악마, 오, 악마, 하는 가사의 극적인 노래를 몰래 부르며 내 쪽으로 다가왔다. 어린 아이들이 내게 악감정을 품었다고는 생각하지 않았다. 그들은 손가락으로 나를 한 번 찔러보고는 깔깔대며 웃었기 때문이다.

그렇지만 나는 침착하게 대처하는 게 현명할 거라고 여겼다. 그래서 어떤 사실과 관련한 이야기를 불쑥 꺼내며 끼어들었다. 내가 말했다. 꽃 이름을 몇 개나 알고 있어? 그러니까 야생화 말이야. 우리 민족은 두 개밖에 몰라. 아무튼 요즘은 그렇다고 하더라고. 부자든 가난한 사람이든 꽃 이름을 겨우 두 개밖에 모른대. 장미와 바이올렛.

데이지. 한 남자아이가 얼른 말했다.

마리화나. 또 다른 아이가 말했다. 그것도 **꽃이지**. 내가 생각했다. 하지만 다른 이들은 모두 농담으로 받아들였다.

범의귀, 루핀. 어떤 부인이 말했다. 에키움 불가레. 키 작은 걸스카우트 아이가 말했다. 중간 녹색 옷에 진한 녹색 띠를 두른 그녀가《야생화 안내서》라는 책을 내밀었다.

아줌마는 몇 개나 알아요, 뚱뚱보 아줌마? 한 남자아이가 다정하게 물었다. 그 아이는 내가 엄마든 뚱뚱보든 개의치 않았다. 나는 그 애에게 온 관심을 기울였다.

아, 얘야. 내가 말했다. 나는 우리 민족치고는 나아. 난 노란꽃만 알아. 양지꽃, 얼레지, 노란 나도고사리삼, 미나리아재비와 산미나리아재비, 노랑사랑초, 전동싸리나 토끼풀, 홍화민들레, 라벤더잎 황금달맞이꽃, 검은눈천인국,

황금과꽃, 그리고 물속 말고 물가에서 자라는 노란 물옥
잠화, 물론 민들레도 알고. 이 꽃들을 전부 내 눈으로 직
접 보았어. 꽃을 보았지.

아줌마는 판자로 된 길에서 중국도 볼 수 있을 거야, 날
씨만 좋으면. 어떤 남자아이가 말했다.

난 나라보다 꽃을 더 많이 알아. 대체로 요즘 젊은이들
은 많은 나라에 여행을 다녀왔더라고.

난 아니야, 아무 데도 간 적 없어.

나도 아니야. 대략 열일곱 명쯤 되는 남자아이들이 말
했다.

나한테도 못 가게 했어, 술 취한 마약쟁이들이 있다면
서. 어린 여자아이가 말했다.

저요! 저요! 키 큰 흑인 청년이 소리 쳤다. 아주 잘생기
고 잘 차려입은 청년이었다. 난 아프리카인이에요. 우리
아버지는 고지대 빼앗긴 평원에서 왔지요. **나는** 안 가본
곳이 없어요. 모스크바에서 6개월 동안 기계를 배웠고. 프
랑스에서는 프랑스어를 배웠지요. 이탈리아에 가서는 독
특한 르네상스 문화와 이탈리아 사람들의 달콤한 모습을
관찰했어요. 영국에도 있었는데, 그곳에서는 관습법과 도
시 황폐화를 공부했지요. 쿠바에서 열린 '검은 청년회의'
에 참석해서 청년들의 열정도 이해했어요. 지금은 이곳에

와 있지요. 이곳에서 엔지니어가 된 다음 우리 민족에게 돌아갈 거예요. 노르웨이 범선을 타고 희망봉을 돌아서 갈 거예요. 이렇게 가다 보면 훌륭한 옛 항해 기술을 배워둘 수 있어서 나의 옛 내륙지방 조국이 새로운 사회에서 만든 엔진이 제대로 작동하지 않을 경우에 대비해둘 수 있지요.

그 후 우리 사이에는 엄청나게 긴 침묵이 흘렀다. 이윽고 흰 레이스 칼라가 목 위까지 올라오는 원피스를 입은 나이 든 여자가 똑같은 옷차림을 한 다른 나이 든 여자에게 말했다. 그래도 누군가는 머릿속에 생선 즙이 아니라 뇌가 들어 있다니 좋은 얘기네요. 몇몇 사람이 말했다. 아멘.

지금 아줌마 집에 루디 부인이 살고 있는데 왜 올라가서 만나보지 않는 거예요? 네, 아줌마? 걸스카우트가 물었다.

왜, 그 여자가 아줌마를 보면 기분이 째지기라도 한대? 누군가 빈정거렸다.

심장 떨림 증상이 있어. 남편 때문에 그렇게 되었잖아.

그 증상만 있는 게 아니야. 그 남편은 사람을 병들게 하는 타고난 재주가 있다니까.

내가 데려다줄게요. 걸스카우트가 말했다. 내 이름은

신시아예요. 브루클린 355분대 소속이고요.

옷을 제대로 입지 않아서. 내가 울퉁불퉁한 무릎을 내려다보며 말했다.

입고 있는 러닝셔츠에 주자 번호나 팀 이름이 적힌 것도 아니잖아요. 그냥 속옷처럼 보여요.

신시아! 그 아줌마를 거기 데려가면 안 돼. 중요 인물처럼 보이는 남자아이가 말했다. 머리가 이상한 여자야. 데려가지 마, 알아들었어?

로렌스. 걸스카우트가 부드럽게 말했다. 한 번만 더 나한테 이래라저래라 하면 널 둘둘 감아서 저 가로등에 묶어놓을 거야.

가요! 걸스카우트가 단호하게 **내 쪽을** 향해 말했다.

이렇게 해서 나는 어린 시절에 살던 아파트 건물의 복도로 안내되었다.

맨 처음 눈에 띈 문에는 여전히 얇은 금박으로 1A라고 표시되어 있었다. 관리인이 여기 살았어, 내가 말했다. 흑인이었지.

어떻게 그럴 수 있어요? 신시아가 놀란 표정을 했다. 어떻게 흑인이 관리인이었어요?

아, 신시아, 내가 말했다. 그러고는 1B라고 적힌 반대편

문, 1층 프런트 쪽으로 몸을 돌렸다. 기억이 났다. 여기 이 집이 고르디츠키 부인 집이었어, 아주 아주 뚱뚱한 부인 이었지. 그녀의 아이들은 모두 태어나자마자 죽었어. 아 이가 태어났지만 곧 하나, 둘, 셋. 다 죽었지. 다섯 아이야. 이윽고 고르디츠키 씨가 말했어. 너 때문에 내가 운 이 없어. 그는 이렇게 말하고는 멀리 떠나버렸지. 7년 동 안 일주일에 15달러씩 보내왔어. 그 후로는 아무도 소식 을 듣지 못했지.

그 부인 알아요, 가여워요. 신시아가 말했다. 지지난 여 름에 그 부인 때문에 시에서 나왔어요. 어떻게 알게 되었 냐면요, 냄새가 났거든요. 사람들이 부인을 캔버스 천으 로 쌌어요. 현관을 제대로 빠져나올 수 없어서 살갗이 긁 혔지요. 우리 삼촌 로널드가 어쩔 수 없이 그 사람들을 도 와야 했는데, 구역질을 했어요.

겨우 2년 전이구나. 그때까지 여기 살았다니! 무서워하 지는 않았대?

우리도 다들 무서워요. 신시아가 말했다. 백인이라고 다 좋은 건 아닌가 봐요.

여기 위층 2B엔 누가 살았어요? 신시아가 물었다. 지금 은 나랑 가장 친한 친구인 낸시 로절린드가 살아요. 남자 형제가 둘이에요. 언니는 결혼해서 애가 있고요. 그 언니는 얼굴빛이 아주 화사해요. 그 집 엄마는 안 그렇거든요. 모든 유색인이 우리 동네에 다 모였어요.

너랑 가장 친한 친구라고? 재미있구나. **나랑** 가장 친한 친구도 여기 살았어. 바로 이 아파트에. 조애나 로젠이라고.

그 사람은 어떻게 되었어요? 신시아가 물었다. 그 사람도 러닝셔츠를 입었어요?

얘, 신시아, 네가 정말 알고 싶으면 말해줄게. 그녀는 마빈 스테어스라는 사람과 결혼했어.

그 사람이 누구예요?

나는 마빈이 이룬 업적을 떠올렸다. 으음, 그는 조마르 플라스틱이라는 큰 기업 회장이야. 이 기업은 철강회사와 라디오 방송국을 갖고 있고, 한꺼번에 각기 다른 25장을 복사할 수 있는 신형 복사기 회사도 소유하고 있지. 게다가 조마르 환경보호 연구기금이라는 재단도 갖고 있어. 자본주의가 그렇잖아, 내가 덧붙였다. 정치적으로 도움을 얻기 위한 거지.

아줌마는 어떻게 알아요? 그 사람들 집에 많이 갔어요?

아니. 어쩌다 지난주 신문 경제면에서 그들에 관한 모든 걸 읽게 되었지. 그래서 생각했어. 다른 삶이구나, 하고. 그게 다야.

사람마다 제각각이죠. 신시아가 말했다.

나는 시원한 대리석 계단에 앉아 조애나의 사촌인 지기에 대한 기억을 떠올렸다. 지기는 우리보다 나이가 위였다. 한번은 그가 시를 썼는데, 그 시에서는 우리가 사랑스러운 꽃이며 우리의 다리는 꽃잎이고, 우리가 아무리 수차례 싫다고 말해도 어쩔 수 없이 자연에 의해 꽃잎이 벌어지게 될 거라고 했다.

이어서 나는 마음속으로 다른 몇 가지 생각도 했지만 아이에게 그 이야기를 해줄 수는 없었다. 그 생각만 하면 표정이 멍해지거나 우울해지는 그런 종류의 생각이었다.

이제 관심 없나 봐요. 신시아가 말했다. 아무 얘기도 안 할 건가 봐요. 여기 2A에는 누가 살았어요? 어떤 사람이요? 지금은 두 남자가 살고 있어요. 여자들이 들어왔다가 다시 떠나요. 우리 엄마가 말하더라고요. 그건 위험한 신호야, 가까이 하지 마, 얘야. 가까이 하지 마, 라고요.

기억이 안 나네, 신시아. 정말 기억이 안 나.

기억해야 해요. 뭐 때문에 여기 온 건데요, 결국은 그런 거잖아요.

그래서 나는 애써보았다. 2A. 2A. 쌍둥이네였나? 내가 기억하는지 아니면 기억하지 못하는지에 따라 과거의 **존재** 여부가 달라지기라도 하는 것처럼 강한 의무감을 느졌다. 사실은 그렇지 않다.

신시아. 내가 말했다. 그만하고 싶어. 기억을 떠올리는 것도 싫고.

어서요. 신시아가 내 반바지를 잡아당기며 말했다. 루디 부인을 보고 싶지 않아요? 아줌마가 살던 옛날 집에 사는 사람요. 재미있을 거예요, 그렇지 않아요?

아니야, 아니야. 루디 부인을 보고 싶지 않아.

아래층에 살던 남자아이들에 대해서는 관심을 꺼도 돼요. 루디 부인은 아줌마를 좋아할 거예요. 그러니까 내 말은 상냥한 사람이라는 얘기예요. 루디 부인은 대부분의 백인을 좋아하지 않지만 아줌마는 좋아할 것 같아요.

아니야, 신시아, 그런 게 아니라 나는 지금 우리 아버지와 어머니가 살던 집을 보고 싶지 않아.

나는 어떻게 말해야 할지 몰랐다. 내가 말했다. 우리 어머니가 죽어서 그런 거야. 이 말은 거짓말이었다. 현재 어머니는 칠드런 오브 쥬디어에서 아버지와 함께 자기 방에서 살고 있기 때문이다. 사회주의 성향의 심장 위에 손을 얹은 채 매일 아침 식사 후 신문을 읽고 있다. 그러고는 아버지에게 이렇게 말한다. 매일 똑같아요, 죽고…… 죽고, 살해당해서 죽고.

우리 어머니가 죽어서, 신시아, 난 거기 갈 수 없어.

아…… 아, 불쌍해요, 신시아가 내 눈을 쳐다보며 말했다. 아, 우리 엄마가 죽었다면 나는 어떻게 해야 할지 모를 거예요. 내가 아줌마처럼 나이가 많아도 마찬가지일 거예요. 어쩌면 자살할지도 몰라요. 신시아의 눈에 눈물이 그렁그렁 차오르더니 뺨으로 흐르기 시작했다. 우리 엄마가 죽으면 나는 어떻게 해야 해요? 엄마는 내 보호자이고 마약 밀매자들의 손이 닿지 못하게 해줄 거예요. 엄마는 날 꼭 안아줘요. 만일 러드퍼드 삼촌이 나를 도로 데려가려고 온다면 엄마는 나를 삼나무 상자 안에 숨겨줄 거예요. 죽으면 **안 돼요**, 우리 엄마는.

신시아, 예쁘지, 엄만 죽지 않을 거야. 엄마는 젊잖아. 나는 신시아를 위로해주려고 팔을 뻗었다. 나랑 함께 살아도 돼. 내가 말했다. 내겐 아들 둘이 있는데 거의 다 컸어. 난 딸이 없어서 늘 아쉬웠거든.

무슨 말이에요? 그러니까 나더러 아줌마랑 아들이랑 다 함께 살라는 거예요? 신시아가 내게서 떨어지더니 계단 쪽으로 뛰어갔다. 가까이 오지 마, 흰둥이 아줌마. 난 백인 남자아이들을 알아. 내가 흑인 여자니까 자꾸 집적대고 난폭하게 밀고 들어올 거야. 엄마가 내게 다 이야기해줬어, 그 흰둥이 악마 남자아이들이랑 악마 당신이랑 당신들끼리 살아, 나는 이대로 놔둬, 늙은 개 같은 년. 누가 좀 도와줘요! 신시아가 소리치기 시작했다. 누구 없어요, 누가 좀 도와줘요, 저 여자가 나를 데려가려고 해요.

신시아가 벽에 납작 기댄 채 몸을 부들부들 떨었다. 나역시 겁먹은 신시아 때문에 너무 놀라서 말했다. 애야, 널해치지 않아, 봐, 나야. 나는 신시아를 도와주러 오는 사람들의 소리를 들었다. 많은 남자아이들이 외치는 소리였다. 우리가 가고 있어, 지금 가고 있어, 고개 꼿꼿이 들고 당당하게 있어야 해, 우리가 가고 있어. 나는 두려워하는 신시아를 그대로 지나친 뒤 계단으로 달려가 한 번에 두 개씩 뛰어 올라갔다. 나의 옛날 집 문 앞에 이르렀다. 나는 집주인처럼 문을 두드렸다. 노크 소리가 크고 무시무시했다.

엄마 집에 없어요. 아이 목소리가 말했다. 아니야, 그게 아니고. 내가 말했다. 나야! 아줌마라고! 누가 날 쫓아오고 있어, 나 좀 안으로 들여보내줘. 우리 엄마는 집에 없어요, 아무한테나 문을 열어주지 말랬어요.

나야! 내가 두려움에 떨며 소리 질렀다. 엄마! 엄마! 나좀 들여보내줘!

문이 열렸다. 나이를 가늠할 수 없는 여윈 여자가 나를 쳐다보았다. 그녀가 말했다. 들어와요, 문을 꼭 닫고요. 그녀가 손가락으로 나의 팔뚝을 꼭 쥐었다. 그러더니 직접문을 걸어 잠갔다. 거친 사람들이 당신을 쫓는군요. 저런 사람들을 보면 화가 나요. 이 백인 부인을 숨겨줘, 도널드. 부인을 네 침대 밑으로 넣어, 네 침대는 높잖아.

아, 됐어요, 이제 괜찮아요. 내가 말했다. 나는 안도했고 집처럼 편했다. 내 집에 들어왔으니 내가 하라는 대로 해요. 그녀가 말했다. 아니면 2센트 받고 당신을 쫓아낼 거예요.

나는 몸을 웅크리고 꼬마 아이의 지린내 나는 매트 밑으로 들어갔다. 이윽고 노크 소리가 들렸다. 머뭇거리며 정중하게 예의를 지키는 노크 소리였다. 우리 엄마가 문 열어주지 말래요. 도널드! 누군가 외쳤다. 도널드!

아, 안 돼요. 도널드가 말했다. 그럴 수 없어요. 엄마가 나를 너덜너덜하게 만들어놓을 거예요. 오늘 아침에도 벌써 엄마가 내 엉덩이를 때려서 다 찢어놨다고요. 열지 않을 **거예요**.

나는 그 집에서 루디 부인과 도널드, 그리고 비슷한 연령의 여자 아기 셋과 함께 살았다. 내가 루디 부인에게 아일랜드 쌍둥이에 대한 농담 하나를 들려주었다. 아일랜드 애들이 아니에요. 루디 부인이 말했다.

거의 매일 아침 아기들은 6시 45분 무렵이면 우리의 잠을 깨웠다. 우리는 세 아기에게 우유를 한 병씩 준 다음 다시 침대로 가서 8시까지 잤다. 나는 커피를 끓이고 루디 부인은 기저귀를 갈았다. 그러면 한동안 정말 고약한 냄새가 진동했다. 이때가 되면 대개 내가 말했다. 저기요, 정말 고마워요. 하지만 떠나야 하는 게 아닌가, 생각이 들어요. 아마도요. 떠나게 될 것 같아요. 그러면 대개 루디 부인이 이렇게 말했다. 다시 생각해봐요, **내** 생각에는 안 떠날 것 같아요. 그러나 루디 부인이 진저리가 날 때면 이렇게 말하곤 했다. 당장 떠나요! 가라고요! 떠나고 싶다면서요. 말이 질식할 만큼 고약한 백인 여자 냄새를 이 정도면 나도 충분히 맡았다는 생각이 드는군요. 어서 가요!

내가 문 앞까지 가면 바깥에서 목소리들이 들렸다. 그러면 말하기 부끄럽지만 다시 두려움이 몰려왔다. 지리적으로 넓은 지역에 대해서는 인류애를 보이면서도 정작 내가 머무는 곳에서는 두려움이 엄습했다.

떠나는 것과 떠나지 못하는 것, 그 두 가지 모두에 정서적 진실이 놓여 있었다. 그곳은 오래전 내가 가족과 함께 살던 나의 **예전** 집이었다. 욕실 바닥에는 내가 깨뜨린 타일 하나가 그대로 남아 있었다. 남동생 찰스가 팬티 속에 어정쩡하게 성기가 솟은 채로 꿈꾸듯 서서 면도하는 모습을 보고 내가 들고 있던 망치를 그의 발가락 위로 떨어뜨리는 바람에 타일 하나가 깨졌다. 내가 처음으로 충격과

깨달음에 휩싸인 곳이 바로 그곳이었다. 주방도 예전과 같았다. 식탁은 우리 계층 사람들이 흔히 쓰는, 닦기 쉬운 에나멜 탁자였고 목제 탁자 밑바닥 구석에는 주방 싱크대까지 갈 능력이 없는 늙고 무능한 바퀴벌레들이 꼬였다. (하지만 그때 그 탁자는 아니었다. 그 탁자는 내가 나뭇조각까지 모두 물려받아 가져갔기 때문이다.)

거실은 우리 거실과 비슷했지만 예전에는 지금만큼 플라스틱이 많지 않았다. 예전 그 시절에는 세상에도 플라스틱이 적었을 것이다. 또한 우리 어머니는 침대나 의자 등 곳곳에 빠짐없이 아름다운 쿠션을 놓아두었다. 어머니는 밤에 자수를 놓거나, 꽃무늬 면직물 조각들을 모아 흰색이나 파란색 모슬린에 가장 섬세한 디자인으로 바느질하면서 예술적으로 자신을 표현했다. 빵이나 고깃덩이, 그리고 누더기에 묻혀 평생을 살아가면서 여기가 내 집이야, 하고 말하는 여자들은 늘 이런 식으로 천을 이용했다.

루디 부인이 말했다. 으음, 뭐!

물론 남자들은 그런 배출구도 없어요. 내가 말했다. 그래서 그렇게 여기저기 뛰어다니는 거지요.

술에 취해 뻗어버릴 때까지요. 루디 부인이 말했다.

그래요. 내가 말했다. 세상에서 그런 모습을 수도 없이 봐요. 처음에 남자들은 뭔가를 만들고 그런 다음에는 그

걸 망가뜨려요. 그러고는 그 일이 얼마나 재미있는지 책을 쓰지요.

제대로 짚었어요. 루디 부인이 말했다. 때로는 이렇게 말하기도 했다. 이봐요, 당신은 **아무것도** 몰라요.

우리는 종종 창가에 앉아 밖을 보거나 아파트 아래를 내려다보았다. 산들산들 불어오는 바람 줄기들이 작은 다발을 이루어 창턱 위에서 자라났다. 길모퉁이 주위로, 블록 위쪽으로 찬란하게 빛나는 오후가 펼쳐져 있었다.

당신은 매번 남자들이라고 말해요. 루디 부인이 말했다. 정말 여러 명의 남자들을 말하는 건가요? 그녀가 물었다. 그럼 한 명의 특정 남자는 뭐라고 말해요?

4층 아래 현관 입구 계단에 대략 여섯 사람이 기대어 서 있는데 주변이 온통 파괴되어 황폐해져 있었다. 조금만 기다려요. 내가 말했다. 나는 길을 달리며 오는 동안 파괴 현장을 목격했다. 내 런닝화 안으로 그곳의 작은 돌멩이 몇 개가 들어왔고 흙먼지가 눈으로 들어왔다. 나는 분개한 시민의 정신으로 생각했다. 내가 지금 달리고 있는, 사랑하는 뉴욕의 수치야.

하지만 지금 한눈에 내려다보이는 높은 곳에 서 있으니 그 현장이 선명하게 보였다. 나의 오랜 친구이자 지금도 친구로 지내는 잭이 어린 시절 우울한 남성으로 성장한 공동주택이 처음에는 화재로, 이번에는 철거 작업으로 완전히 무너져버렸다(강철 공이 휙 날아와서 침실이며 주방을 무너뜨렸다). 이 작업으로 인해 가로로 서너 블록, 세로로 한 개 반 블록 되는 지점까지 훤히 내다보였다. 에디라는 이름의 괴짜 남자가 살던 집은 그나마 뼈대가 남아 있었지만 유명한 1510번지의 내부는 무참히 파괴된 채 검은 창문틀만 유리도 없이 남아 있었고, 회반죽을 바르기 위해 엮어 넣은 가느다란 나무 막대기들이 모습을 드러냈다. 지지대 기둥은 얼마나 완강히 버티고 있는가! 맨 아래층에는 가족인지 아닌지 알 수 없는 몇몇 사람들이 아직까지 살고 있었다. 건물 더미 사이로 낡은 소파 두 개가 뚱뚱한 얼굴을 아래로 처박은 채 허공에 툭 삐져나온 스프링을 드러내고서 나뒹굴고 있었다. 전시에도 그랬듯이 죽은 마당에 서 있는 가죽나무 여섯 그루는 첫 터전으로 삼을 만한 5밀리미터 정도의 땅을 벌써 찾아내어 생명의 공격을 개시하고 있었다. 밤이 되면 동물들이 큰 소리로 울부짖으면서 그곳을 돌아다닐 것이다. 화난 뉴욕 개들, 길고양이들, 그리고 커다란 쥐들이 돌아다닐 것이다. 마치 베어 산 주립공원에 와 있는 것 같은 생각이 들어 그곳을 지나가기가 두려울 것이다.

누군가 저곳을 치워야겠군요. 내가 말했다.

루디 부인이 말했다. 누구를 염두에 두고 하는 말이에요? 혹시 케네디 부인요?

도널드가 굳은 표정을 지으며 말했다. 난 크면 바로 저일을 할 거예요. 위생 청소원을 데려와서 그에게 저걸 보여주고 말할 거예요. 저거 보여요, 이 뚱뚱한 실험쥐 양반, 지금 당장 치워요! 그러더니 도널드는 발을 구르면서 매서운 눈빛으로 보았다.

루디 부인이 말했다. 이리 와, 우리 꼬마 깜둥이. 그녀가 도널드의 정수리에 입을 맞추고는 등을 한 대 쳤다.

으음. 도널드가 한결 우쭐해져서 말했다. 두 사람 모두 지금 저기를 봐요! 내가 말하잖아요, 저기 보라고요! 우리는 이미 다 보았으면서도 도널드를 기쁘게 하려고 그쪽을 보았다. 현관 입구 계단에 어른 남자들과 남자아이들이 보였다. 저마다 길게 늘어져 있거나 기대어 있거나, 깡충깡충 뛰면서 돌아다니거나, 발을 바꿔가며 한 발로 서 있거나, 양말을 벗어 발가락을 긁거나, 이야기하거나, 궁둥이를 깔고 앉아 고개 숙인 채 졸고 있었다.

도널드가 말했다. 저 사람들을 봐요. 자존심도 없나 봐요. 머리 **위로는** 아프로 헤어 스타일을 하고 있으면서 머릿속으로는 자신들이 흑인이라는 걸 알지 못해요.

나는 도널드가 연민을 좀 더 가져야 한다고 생각했다.

내가 말했다. 사람들이 저러고 사는 데에는 이유가 있어.

네, 아줌마. 도널드가 말했다.

그건 그렇고 넌 어째서 아래 내려가 다른 아이들과 놀지 않니? 어째서 여기, 이렇게 위에서만 많은 시간을 보내는 거야?

엄마가 싫어해요. 나쁜 애들이 몇 명 있거든요. 걔들은 나빠요. 어쩌면 내가 멍청한 중독자가 될지도 모르고요. 나는 맑은 정신으로 살아야 해요.

넌 그냥 멍청이야, 정말이야. 루디 부인이 말했다.

나는 도널드가 또래 아이들과 더 많이 어울려야 한다고 생각했다.

도널드는 학교 가면 다른 애들을 만나요. 별 상관없다면 그 문제로 골치 아파할 거 없어요.

사실 루디 부인도 거리에 나가는 일이 없었다. 장보기는 도널드가 도맡아서 했다. 복지 조사관은 집 안으로 불러들여서 만났다. 계량기 검침원은 주방 안으로 들어와서 수치를 확인했다. 나는 뒷방에 있다가 그를 보았다. 수표책을 들고 나가 현금으로 바꿔오는 일은 루디 부인이 처리했다. 그녀는 집으로 돌아와 아기들을 씻기고 기저귀를 갈아주고 세탁하고 다림질하고 음식을 만들어 먹였다. 그러고 나면 30분의 자유 시간 동안 저 창문 옆에 앉아 있었다. 그녀는 기다리고 있었다.

　나는 루디 부인이 창밖을 보면서 어떤 사람을 기다리는 거라고 믿었다. 자매들이 그러듯 다정한 말로 그녀와 이 문제에 대해 이야기해보고 싶었다. 그녀에게 거리낌 없이, 그 개자식은 잊어요, 그는 돼지예요, 라고 말할 수 있기 전까지 우선 나 자신과 내 아이들에 대해, 그리고 아버지라는 사람들과 남편이라는 사람들, 지나가는 사람들, 저녁 시간을 함께 보내는 친구들에 대해, 그리고 이어서 이 방, 바로 이 오후 시간에 창가에서 보낸 우리 어머니와 아버지의 삶에 대해 몇 가지 확실한 사실들을 이야기해주어야 했다.

　예를 들면 아주 좋지 않았던 최악의 시절, 나 스스로에게 아주 소박한 육체적 쾌락을 허용한 일도 이야기해주었다. 그 시절 나는 아침 식사로 크림치즈를 먹었다. 사실 나는 이 일을 절대 포기하지 않았고 때로는 아이들에게 사줘야 할 매우 중요한 물품이나 음식을 줄여가면서까지 크림치즈를 고집했다.

　이봐요, 당신은 아무것도 몰라요. 루디 부인이 말했다.

　이어 짧은 시간이지만 루디 부인이 아주 부드럽게 이야기를 이어갔다. 어리석은 탓에 순수하고 정신이 정상이 아니며 결코 부패에 물들지 않을 사람에게 말하듯이 부드럽게 말해주었다. 그녀에게는 힘든 시절을 버텨내는 특별한 쾌락 두 가지가 있었다. 하나는 남자였다. 하지만 남자들은 차츰 못쓰게 변해버렸다. 백인 여자들이 최고의 쾌락을 망쳐놓았다. 그들 때문에 이 남자들은 자신의 성기가 단단한 금으로 된 것인 양 생각하게 되었던 것이다. 루디 부인이 두 번째로 시도한 쾌락은 와인이었다. 루디 부인이 말했다. 와인을 좋아해요. 당신은 자신을 위해 혼자 즐길 수 있는 특별한 일을 **가져야 해요**. 그런 다음 이어서 말했다. 하지만 매일 밤 술에 취해 멍하게 있으면 아들을 의젓한 사람으로 키울 수는 없어요.

나는 다시 남자 이야기로 돌아가서 말했다. 백인이든 흑인이든 남자들이 우리에게 줄 거라고는 고작해야 섹스밖에 없는데도 무슨 귀한 선물이라도 주는 것처럼 착각하고 있어요. 섹스란 빵처럼 없으면 안 되지만 사실 흔해빠진 거거든요.

아, 섹스하지 않고도 살 수 있어요. 루디 부인이 말했다. 섹스하지 않고도 살아가는 사람들이 있어요.

나는 루디 부인에게 도널드가 최고의 것을 누릴 만한 아이라고 말했다. 나는 도널드가 정말 사랑스러웠다. 그에게 결점이 있어도 알아차리지 못했을 것이다. 그리고 아이들은 아주 나쁜 아이조차도 결점이 없다는 게 나의 믿음이었다.

도널드는 총명했다. 내 아들들에 비해 사람을 좀 더 편하게 해주는 성격이지만 그것만 아니라면 내 아들들을 닮았다. 이런 이유로 나는 다시 그 집에서 지내게 되었던 그 순간부터 그의 독서 수준을 단박에 올려놓기로 결심했다. 책과 신문을 가지고 공부할 거라고 말했다. 도널드는 곧바로 동네 도서관에 가서 나를 즐겁게 해줄 몇 가지 어려운 책을 빌려왔다. 하나는 줄리어스 레스터가 쓴《흑인 민담》이었고 다른 하나는《유모차 전쟁》이었는데 다른 동네 이야기이긴 하지만 연관성을 지닌 아동소설이었다.

읽기와 글쓰기에 관해 이야기할 때 도널드는 늘 내 말에 따랐다. 사실 내가 시에 관해 언급했을 때 그는 시에 관해서 다 알고 있다고, 유명한 흑인 시인 데이비드 헨더슨이 2학년 수업에 들어온 적이 있다고 말했다. 이후에 드러났듯 도널드는 꼬치꼬치 따지는 내 말보다 훨씬 나았다. 도널드는 대개 장을 보러 다니느라 바빴다. 또한 심각한 얼굴의 여동생 아기들을 억지로 웃기려고 이런저런 표정을 짓는 데에도 많은 시간을 썼다. 하지만 주제가 떠오르면 방금 전에 나온 언어와 사건들을 이용하여 그 자리에서 바로 **시**를 내놓았다.

예를 들면 이랬다. 그날 아침 도널드의 엄마가 이렇게

말했다. 휴, 오줌이며 기저귀며 빨랫감이 너무 많아. 그냥 저 창가에 앉아 쉬고 싶어. 그러자 도널드가 시 한 수를 지었다.

오줌 싼 기저귀가 너무 많아
빨래에 또 빨래
그냥 저 창가에 앉아
밖을 내다보고 싶어
아무것도 없는 그곳.

도널드, 넌 정말 총명해. 내가 말했다. 널 결코 잊지 못할 거야. 부디 나를 잊지 마렴.

애 데리고 장난하지 마요. 루디 부인이 말했다. 도널드는 벌써 할머니도 잊었어요. 아마 당신은 그런 사람을 영영 만나지 못할 거예요. 입에서 욕이 떨어질 때가 없는 사람이었지요.

난 기억해요, 엄마, 기억하고 있어요. 할머니는 바로 저기 침대에 누워 있었어요. 문간에 한 남자가 서 있었고요. 할머니가 말해요. 에스드라스, 네 머리에 저주의 욕을 퍼부었어, 내일이면 더 나빠질 거야, 라고요. 어떻게 할머니가 그런 이야기를 해요?

고모라, 나는 고모라를 믿어. 할머니가 말했어요. 할머니는 성경이라면 모르는 게 없어요.

할머니가 너랑 같이 살았니?

아니요, 아니요. 할머니가 우리 집으로 찾아왔어요. 우리 모두를 보러요. 할머니의 자식들, 우리가 어떻게 지내는지 보러 왔어요. 할머니는 구경하러 왔어요. 그러다 얼마 후 할머니가 자리에 누웠고 돌아가셨어요. 할머니는 늙었거든요.

어머니가 죽은 일이기에 나는 아무 말 하지 않고 조용히 있었다. 루디 부인이 나를 바라보며 골똘히 생각하더니 이윽고 이렇게 말했다.

엄마는 우리에게 들려줄 이야기가 많았어요, 엄마가 줄곧 나를 키웠지요. 엄마의 엄마는 하찮은 사람이었고 분별력이 없었대요. 하루 종일 오두막 문에 서서 엄지손가락을 빨고 있었대요. 노예 시절의 이야기예요. 어느 날 밭에서 일하는 젊은 남자가 쿵쾅거리며 뛰어왔대요. 남자는 첫 번째 오두막 문을 두드리며 고함쳤지요. 이봐요, 여자들, 얼른 나와요, 이제 자유예요. 여자가 밖으로 나와 이야기해요. 뭐라고? 언제부터? 남자가 말해요. 지금요, 이제부터 자유예요! 그러고는 옆집으로 가서 문을 두드리면서 말해요. 이봐요, 여자들! 자유예요! 지금부터요! 남자는

274

차례차례 다음 오두막으로 가서 소리쳐요. 이봐요 여자들, 이제부터 자유예요!

아, 그 이야기 기억해요. 도널드가 말했다. 이제부터 자유예요! 이제부터 자유예요! 도널드가 펄쩍펄쩍 뛰었다.

넌 아무것도 기억 못해, 아들. 어서 엘로이즈한테 가봐, 저 애도 좋은 시절을 누리고 싶은가 봐.

엘로이즈는 두 살이지만 보통 애들보다 몸집이 작았다. 우리가 저 애를 저렇게 만든 거예요. 도널드가 말했다. 루디 부인은 내가 아이스크림과 푸른 채소를 사다줘도 좋다고 허락해주었다. 그녀는 케일과 근대가 나오기를 기다렸지만 아직은 너무 일렀다. 케일은 추위를 좋아했다. 11월에 이곳에서 케일을 구하지는 못할 거예요. 루디 부인이 말했다. 아니에요, 아니에요, 나는 외로움이 밀려와, 뒤로 돌아서서 우리가 지은 엘로이즈 노래를 불렀다.

엘로이즈는 벌을 사랑해
벌은 붕붕거리지
엘로이즈가 그러는 것처럼

그러자 엘로이즈가 꺼끌꺼끌한 마룻바닥 위에서 붕붕거친 소리를 내며 기어왔다.

아, 우리 아기 많이 화났구나. 도널드가 말했다. 붕붕붕.

루디 부인은 창가에 앉아 있었다.

모두들 정말 시끄럽구나. 루디 부인이 서글프게 말했다. 정말 딱 맞춰서 시끄러워.

다음 날 아침 루디 부인이 나를 깨웠다.

가야 할 시간이에요, 루디 부인이 말했다.

무슨 말이에요?

집에 가야 할 시간이라고요.

무슨 소리예요? 내가 말했다.

으음, 어린 응석받이 아이들이 당신을 찾으며 울고 있을 거라고 생각하지 않아요? 엄마 어디 있어? 하면서요. 아이들이 창밖을 보며 서 있어요. 가야 할 시간이에요, 부인. 여기는 '자유 휴일 농장'이 아니에요. 잠시 혼자만의 시간을 가졌던 것뿐이죠.

아, 엄마. 도널드가 말했다. 아줌마가 우리 집에 있다고 해서 문제 될 것도 없잖아요. 어서 엘로이즈한테 가보세요, 소리치고 있어요. 그리고 조용히 입 다물고 계세요.

루디 부인은 내게 커피를 주지 않았다. 줄곧 매서운 눈빛으로 나를 보았다. 나도 똑같이 매서운 눈빛으로 마주 보려고 애써보았지만 그녀의 모습이 너무 사랑스러워서 도저히 그럴 수 없었다.

도널드가 눈물을 글썽였다. 문 앞에서 헤어지는 순간이 오기까지 나는 도널드 쪽으로 얼굴을 돌릴 엄두조차 내지 못했다. 심지어 헤어지는 순간에도 그의 정수리에 조금은 억지로 입을 맞추고 이렇게 말했다. 애야, 널 보러 올게.

건물 현관 앞 계단에는 다른 집 식구와 아이들 대여섯 명이 오전 나절에 모여 대체 어느 집 창문에서 밖으로 쓰레기를 던진 건지 다투고 있었다. 그들은 서로서로 넌더리를 냈다.

길모퉁이에는 멋진 다시키 셔츠* 차림의 젊은 남자 두 명이 뭔가 충고하기도 하고 동의를 표하기도 하면서 서 있었다. 그들은 어떤 견해를 둘러싸고 의견이 갈렸다. 어째서 백인 여자들은 이가 썩는 거야? 그리고 왜 그렇게 늙어 보여? 햇빛 속에서 기다리는 한 젊은 여자가 말했다. 쉿, 조용히⋯⋯.

나는 그들 옆을 지나쳐 걸어갔다. 그때까지는 뛰지 않다가 오션 파크웨이 중간 어디쯤부터 길이 훤히 뚫리자 달리기 시작했다. 몸이 약간 뻣뻣했다. 그동안의 생활방식에서는 칼이나 찻주전자를 아기들의 손이 닿지 않는 곳으로 치우려고 팔을 뻗는 정도의 작은 움직임밖에 없었기

---

* 아프리카 서부의 남자들이 입는 화려한 무늬의 헐렁한 셔츠.

때문이다. 나는 열 블록, 열다섯 블록 정도를 달렸다. 그러자 새로운 활력이 생기기 시작했다. 이는 달리기를 하는 사람들 사이에는 널리 알려진 고전적인 현상이며, 말하자면 날기 시작하는 단계였다.

거리를 완전히 벗어난 지 3주가 지나자 조깅하는 사람들이 많아졌다. 여자가 자기 하고 싶은 일을 하는 경우는 내가 유일한 것으로 보였다. 내가 할 만한 일 중에서 그나마 가장 '인기 있는' 것은 미국인들의 기이한 행동이 대부분이었다. 실제로 젊은 남자 두 명이 거의 1.6킬로미터 가까이 내 옆에서 나란히 달렸다. 그들은 아무 말 없이 그저 내 옆에서 달리다가 H가에 이르러 방향을 돌렸다. 코밑수염을 기른 한 남자가 반대 방향에서 비실비실 뛰어오다가 나를 보고는 손을 흔들었다. 남자가 소리쳤다. 안녕, 시뇨라!

집 근처에 다다르자 나는 우리 동네 공원을 가로질러 달렸다. 주말이나 늦여름 오후면 아이들을 데리고 나가 바람을 쐬곤 했던 공원이었다. 나는 북동쪽 놀이터에서 잠시 멈췄다. 그곳에서 자기 아이들을 아주 현명하게 다루는 젊은 엄마 여섯 명을 만났다. 나는 장차 그들이 대비할 수 있도록 이렇게 말했다. 그들에게 해를 끼칠 마음은 전혀 없었다. 앞으로 15년쯤 지나면 당신들도 모든 게 잘못되어 나처럼 될 거예요.

집에 도착하니 토요일 아침이었다. 잭은 예전처럼 퉁명
스러운 모습이긴 했지만, 이번에는 진공청소기와 현금을
들고 집에 돌아와 있었다. 커피가 끓는 동안 잭은 리처드
에게 진공청소기를 어떻게 사용하는지 시범을 보여주었
다. 그들은 칙칙한 벽 위에서 세목 놓기 게임을 하던 중이
었다.

리처드가 말했다. 자! 누가 왔는지 봐! 안녕!

무슨 소식 없어? 내가 물었다.

아빠한테 편지 왔어요, 리처드가 말했다. 칠레에 호수
와 물이 많은 지방에서 보냈어요. 아빠 말이 미네소타 주
같대요.

아빠는 미네소타에 가본 적도 없어. 내가 말했다. 앤서
니는 어디 있어?

여기 있어요, 톤토가 모습을 보이며 말했다. 근데 곧 나
갈 거예요.

아, 그래, 내가 말했다. 당연한 일이었다. 톤토는 매주
토요일이면 아침 식사를 서둘러 마치거나 거른 채 나갔
다. 그는 보호시설에 갇혀 있는 친구들을 면회하러 간다.
벨뷰, 힐사이드, 록랜드 주립 병원, 센트럴 이슬립, 맨해튼

같은 유명한 보호시설이었다. 이곳들을 방문하려면 온종일이 걸렸고 때로는 한밤중에야 돌아왔다.

나는 식품저장고에 초콜릿칩 쿠키가 몇 개 있는 걸 발견했다. 이것 좀 가져가, 톤토. 내가 말했다. 나는 그의 친구들을 거의 모두 기억한다. 그들은 어린 꼬마였을 때 언제나 깡충깡충 뛰고 펄쩍펄쩍 뛰어다니고 높이 쿵쿵 뛰고 쿠키를 먹곤 했다. 톤토가 짜증을 내며 말했다. 안 가져가요! 매점에 널린 게 초콜릿 쿠키예요. 돈을 주는 건 어때요?

잭이 진공청소기를 바닥에 내려놓으며 말했다. 안 돼. 돈이라면 걔들 부모가 있잖아.

내가 말했다. 자, 5달러야. 담배 사, 한 개에 1달러씩.

담배라고요! 잭이 말했다. 젠장! 폐가 시커멓게 되어 죽어요! 암 걸려요! 폐기종도 걸리고요! 잭이 숨을 몰아쉬면서 성큼성큼 걸어 주방을 나갔다. 그는 뒷방에 가서 자전거를 꺼내더니 센트럴파크를 향해 출발했다. 자동차는 공원에 들어가지 못하지만 자전거를 타는 사람에게는 공원을 개방해주었다. 잭이 떠난 지 10분쯤 되었을 때 앤서니가 말했다. 사실은 일요일에만 개방해주는데.

그 얘기를 왜 안 해줬어? 왜 잭에게 좀 잘해주지 못하니? 내가 물었다. 내게는 중요한 일이었다.

아, 페이스, 앤서니가 이렇게 말하면서 내 머리를 다독였다. 그의 키가 저만치 위까지 훌쩍 컸기 때문이다. 폐에 좋잖아요. 근육도 좋아지고요! 곧 돌아올 거예요.

너도 자전거를 타야 해, 내가 말했다. 다리 근육이 흐물흐물해지는 건 너도 원하지 않잖아. 일주일에 한 번 수영을 해.

너무 바빠요. 앤서니가 말했다. 친구들을 보러 가야 해요.

진공청소기로 침대 밑을 밀던 리처드가 주방으로 들어섰다. 너 아직 여기 있니, 톤토?

갈 거야, 갈 거야, 가. 앤서니가 말했다. 눈 깜박이지 마.

잘 들어. 리처드가 말했다. 이건 메모야. 혹시 멀리 록랜드까지 가게 되면 이걸 주디한테 줘. 잊어버리면 안 돼. 열어보지도 말고. 읽어도 안 돼. 네가 읽을 거라는 거 알아.

앤서니가 미소 짓고는 문을 쾅 닫았다.

나, 살 빠졌니? 내가 물었다. 응. 리처드가 말했다. 엄마 괜찮아 보여요. 그렇게 나빠 보이지 않아요. 그런데 엄마 어디 갔었어요? 래프터리 아줌마가 만들어준 삶은 감자는 정말 지긋지긋해요. 엄마는 어디 갔었어요, 페이스?

좋아! 내가 말했다. 알았어! 몇 주 동안 예전에 살던 아파트에서 지냈어, 할아버지와 할머니, 그리고 나와 호프와 찰리가 어렸을 때 살던 아파트 말이야. 오래전에 내가 널 그 아파트에 데려간 적 있어. 바닷가에서 그렇게 멀지 않아. 할머니가 그 바닷가에 우리를 데려가서 햇빛과 공기를 쐬어주어 우리가 아주 건강해졌지.

무슨 얘기를 하는 거예요? 리처드가 말했다. 어린애 같은 소리 그만해요.

앤서니는 그날 저녁 예상보다 빨리 집에 돌아왔다. 몇몇 친구는 전기 충격요법 치료를 받았고 다른 몇몇은 도망갔기 때문이라고 했다. 그가 잠시 내 말에 귀를 기울이더니 얼마 후 말했다. 엄마가 무슨 소릴 하는지 나도 모르겠어요.

내가 집에 없는 동안 종종 사랑을 느끼며 이해심이 생긴 잭조차도 내 말을 이해하지 못했다. 그가 말했다. 다시 이야기해줘요. 잭은 기분이 좋았다. 그가 말했다. 그 얘기를 나한테 한 번 더 해도 돼요.

내가 다시 이야기를 들려주었다. 그들 모두 입을 모아 말했다. 무슨 소리예요?

왜냐하면 그렇게 단순한 이야기가 아니기 때문이다. 요즘 많이 일어나는 일이라고 해서 예전에도 그것을 알고 있었을까? 몸속에 중년의 뜨거운 에너지가 가득한 한 여자가 달리고 또 달린다. 그녀는 어린 시절을 보냈던 집과

거리를 발견한다. 그녀는 그 집에 들어가 얼마간 지낸다.
여전히 어린아이인 것 같은 기분으로 장차 대체 어떤 일
이 다가올지 깨닫는다.

마지막 순간에 일어난 엄청난 변화들

1판 1쇄 인쇄 2018년 6월 18일 **1판 1쇄 발행** 2018년 6월 26일
지은이 그레이스 페일리 **옮긴이** 하윤숙
펴낸이 고세규
편집 이승희 **디자인** 홍세연

발행처 김영사
주소 경기도 파주시 문발로 197(문발동) 우편번호 10881
등록 1979년 5월 17일(제406-2003-036호)
구입 문의 전화 031)955-3100 **팩스** 031)955-3111
편집부 전화 02)3668-3295 **팩스** 02)745-4827 **전자우편** literature@gimmyoung.com
비채 카페 cafe.naver.com/vichebooks **인스타그램** @drviche
트위터 @vichebook **페이스북** facebook.com/vichebook **카카오톡** @비채책
ISBN 978-89-349-8171-8 04840 책값은 뒤표지에 있습니다.

비채는 김영사의 문학 브랜드입니다.

이 도서의 국립중앙도서관 출판예정도서목록(CIP)은 서지정보유통지원시스템 홈페이지(http://seoji.nl.go.kr)와 국가자료공동목록시스템(http://www.nl.go.kr/kolisnet)에서 이용하실 수 있습니다. (CIP제어번호: CIP2018018577)